Elisa Shaw

Heaven Oaks

Coffee Time Cottage

Das Buch:

Drei Frauen, romantische, alte Häuser und die Suche nach dem großen Glück. Der Auftakt einer romantischen Reihe aus der Feder von Elisa Shaw.

Heaven Oaks, eine idyllische Kleinstadt am Fuße der Rocky Mountains. Als ihre Eltern bei einem tragischen Unfall ums Leben kommen, hört Caitlin Thompson zum ersten Mal von diesem malerischen Örtchen. Sie lässt ihr Leben in Chicago hinter sich, um hier einen Neuanfang zu wagen und die eigenen Wurzeln zu erkunden.

Zu ihrem Erbe gehört das baufällige Haus ihrer Großmutter, einer bekannten Künstlerin. Hat Caitlin ihr Talent zum Malen womöglich von ihr geerbt? Und warum hat ihre Mutter diese Stadt hinter sich gelassen und nie zurückgeblickt?

An ihrem ersten Abend in Heaven Oaks helfen ihr der gut aussehende Sonnyboy Matt McKenzie und seine Freunde aus der Patsche. Er und sein Team haben ein Faible für alte Häuser und verhelfen ihnen zu neuem Glanz.

Während Caitlin ihr Leben neu sortiert, kommen sich die beiden langsam näher. Bald schon muss sie sich fragen, ob das nicht doch mehr als nur Freundschaft zwischen ihnen ist.

Heaven Oaks

Coffee Time Cottage

von

Elisa Shaw

1. Edition, 2020

Bettina Sprenzel
c/o Papyrus Autoren-Club,
R.O.M. Logicware GmbH
Pettenkoferstr. 16-18
10247 Berlin.

www.elisa-shaw.de

Covergestaltung: www.einzigartig-buchdesign.de

Lektorat und Korrektorat: http://www.kolibrilektorat.de/

ISBN: 9798668444571

Imprint: Independently published

Kapitel 1

Caitlin hielt das Lenkrad fest umklammert. Ihre Fingerknöchel schimmerten vor Anstrengung weiß. Sie schaute stur geradeaus und versuchte krampfhaft das Stottern des Motors zu ignorieren. Verzweifelt schloss sie für eine Millisekunde die Augen und schickte ein Stoßgebet gen Himmel. Doch der dort oben hatte kein Einsehen, denn nach einem weiteren kurzen Ruckeln bremste der Wagen abrupt ab. Geistesgegenwärtig lenkte sie das ausrollende Fahrzeug gerade noch rechtzeitig an den Straßenrand.

»Regnerisch und trüb«, ertönte in diesem Moment die Stimme des Wetterfrosches aus dem Radio. »Die Aussichten für die nächsten Tage werden leider nicht besser.«

Damit passte die Wettervorhersage ja grandios zu ihrer Laune. *Wirklich schlechter kann beides nicht mehr werden*, dachte sie und starrte auf die regennasse Fahrbahn.

Sie schniefte, hielt aber die Tränen, die ihr in die Augen stiegen, mit Gewalt zurück.

Ihr Vorsatz, endlich aufzuhören, zu trauern, galt immer noch. *Schluss mit dem elenden Gejammer und Geheule*, wies sie sich in Gedanken selbst zurecht.

In einiger Entfernung entdeckte sie ein Straßenschild. »Heaven Oaks«, flüsterte sie und stöhnte auf. Nur eine klitzekleine Meile hätte diese verdammte Klapperkiste noch durchhalten müssen und sie wäre am Ziel angelangt. Jetzt saß sie im Dämmerlicht des frühen Abends auf der einsamen Landstraße fest.

Sie seufzte tief, ließ den Kopf aufs Lenkrad sinken und fluchte leise vor sich hin. Schniefend wünschte sie sich zurück zur letzten Tankstelle, an der sie vorbeigefahren war. *Warum zum Teufel habe ich dort nicht angehalten und den Wagen noch einmal überprüfen lassen? Diese elende Karre muckt schon, seit ich die Hälfte der Strecke zurückgelegt habe*, verwünschte sie sich in Gedanken selbst.

Der Grund für ihr Zögern lag auf der Hand. Sie wäre sonst womöglich der Versuchung erlegen, zu wenden und heimwärts nach Chicago zu fahren. Sie grinste ironisch. Es gab kein Zurück mehr, zumindest vorerst, denn sie hatte ihre schicke Eigentumswohnung in der Innenstadt mitsamt der meisten Möbel verkauft. Sie reiste mit leichtem Gepäck und hatte nur ein paar Basics ins Auto geschmissen. Eine Umzugsfirma würde in einigen Tagen ihre restlichen Habseligkeiten liefern.

Der dicke Klumpen, der seit Wochen in ihrem Bauch saß, machte sich zum wiederholten Male bemerkbar. Was erwartete sie an ihrem Reiseziel? War die Eingebung, für eine Weile in den Heimatort ihrer Mutter zu ziehen, womöglich eine absolute Schnapsidee?

Wie immer, wenn die negativen Gedanken Oberhand gewannen, rief sie sich in Erinnerung, dass diese Entscheidung ja keine endgültige war. Sie konnte sich alles in Ruhe anschauen und sollte es ihr nicht zusagen, ihre Zelte wieder abbrechen. *Amerika ist bei Gott groß genug, um den perfekten Flecken Erde für sich zu finden.*

Sie hob den Kopf, straffte die Schultern und seufzte angesichts des Nieselregens erneut. Es war an der Zeit gewesen, etwas zu ändern, denn sie hatte es so unendlich satt, dieses unfertige Leben zu führen. Der Ausdruck mochte nicht passend sein, doch genauso fühlte es sich an. Es war nichts Halbes und nichts Ganzes. Seit dem tragischen Tod ihrer Eltern hatte sie die Bodenhaftung verloren und schwebte regelrecht in der Luft.

In ihrem Rückspiegel tauchten jetzt zwei Lichtpunkte auf. Sie wurden immer größer und blendeten sie. Trotzdem starrte sie gebannt hin, hielt den Atem an in der Hoffnung, der Wagen möge stoppen, und stöhnte auf, als der Fahrer den Blinker setzte und an ihr vorbeirauschte. Mit einem Fluch auf den Lippen schaute sie dem schwarzen Pick-up hinterher und schlug erbost mit der Hand aufs Lenkrad, bevor sie den Kopf wieder darauf sinken ließ.

Es sah schwer danach aus, dass sie den restlichen Weg laufen musste, um in Heaven Oaks Hilfe zu finden. Der Gedanke, in der Abenddämmerung zu Fuß alleine auf der Landstraße unterwegs zu sein, ließ nicht gerade Vorfreude in ihr aufkeimen. Schon gar nicht bei diesem Wetter.

»Ich könnte ja hier sitzen bleiben, bis sich irgendjemand meiner erbarmt und mich mitnimmt oder abschleppt«, murmelte sie. »Im schlimmsten Fall verbringe ich die Nacht im Wagen und laufe morgen bei Tageslicht in die Stadt.«

Andererseits war ihr der Gedanke, im Auto zu schlafen, nicht geheuer. Mit ziemlicher Sicherheit würde sie kein Auge zu tun. Für eine Meile Fußmarsch in die Ortschaft sollte sie nicht unendlich lange brauchen. Sie blieb trotzdem sitzen, die Stirn an das Lenkrad gelehnt und umklammerte es gleichzeitig mit den Händen. Erst nach einer Weile hob sie den Kopf und starrte wieder aus dem Fenster.

»Okay«, sagte sie irgendwann entschlossen. »Es bringt ja nichts, wenn ich hier bis alle Ewigkeiten rumhocke.«

Sie löste den Sicherheitsgurt, griff nach ihrer Jacke, die auf dem Beifahrersitz lag, und schlüpfte hinein. Ein eisiger Wind schlug ihr entgegen, als sie aus dem Wagen stieg. Fröstelnd schaute sie in den trüben Himmel. Eine Regenpause wäre jetzt nett. Zumindest, bis sie Hilfe gefunden hatte. Sie schloss ihren Kombi ab, und stapfte mit einem letzten Stoßseufzer energisch los.

Es dauerte nicht lange, und der Nieselregen ging übergangslos in eine wahre Sintflut über.

Bibbernd lief sie weiter und sah sich dabei immer wieder um. Es war unheimlich, hier an der einsamen Landstraße entlangzulaufen, und so sehr sie hoffte, dass ein Auto auftauchte, dessen Fahrer sie mitnehmen würde, so sehr fürchtete sie sich davor, in einen fremden Wagen einzusteigen.

Ihre Schritte wurden immer länger und schneller.

Der Wind rauschte durch die hohen Baumwipfel des Waldes, der sich rechts der Straße ausbreitete. Die Äste knarrten bedrohlich.

Gab es hier wilde Tiere wie Bären oder Wölfe? Nervös ließ sie den Blick schweifen. Womöglich sprang in der nächsten Sekunde eine unheimliche Kreatur aus dem nahen Dickicht, um ihr an die Kehle zu gehen.

Erleichtert schnaufte sie durch, als der Wald sich lichtete und hinter einem Hügel die ersten Lichter der Stadt auftauchten.

Ein Wagen kam ihr entgegen, doch die Fahrerin starrte sie zwar neugierig an, fuhr aber unbeirrt weiter.

»Dumme Ziege«, zischte sie und wischte sich den Regen aus den Augen.

Die ersten Häuser der kleinen Ortschaft tauchten auf und ihr ohnehin schon heftiger Herzschlag beschleunigte sich. Sie war fast am Ziel ihrer Reise angelangt, wie ihr ein großes Schild mit der Aufschrift »Willkommen in Heaven Oaks« verdeutlichte.

Caitlin zögerte einen Augenblick, bevor sie die breiten Stufen zum Diner hinaufstieg und die Tür aufschob. Mit Sicherheit fand sie hier jemanden, der ihr helfen konnte.

Warme Luft strömte ihr entgegen und dazu ein herrlicher Duft nach frischem Kaffee.

Ihr war klar, dass sie aussah wie eine getaufte Maus oder, besser gesagt, wie eine Ratte, die soeben einem reißenden Strom entkommen war, aber sie ignorierte dies und steuerte einen freien Tisch in der Ecke des großen

Raumes an. Auf dem Weg streifte sie ihre nasse Jacke ab und hängte sie an die Garderobe. Diverse Blicke folgten ihr, als sie sich auf die mit rotem Vinyl bezogene Bank schob. Sie nickte den Anwesenden freundlich zu und nahm die Speisekarte in die Hand. Fast augenblicklich fing ihr Magen an, zu knurren.

Die Fahrt von Chicago bis hierher ins Herz von Idaho war kein Kinderspiel gewesen. *Da brauche ich mich nicht wundern, dass ich meinen Hintern nicht mehr spüre*, sinnierte sie und überflog das Angebot auf dem Speisezettel.

»Wissen Sie schon, was Sie trinken möchten?«

Caitlin hob den Kopf, ließ aber den Finger auf der Karte liegen.

Die neben ihrem Tisch stehende Kellnerin, eine Dame zwischen sechzig und siebzig, richtete mit einer Hand das blondierte Haar und lächelte dabei einen jungen Mann an, der am Nebentisch saß.

Der rutschte sofort ein wenig tiefer in seinen Sitz und grinste verlegen zurück.

»Ich hätte gerne einen Kaffee und ein Roastbeef-Sandwich«, bestellte Caitlin und ließ den prüfenden Blick der Bedienung über sich ergehen.

»Ich möchte ja nicht unhöflich wirken, aber Sie sehen wie eine getaufte Maus aus«, verkündete die Dame das Ergebnis ihrer Musterung lautstark.

Caitlin straffte die Schultern und wollte gerade zu einer Erwiderung ansetzen, als unerwartet jemand für sie Partei ergriff.

Die Arme in die Seiten gestemmt stand eine Kollegin der Bedienung neben dem Tresen. Zumindest ließ die gleiche Arbeitskleidung, schwarze Jeans und rosa T-Shirt darauf schließen, dass auch diese Dame hier arbeitcte.

»Du meine Güte, Prudence Carter«, tönte sie mit piepsiger Stimme. »Deine Unhöflichkeit sucht wirklich seinesgleichen. So kannst du doch nicht mit einer Kundin sprechen.«

Prudence verdrehte genervt die Augen. »Stell dich nicht so an, Millicent. Sie sieht nun mal aus wie eine getaufte Maus«, verteidigte sie ihre Wortwahl und musterte Caitlin erneut. »Oder eher wie eine ersäufte.«

»Ja, zum Donnerwetter!«

Alle im Diner Anwesenden setzten sich automatisch gerade hin, beugten sich dann ein wenig vor und linsten hinüber zu Millicent. Klein und zierlich, mit ordentlich gelegtem silberfarbenem Haar, wirkte sie wie die nette Oma von nebenan. Doch ihr Blick, scharf wie eine Rasierklinge, machte klar, dass man sich nicht ungestraft mit ihr anlegte.

Jeder, eingeschlossen Caitlin, wartete darauf, dass die resolute Lady ihrem Ärger Luft machte.

»Zwei Chili und zwei Burger mit Pommes.« Hinter der Durchreiche zur Küche erschien der Kopf einer dritten Dame, etwa im selben Alter wie die beiden Streithennen. Sie erfasste die Situation mit einem Blick. »Hört mit eurer dämlichen Streiterei auf und kümmert euch lieber um die Gäste.«

»Wie im Zuchthaus geht es hier zu«, maulte Prudence und trollte sich, um die Bestellung aufzugeben.

Millicent tippelte wieder hinter den Tresen, bereitete dort den Kaffee zu und brachte ihn selbst zu Caitlin herüber. Sie stellte die Tasse vor ihr ab und setzte sich kurzerhand ihr gegenüber an den Tisch. »Ich sehe Sie hier zum ersten Mal«, plauderte sie munter drauflos.

Caitlin, die von der vorherigen Szene noch ziemlich überrumpelt war, und sich insgeheim fragte, wo sie hier hingeraten war, nickte stumm. Sie griff nach dem Heißgetränk, um sich zuerst vorsichtig die Hände daran zu wärmen und dann einen kleinen Schluck zu nehmen.

»Woher kommen Sie denn und wohin geht die Reise?« Millicent ließ nicht locker.

Caitlin räusperte sich. »Ich bin aus Chicago.« Sie zögerte, fasste sich aber dann ein Herz. »Und jetzt werde ich eine Weile in Heaven Oaks leben.«

Überrascht riss die ältere Dame die Augen auf und strahlte. »Ach, das ist ja grandios. Wir freuen uns, wenn unsere Stadt wächst.«

Schüchtern und etwas schief lächelte Caitlin zurück. »Ich hatte kurz vor dem Ort eine Panne. Gibt es hier einen Abschleppdienst, der meinen Wagen holen könnte?«

»Ach du meine Güte!« Millicent schlug die Hände vor der Brust zusammen. »Deshalb sind Sie so patschnass?«

Caitlins Wangen röteten sich. »Die alte Klapperkiste hat mich im Stich gelassen«, stammelte sie und deutete nach draußen. »Ungefähr eine Meile vor dem Ziel.«

»Ach du meine Güte«, wiederholte Prudence, die mit dem Roastbeef-Sandwich vor ihnen stand. »Und Sie mussten zu Fuß herlaufen?«

Ein Wassertropfen lief über Caitlins Stirn und Nase, um an ihrer Nasenspitze hängen zu bleiben. Mit einem undamenhaften Schniefen wischte sie ihn hinfort. »Wie gesagt, ich bin auf der Suche nach einem Abschleppdienst.« Bei ihren Worten starrte sie den Teller in den Händen der Bedienung an. »Und außerdem bin ich kurz vorm Verhungern.«

Eilig stellte Prudence das Essen vor der jungen Frau ab. »Dem können wir Abhilfe schaffen.« Sie nickte ihrer Kollegin zu, grinste schief und wandte sich ab.

Offenbar waren sich die beiden Damen nicht lange böse.

»Da Ihr Auto kaum alleine hierherkommen wird, werden wir auch dafür eine Lösung finden.« Millicent schaute sich um. »Ich habe da schon eine Idee.«

Ehe Caitlin etwas sagen konnte, stand die Bedienung auf und eilte zu einem Tisch in einer kleinen, schlecht einsehbaren Nische.

Aufgeregt sprach sie auf die dort sitzenden Personen ein. Anscheinend gefiel ihr die Antwort, die sie bekam, denn sie lachte laut auf, bevor sie flink zu der jungen Frau zurückwieselte. »Das Problem hätten wir gelöst.« Millicent grinste wie ein Honigkuchenpferd. »Die drei Burschen, die dort hinten sitzen, werden nachher ihren Wagen holen.« Sie setzte sich wieder zu Caitlin, schaute sich kurz um und beugte sich dann leicht über den Tisch. »Ich hätte Ihnen ja den alten Jim Lotterman empfehlen können, aber der Kerl hat solche Wucherpreise, dass ich ihn boykottiere«, flüsterte sie verschwörerisch. »Deshalb habe ich Douglas gefragt, ob er Ihnen aus der Patsche helfen könnte. Er hat ein kleines Bauunternehmen und dadurch den nötigen Fuhrpark, um Ihr Auto in die Stadt zu transportieren.«

Erleichtert atmete Caitlin auf. *Damit ist dann schon mal Problem Nummer eins gelöst.* Jetzt musste sie nur noch ihren Vermieter finden, um dort den Schlüssel für die Wohnung abzuholen, die sie angemietet hatte. »Vielen lieben Dank.« Sie schenkte Millicent ein herzliches Lächeln. »Sie haben mir sehr geholfen.«

»Aber gerne doch, meine Liebe.« Die Kellnerin deutete auf das Essen. »Aber jetzt lassen Sie sich Ihr Sandwich schmecken. Sie werden sehen, danach schaut die Welt gleich wieder viel besser aus.«

»Ganz bestimmt.« Caitlin ließ sich nicht lange bitten und biss großzügig ab.

»Millicent, wir wären dann so weit«, ertönte eine tiefe Stimme.

Caitlins Augen weiteten sich unmerklich beim Anblick des hochgewachsenen und schlaksigen jungen Mannes, der sie mit einem jungenhaften Lächeln bedachte. *Klar, gutaussehende Kerle stehen immer wie direkt vom Himmel gefallen neben einem, wenn man den Mund bis zum Anschlag voll hat*, dachte sie mit einem Anflug von Sarkasmus. *Nun ja, da ich wahrscheinlich sowieso Nachbars Katze ähnle, die kopfüber im Teich gelandet ist, ist es auch schon egal.*

»Jetzt lasst das Mädel doch erst mal essen«, übernahm Millicent eine Antwort an ihrer statt.

»Wir müssen nur wissen, wo der Wagen steht und wohin wir ihn bringen sollen.« Er winkte lässig ab und zwinkerte Caitlin munter zu. »Damit ist das Problem in Nullkommanichts gelöst.«

Sie schluckte mühsam ihren, zugegeben etwas großen, Bissen hinunter und räusperte sich dann. »Er steht etwa eine Meile vor Heaven Oaks am Straßenrand. Ich komme natürlich mit.«

»Ach herrje, Sie sind zu Fuß hierhergelaufen?« Überrascht riss er die Augen auf. »Hat Sie denn niemand unterwegs aufgegabelt und mitgenommen?«

»Es sind mir auf der Strecke zwei Autos begegnet, von denen keines gehalten hat.« Ungern erinnerte sie sich an ihr flaues Gefühl bei dem Gedanken, in einen fremden Wagen zu steigen. »Viel los ist hier wohl nicht?«

»Sonntagabend bei so einem Wetter?« Er lachte wieder und zeigte dabei eine Reihe von sympathischen Lachfältchen in den Augenwinkeln. »Da sitzt man entweder brav zu Hause bei der Familie oder eben hier bei den drei Ladys im *Heaven Diner*.« Bei seinen letzten Worten warf er Millicent eine Kusshand zu. »Sag Norma liebe Grüße. Die Burger waren wieder fantastisch.«

Charme im Überfluss, stellte Caitlin fest, und versuchte vergebens, ihren beschleunigten Herzschlag zu ignorieren. *Was für ein Glück, dass ich nicht auf blonde Typen stehe*, rief sie sich sicherheitshalber in Erinnerung.

»Sie, meine Liebe, essen jetzt mal in Ruhe fertig und die Jungs holen Ihren Wagen.« Mitleidig tätschelte Millicent Caitlins Hand.

Das Verhalten der Leute hier war so herzlich und ihr fast zu viel des Guten. Sie wusste nicht so recht, wie sie mit der Situation umgehen sollte und musste sich zusammenreißen, um die Hand nicht einfach wegzuziehen. Natürlich war ihr klar, dass jeder ihr nur helfen wollte, doch diese Hilfsbereitschaft überrollte sie regelrecht. »Ich kann kaum hier sitzen bleiben und andere für mich schuften lassen«, widersprach sie der älteren Frau.

Die schüttelte amüsiert den Kopf. »Ach was! Das ist Arbeit für Männer.«

Caitlin verbiss sich angesichts dieser Antwort und altmodischen Meinung mühsam einen Kommentar, als ein riesiger Schatten über den Tisch fiel. Sie schaute hoch und riss die Augen auf.

Der Neuankömmling war zwar nicht viel größer als der Blonde, aber dafür definitiv doppelt so breit. Dieser Kerl war nicht im Geringsten smart, sondern eher bodenständig robust. Er fuhr sich mit einer Hand durch den roten Vollbart und reichte ihr die andere. »Jeff Ferguson«, stellte er sich höflich vor.

Zögernd ergriff sie die Pranke. »Caitlin Thompson. Danke, dass Sie mir helfen.«

Millicent fasste sich an den Kopf. »Was bin ich nur unhöflich! Wir haben uns ja gar nicht vorgestellt.«

»Da du mit Sicherheit damit beschäftigt warst, sie hemmungslos auszufragen.« Eine junge Frau rutschte zu der Älteren auf die Bank und grinste Caitlin belustigt an. »Ich bin Charlene Davis und leiste euch Gesellschaft, bis die Truppe Ihren Wagen hergeholt hat.« Sie rückte ihre Brille zurecht, strich sich eine der blonden Locken hinters Ohr, bevor sie zur Tür des Diners deutete und fortfuhr: »Douglas fährt direkt zu seiner Firma, um den Laster zu holen. Er ist eher ein Mann der Tat als der Höflichkeit.«

Sie schüttelte den Kopf und verdrehte die Augen. »Matt McKenzie, den Sonnyboy vom Dienst, haben Sie ja bereits kennengelernt.«

»Und ich bin Millicent Howard, eine der drei Inhaberinnen des *Heaven Diner*«, meldete sich die ältere Dame zu Wort. »Zusammen mit Prudence Carter und Norma Winterapple, unserer Köchin, gehört mir dieser Laden.«

»Freut mich«, murmelte Caitlin und schaute den Männern nach, die soeben durch die Tür in den Regen hinausgingen. Es war nicht so einfach, dabei die schmalen Hüften des Matt McKenzie zu ignorieren.

Kapitel 2

Caitlin schreckte abrupt aus ihrem komatösen Schlaf hoch. Hatte da soeben ein Hund gebellt? Blinzelnd sah sie sich verwirrt um. Es dauerte eine Weile, bis sie sich in der ungewohnten Umgebung orientiert hatte. Sie schaute auf ihre Armbanduhr und stöhnte auf. *Wer war denn da schon im Morgengrauen unterwegs und machte Krach?*

»Nein, das ist eindeutig zu früh, um aufzustehen«, maulte sie, drehte sich auf den Bauch, versteckte das Gesicht in dem bauschigen Kissen und seufzte.

Es war eine Wohltat, nach der ewig langen Fahrt ausgestreckt im Bett zu liegen und auszuspannen. Sie ließ die Gedanken fliegen und den gestrigen Tag Revue passieren.

Die drei Prachtkerle aus dem Diner, wie sie ihre Helfer in der Not betitelte, hatten ihr ramponiertes Vehikel in kürzester Zeit hergeschafft. Es war nicht weiter verwunderlich, dass Millicent Howard ihren Vermieter gut kannte. Ein Anruf von ihr hatte genügt, und er hatte den Schlüssel direkt vorbeigebracht.

Caitlin öffnete verstohlen ein Auge und linste durch die offene Tür hinüber zu ihrem Gepäck. Sogar das hatten ihr die drei Männer ausgeladen und hochgetragen. Ihren Wagen hatten sie kurzerhand mitgenommen und etwas von der Werkstatt eines Freundes erzählt. Sie war viel zu müde gewesen, um zu widersprechen, und war sich im Moment nicht einmal sicher, ob sie sich angemessen bedankt hatte.

Ich könnte sie im Diner zum Essen einladen, überlegte sie. Wer weiß, vielleicht fände sie auf diese Weise gleich Anschluss hier im Ort.

Sie gestand sich ein, dass es ihr besonders der gutaussehende Matt McKenzie angetan hatte. Die Erinnerung an sein jungenhaftes Lächeln ließ ihr Herz ein wenig schneller schlagen. Sie rief sich sofort selbst zur Ordnung. Amouröse Verwicklungen aufgrund einer jäh erwachenden Libido konnte sie jetzt wirklich nicht gebrauchen, egal, wie gut der Kerl aussah.

Mit einem Seufzer rollte sie sich auf den Rücken. Sie war mittlerweile hellwach, da konnte sie auch gleich aufstehen. Sie wälzte sich aus dem Bett und erschauerte, als ihre bloßen Füße den kalten Boden berührten. Sie griff nach dem Sweatshirt, das sie gestern achtlos ans Fußende geworfen hatte und zog es über.

»Kaffee!«, nuschelte sie und blinzelte aus halbgeöffneten Augen zum Fenster hinüber. Der Regen rauschte gegen die Fensterscheiben jenseits der geschlossenen Shutters. »Ich brauche einen Kaffee, bevor ich mich der Realität stelle.«

Sie schlurfte aus dem Schlafzimmer in den offen gestalteten Wohnraum, in dem Küche, Ess- und Wohnzimmer fließend ineinander übergingen. Neben der Couch standen die Habseligkeiten, die sie selbst nach Heaven Oaks transportiert hatte. Sie waren in drei Kartons, zwei Koffern und einer Klappkiste verpackt. In Letzterer befanden sich ein paar Lebensmittel, darunter eine Packung Kaffee, ihr kleiner Espressokocher und eine Tasse.

»Genau euch brauche ich jetzt«, hauchte sie, hob die Gegenstände heraus und trug sie hinüber zur Küche.

Mit geübten Handgriffen schraubte sie den Kocher auf, füllte ihn mit Wasser und schüttete vorsichtig ein wenig Kaffeepulver in den Siebeinsatz. Da sie keinen Löffel zur Hand hatte, verteilte sie das schwarze Gold sorgfältig mit den Fingern und verschloss die Kanne, bevor sie sie auf den Herd stellte.

Bis das heiße Wasser durch den Trichtereinsatz hochgedrückt wurde, schaute sie sich in der kleinen Küche um. Die Schränke boten genug Platz, um alles für einen Singlehaushalt unterzubringen, mehr aber auch nicht. Der doppeltürige Kühlschrank hingegen war eher auf eine Familie ausgerichtet. Sie strich über die weiße Arbeitsplatte aus Quarz, die wunderbar mit den in zartem Hellgrün gestrichenen Türen harmonierte.

Schließlich holte sie sich eine angebrochene Packung Kekse aus ihrer Haushaltskiste, legte sie auf den rustikalen Esstisch und sog den Duft des Kaffees, der blubbernd in der Edelstahlkanne hochstieg, durch die Nase. Ratzfatz goss sie sich den schwarzen Wachmacher in die angeschlagene Tasse und nahm Platz.

Der erste Schluck am Morgen ist der beste. Entsprechend genoss sie ihn auch heute. Beide Ellbogen auf der Tischplatte aufgestützt, trank sie in aller Ruhe. Dieses Morgenritual pflegte sie seit vielen Jahren, doch am heutigen Tag in ungewohnter Umgebung. Nachdem sie gestern Abend nichts mehr bewusst realisiert hatte, schaute sie sich neugierig in ihrem neuen Domizil um.

Der Wohnraum war nicht sonderlich groß, aber durchdacht eingerichtet. Eine Kochinsel trennte die Küche vom Essbereich, der aus einem massiven Holztisch und vier Stühlen bestand. Dahinter stand eine neutral dunkelgrau bezogene Couch. Der danebenstehende hochlehnige Sessel lud zum Verweilen ein. Sogar ein kleiner Fernseher hing an der Wand. Daneben boten zwei Regale genügend Stauraum.

Sie stellte die Tasse ab und starrte sie für einen Augenblick an. *Good morning sunshine* stand darauf, umrahmt von zahlreichen rosa Herzchen. Sie hatte ihrer Mutter gehört und der Gedanke an diese geliebte Person schmerzte wie ein fortwährender Stachel in ihrem Herzen. Geistesabwesend griff sie nach einem Keks und knabberte daran. Es fiel ihr schwer, die Erinnerungen abzublocken.

Ich bin hierher geflüchtet, um Antworten zu finden, nicht um weiterhin Trübsal zu blasen. Es war vor allem an der Zeit, das eigene Leben umzugestalten. Sie trank den letzten Schluck Kaffee aus, stand energisch auf und ging in die Küche. Mit dem Fuß öffnete sie den dort stehenden

Mülleimer, hielt die Tasse darüber und verharrte für einen Moment. *Ich muss loslassen, um meinen Seelenfrieden zu finden.*

Plonck! Mit einem dumpfen Scheppern fiel das Trinkgefäß hinein.

Sie zog den Fuß zurück und der Deckel der Tonne schloss sich automatisch. *Ein harter, aber wichtiger Schritt.* Sie holte die Kekspackung, deponierte sie in einer Schublade und machte sich daran, ihr Hab und Gut in der kleinen Wohnung zu verteilen.

Im Badezimmer bot der stilvolle, antik anmutende Waschtisch mit seinen Fächern mehr als genug Stauraum für Duschgels, Schminksachen und Sonstiges. Die Handtücher rollte sie zusammen und verstaute sie in einem schmiedeeisernen Wandregal. Zu ihrem Leidwesen gab es keine Badewanne, dafür aber eine großzügige Dusche, die sie sofort ausgiebig testete.

Eine Stunde später waren ihre Siebensachen unter Dach und Fach. Sie selbst saß in frischen Klamotten im Lesesessel und starrte auf die noch immer geschlossenen Fensterläden.

Es wird Zeit, mein neues Leben anzupacken, schoss ihr durch den Kopf. Mit einem Seufzer stand sie auf, schlich zum Mülleimer hinüber und holte die Tasse wieder heraus.

Matt McKenzie saß an seinem Schreibtisch und überprüfte die vor ihm ausgebreiteten Pläne. Die Proportionen der einzelnen Räume zueinander stimmten und vor allem waren sie nun sinnvoll angeordnet. Aus einem großen aber unpraktischen Durchgangsbad hatte er zwei gemacht. Er war gespannt, ob Charlene zustimmen würde, denn die ursprüngliche Idee einer freistehenden Badewanne hatte er leider den neuen Gegebenheiten opfern müssen.

»Sonderlich erfreut wird sie nicht sein. Sie steht darauf, besonders auf diese alten nostalgischen Teile«, murmelte er und richtete seine Aufmerksamkeit auf die gezeichneten Umrisse der Küche.

Die Planung sah vor, dass die Wand zum Wohnbereich abgerissen und eine Kochinsel als optisches Trennelement eingebaut wurde. Das gesamte Erdgeschoss würde dadurch an Weite gewinnen.

Die Begeisterung von Douglas und Jeff, seinen besten Freunden seit der Schulzeit, würde sich in Grenzen halten. Der Entwurf brachte nicht nur mehr Arbeit mit sich, sondern dazu einiges an Mehrkosten. Sämtliche Rohre und Leitungen neu zu verlegen, beanspruchte außerdem Zeit.

»Zeit ist Geld«, zitierte er Douglas und zuckte mit den Schultern. Egal. *Die Jungs werden wie immer motzen und dann alles umsetzen, was ich vorgebe.*

Er lehnte sich zurück, streckte die langen Beine unter dem Schreibtisch aus und verschränkte die Arme hinter dem Kopf. Er war zufrieden mit sich und der Welt.

»Was meinst du, Chewie? Es wird Zeit für ein ausgiebiges Frühstück.« Er schaute zu seinem Hund hinüber und grinste. »Für mich, denn du hattest schon.«

Lang ausgestreckt lag sein pelziger Kumpel auf dem Teppich, den Kopf auf die Vorderpfoten gebettet und ließ sein Herrchen nicht aus den Augen. Wobei man die Augen nur erahnen konnte, da ihm sein schokoladenbraunes Fell wirr ins Hundegesicht hing.

»Es wird echt mal wieder Zeit für den Hundefriseur, mein Freund«, bemerkte Matt folgerichtig. »Du schaust mittlerweile aus wie ein wandelnder Flokati.«

Der Labradoodle setzte sich auf, wedelte mit dem Schwanz und verfolgte ihn weiterhin mit dem Blick.

Deine innere Uhr hat dir bestimmt schon vor mindestens einer halben Stunde gesagt, dass wir uns langsam auf den Weg ins Diner machen müssen, versetzte sich Matt in die Psyche seines Hundes. Immerhin warteten dort Leckerchen auf ihn, die Millicent in einer Dose hinter dem Tresen für ihn aufbewahrte. Als er sich von seinem Schreibtisch erhob, stand auch Chewie auf und streckte sich erst einmal ausgiebig.

Matt wechselte von der gemütlichen Jogginghose, die er mit Vorliebe im Homeoffice trug, in eine Jeans. Prüfend fuhr er sich mit der Hand über sein raues Kinn. *Soll ich mich rasieren, bevor ich das Haus verlasse? Immerhin könnte ich ja dieser bezaubernden jungen Dame aus Chicago begegnen.*

Caitlin! Der Name passte zu ihr und er ging ihm gut über die Lippen. In ihren fließenden Bewegungen strahlte sie eine Art ruhige Melancholie aus, die seinen Beschützerinstinkt anrührte. Etwas an ihr forderte ihn geradezu auf, sie in die Arme zu nehmen.

Matt spitzte die Lippen. Diese Frau war bildhübsch. In trockenem Zustand dürfte ihr Haar dunklem Mahagoni gleichen, mit dem typischen roten Einschuss. Obschon es patschnass gewesen war, konnte er erkennen, dass sie üppige Locken besaß.

Er hatte sie unmittelbar bei ihrem Eintreten ins Diner entdeckt. Sie hatte sich zuerst zaghaft umgeschaut und dann die Schultern gestrafft, bevor sie zielsicher einen Tisch im Hintergrund angesteuert hatte. Nur zu gerne hätte er ihr Gesicht bei der Auseinandersetzung von Millicent und Prudence beobachtet, doch leider hatte die Wand im Weg gestanden, sodass er nur zuhören konnte.

Sein Magen knurrte vernehmlich. Er warf einen prüfenden Blick in den Spiegel, zog die Stirn kraus und entschied sich gegen eine Rasur. *Ein anständiges Frühstück hat Vorrang.*

Caitlin spazierte ziellos durch die Kleinstadt. Positiv überrascht entdeckte sie zahlreiche alte, aber offenbar frisch renovierte Häuser. Je näher sie dem Stadtzentrum kam, umso häufiger erblickte sie zauberhaft gestaltete Ladenfronten.

Ein charmanter kleiner Buchladen, dessen Auslage die neuesten Bestseller anpries, bot zusätzlich Coffee to go an. Er stand neben einem Blumenladen, vor dem eine Vielzahl von Topfpflanzen und Sträußen ein farbiges Highlight setzten.

Sie überquerte die Straße, als sie einen Schreibwarenladen auf der anderen Seite der Fahrbahn sah. Im Schaufenster erspähte sie eine Staffelei, und die ringsum drapierten Pinsel und Farben ließen für ihr Künstlerherz nichts zu wünschen übrig. *Diesem Geschäft werde ich mit Sicherheit öfter einen Besuch abstatten,* beschloss sie.

Gemütlich weiterschlendernd, genoss sie die Regenpause. Heute war es etwas wärmer als gestern und in der Luft hing verheißungsvoller Frühlingsduft. Sie kam am Gemeindehaus vorbei und entdeckte in einer Seitenstraße die hiesige Grundschule. Je näher sie dem Zentrum kam, umso mehr Leute begegneten ihr.

Ihre Angst, in einem Nest zu landen, in dem sich Fuchs und Hase gute Nacht sagen, war offensichtlich unbegründet gewesen. Für eine Großstadtpflanze wie sie ein beruhigender Gedanke, denn der Umzug hierher hatte sie reichlich Überwindung gekostet.

Es ist womöglich nur für einige Zeit, rief sie sich in Erinnerung. Trotzdem erleichterte es sie, dass diese Phase möglicherweise nicht so schlimm werden würde, wie sie befürchtet hatte.

Ein Lächeln umspielte ihre Lippen, als sie auf das *Heaven Diner* zusteuerte. *Ein richtiges Frühstück kann jetzt nicht schaden*, entschied sie spontan.

Sie stieg die breiten Stufen hinauf und öffnete die Tür. Den Duft nach Äpfeln und Zimt in Kombination mit dem Aroma frisch aufgebrühten Kaffees nahm sie zuerst wahr, dann mischte sich die Würze von knusprig gebratenem Speck dazu. Ihr lief regelrecht das Wasser im Mund zusammen.

»Wunderschönen guten Morgen«, ertönte eine tiefe, männliche Stimme aus dem Hintergrund.

Suchend sah sie sich um. *Bin etwa ich gemeint?* Da, eine Bewegung, ein Winken und zeitgleich ein heftiger Stolperer ihres Herzens.

»Komm, setzen Sie sich zu mir«, sagte Matt, der gemütlich in der gleichen Nische saß wie gestern.

Sie zögerte, nickte grüßend einer jungen Frau zu, die hinter dem Tresen stand und die Szene neugierig beäugte. Schließlich fasste sie sich ein Herz und schalt sich im Geiste selbst. *Ich muss meine Schüchternheit endlich überwinden*. Energischen Schrittes überwand sie die kurze Entfernung bis zu ihm.

»Guten Morgen«, begrüßte sie ihn und mühte sich dabei, den Blick nicht auf ihre Schuhspitzen, sondern auf sein Gesicht zu richten.

Mit einer einladenden Handbewegung unterbreitete er ihr erneut das Angebot, bei ihm Platz zu nehmen.

Nervös rutschte sie auf die Bank und strich sich eine Haarsträhne hinters Ohr. Ehe sie etwas zu ihm sagen konnte, stand schon die Bedienung vor ihr.

»Was wünschen Sie?«, zwitscherte die Servicekraft geschäftsmäßig und widmete dabei Matt einen vielversprechenden Augenaufschlag. Mit einem leichten Schwung des Kopfes warf sie ihre schwarzen Locken zurück und formte gleichzeitig die Lippen zu einem perfekten Kussmund.

Selbst Caitlin konnte nicht umhin, einen Moment lang auf die üppigen Brüste zu starren, die einem aus dem tiefen Ausschnitt des T-Shirts regelrecht entgegensprangen. Verlegen räusperte sie sich. »Ähm, Kaffee und ...« Hilfesuchend sah sie zuerst Matt an, dann auf die vor ihm stehenden Teller. »Du meine Güte, ist das alles für Sie alleine?«, entfuhr es ihr.

Er lachte schallend. »Wer viel arbeitet, muss auch anständig essen, ist meine Devise.« Er beugte sich ein wenig vor. »Ich kann Ihnen die Zimtschnecken oder den French-Toast empfehlen, wenn Sie auf Süßes zum Frühstück stehen. Ansonsten gibt es hier den knusprigsten Speck in ganz Idaho.«

»Die sehen vorzüglich aus.« Sie deutete auf die Pancakes, die neben Spiegelei mit Speck, gebackenen Bohnen sowie Chilimaisbrot und zwei Zimtschnecken nur darauf warteten, verzehrt zu werden.

Matt hob belehrend einen Finger. »Das sind Pumpkin-Pancakes. Bessere finden Sie nirgendwo.«

»Das sagt er doch nur, damit ich ihn weiterhin bekoche.«

Caitlin sah auf.

Die Köchin des Hauses, eine hochgewachsene Lady mit herben Gesichtszügen, stand vor ihnen und legte sich lässig ein Küchentuch über die Schulter.

Theatralisch presste Matt die Hände auf seine Brust und ahmte ein schlagendes Herz nach. »Norma Winterapple, du triffst mich ins Mark.«

Spöttisch lachte die Lady auf. »Vergiss es, mein Junge. An mir ist dein Charme völlig verschwendet.« Sie legte einen Zeigefinger unter ihr Kinn, sah ihn streng an. »Hol mal lieber Chewie aus der Küche, bevor der Sheriff hier antanzt.«

Sie meint jetzt nicht wirklich den behaarten Kerl aus Star Wars, überlegte Caitlin verblüfft.

»Oh.« Matt linste mit schuldbewusster Miene unter den Tisch. »Bin schon unterwegs, Mrs. Winterapple.« Er rutschte ans Ende der Bank, stand auf, salutierte kurz und marschierte schnurstracks in Richtung Küche, allerdings nicht, ohne Caitlin hinter Normas Rücken frech zuzuzwinkern.

Sie konnte sich ein Grinsen nicht verkneifen, räusperte sich aber verlegen unter dem strengen Blick der Köchin.

»Was möchten Sie essen?« Die dunkle, leicht raue Stimme Normas lenkte ihre Aufmerksamkeit wieder auf die wichtigen Dinge des Lebens. Ihr Hunger wollte schleunigst gestillt werden. »Ich hätte gern die Pumpkin-Pancakes und einen Kaffee«, bestellte sie und schaute dabei verstohlen auf die Teller von Matt.

»Ist das alles?«

Du meine Güte, diese Stimme kann tatsächlich noch energischer werden. »Ähm, Rührei mit Speck wäre wundervoll.«

»Mein Rührei mit Speck ist unübertroffen«, stellte die Köchin fest. »Ist das alles?«

Caitlin schluckte. »Vielleicht könnte ich noch eine Zimtschnecke dazu haben.«

»Klar, kein Problem.« Norma nickte, nun mit wesentlich freundlicherer Miene und drehte sich um. Dabei stieß sie fast gegen die noch immer stumm dastehende Bedienung. »Lorena, beweg dich und bring der jungen Dame einen Kaffee.«

In diesem Augenblick düste ein großes, braunes Fellknäuel durch das Diner, bremste schwanzwedelnd vor Norma und setzte sich dann auf sein Hinterteil.

»Na, du Räuber«, lachte die zuvor so ruppige Köchin. »Hat dein Herrchen es geschafft, dich aus der Küche rauszubringen?«

Caitlin riss beim Anblick des Vierbeiners die Augen auf und wie von selbst formte ihr Mund ein entzücktes Oh.

Matt, der dem Hund folgte, entging dies offenbar nicht, denn er ergriff die Chance sofort. »Chewie, wenn du damit fertig bist, Norma anzubetteln, wird es Zeit, dass du die bezaubernde Mrs. Thompson begrüßt«, forderte er seinen pelzigen Begleiter auf.

Die Köchin drehte sich erneut zu ihr um und verdrehte die Augen. »Passen Sie bloß auf. Diese zwei Charmebolzen sind imstande, jedes verfügbare Frauenherz zu brechen.«

Caitlin errötete. Sie erinnerte sich daran, dass einer ihrer ersten Gedanken heute Morgen dem blonden Kerl hier gegolten hatte. *Das braucht keiner zu wissen, denn ich habe nicht im Entferntesten vor, mich in näherer Zukunft auf irgendein männliches Wesen einzulassen*, überlegte sie und wandte den Blick lieber dem Hund zu. *Oh weh! Dieser knuddelige Bursche hat beste Chancen, meine Vorsätze in Luft aufzulösen.* »Hi, Chewie«, begrüßte sie ihn.

Die Fellnase beäugte sie zuerst interessiert und trabte dann auf sie zu. Ohne jegliche Scheu legte er den großen Kopf auf ihren Schoß, um sich kraulen zu lassen.

Sein Herrchen seufzte. »Der Kerl ist mir ständig einen Schritt voraus.«

Caitlin lachte und streichelte den Hund, während sich Matt wieder an seinen Platz setzte. Es dauerte nicht lange und ihr Frühstück wurde serviert. Beim Anblick der Riesenportion riss sie die Augen auf, doch sie sagte nichts, sondern fing tapfer an zu schlemmen.

Chewie kroch unter den Tisch, wahrscheinlich in der Hoffnung, dass die Menschen etwas fallen ließen.

Matt und sie aßen schweigend, wobei Caitlin zunehmend mit der Größe ihrer Mahlzeit kämpfte. *Ich schaffe es nie im Leben, das alles aufessen*, dachte sie und beschloss, die Zimtschnecke mit nach Hause zu nehmen, um sie heute Nachmittag zum Kaffee zu genießen.

Als Matt seine Portion bis auf den letzten Krümel aufgegessen hatte, wischte er sich mit einer Serviette über den Mund, legte sie auf den Teller und lehnte sich entspannt zurück. »Das war jetzt genau das Richtige, um meine Lebensgeister zu wecken.«

Caitlin gab mit einem Seufzer auf und starrte ihr Gedeck an. »Und ich bin so satt, dass ich mich keinen Zentimeter mehr bewegen kann.«

»Ja, so ein Nickerchen auf der Couch wäre nun angesagt.« Matt lachte verschmitzt und faltete die Hände über seinem flachen Bauch. »Ich muss allerdings zurück an meinen Schreibtisch.«

»Was machen Sie beruflich?«, wollte sie wissen und musterte ihn von der Seite, während sie klammheimlich ein wenig Rührei vom Teller auf den Tisch und dann runter auf den Boden schubste.

Matt hob nur kurz die Augenbrauen, sagte aber nichts zu ihrer Aktion, sondern gab bereitwillig Auskunft. »Ich bin Architekt.«

»Oh.« Sie schaute ihn unschuldig an. »Sehr interessant. Auf meinem Weg hierher habe ich einige bemerkenswert stilvolle Häuser entdeckt.«

Matt deutete auf ihren Teller. »Den Speck mag Chewie zwar lieber als das Rührei, aber er verträgt ihn nicht.«

Ertappt zog sie ihre Hand mit der Gabel zurück. »Entschuldigung.«

Er zuckte nur mit den Schultern. »Kein Problem. Jeff macht das ständig und dementsprechend ist er der beste Buddy meines Hundes. Wenn Sie so weitermachen, laufen Sie ihm vielleicht sogar den Rang ab.«

»Davon wäre Ihr Freund bestimmt weniger begeistert.« Verlegen strich sich Caitlin eine Locke aus der Stirn.

Matt machte eine wegwerfende Handbewegung. »Ach was. Jeff ist da nicht so.« Er lehnte sich vor, verschränkte die Arme und stützte sie auf dem Tisch ab. »Ich bin ein Architekt, der mit seinem vierbeinigen Kumpel zusammenlebt. Dazu habe ich eine Schwäche für alte Häuser, denen ich mit Leidenschaft neues Leben einhauche.« Er grinste und schaute sie auffordernd an. »Jetzt zu Ihnen.«

Okay, was sollte ich darauf antworten? Sie schluckte, erinnerte sich aber spontan an den kleinen Schreibwarenladen. »Ich habe meinen Bankjob hingeworfen und möchte meine künstlerische Ader neu entdecken.«

»Eine moderne Hippie-Lady? Auf der Suche nach der wahren Bestimmung?«

»Nein«, wehrte sie schnell ab und atmete durch. »Das Studium der Betriebswirtschaft war eher der Wunsch meiner Eltern. Mit Zahlen hatte ich nicht so viel am Hut. Parallel dazu habe ich jedoch Kunstkurse belegt, die mir wesentlich mehr Freude bereitet haben.«

Er schaute sie nachdenklich an. »Entschuldigen Sie die törichte Bemerkung. Ich wollte mich nicht über Sie lustig machen.«

»Ist okay.« Sie lächelte schief. »Was ich anstelle, hört sich ja selbst für mich schräg an.«

»Man sollte den Job ausüben, den man liebt.« Er griff nach dem inzwischen kalten, aber noch immer knusprigen Speck auf ihrem Teller und verspeiste ihn.

»Lieben Sie Ihren Beruf?« Sie schaute ihn gespannt an.

»Sehr«, antwortete er mit vollem Mund und schluckte. »Dazu kommt, dass ich mit meinen besten Kumpels seit der Schulzeit zusammenarbeite.«

Lorena tauchte ihrem Tisch auf und unterbrach das Gespräch. »Ist hier alles in Ordnung?« Sie schaute Matt in die Augen, spitzte die rot geschminkten Lippen und legte den Kopf leicht schräg. »Kann ich sonst noch etwas für dich tun?« Sie beugte sich vor, um die leeren Teller abzuräumen. Ihr Busen schien dabei fast aus dem tiefen Ausschnitt zu quellen.

Wenn sie nicht aufpasst, hüpft das Ganze direkt raus. Caitlin verbiss sich bei dem offensiven Flirtangriff ein Schmunzeln.

Lorena warf ihre schwarze Mähne wieder mit dieser offenbar für sie typischen Kopfbewegung effektvoll zurück, bevor sie sich mit beiden Händen auf dem Tisch abstützte und Matt fragend anschaute.

Er starrte sichtlich erstaunt auf die ihm dargebotene Aussicht und schüttelte nur den Kopf. »Nein, jetzt nicht«, antwortete er verdammt geistesgegenwärtig auf die zuvor gestellte Frage.

Ein sinnliches Lächeln glitt über die Züge der jungen Kellnerin. »Nun gut, dann ein andermal.« Sie schenkte Caitlin ein mitleidiges Grinsen und stolzierte mit schwingenden Hüften davon.

Da scheint wohl mächtig etwas zwischen den beiden zu laufen. Caitlin starrte der Bedienung nachdenklich hinterher. *Gut, dass ich nicht auf eine Beziehung aus bin.*

Kapitel 3

Einige Stunden später stand Caitlin gedankenverloren am Fenster ihrer Wohnung und starrte hinaus. Den uralten, an ihre Mutter adressierten Brief in ihrer Hand hatte sie soeben gefühlt zum hundertsten Mal gelesen. Sie konnte ihn bis heute nicht verstehen.

Liebe Amelia,

du kannst dir nicht vorstellen, wie glücklich es mich gemacht hat, mit deinem Brief endlich ein Lebenszeichen von dir in der Hand zu halten. Ich war krank vor Sorge um dich und habe unendlich viele Fragen. An allererster Stelle steht die um dein Wohlergehen. Ich hoffe so sehr, dass es dir gut geht.

Und ich möchte so gerne wissen, warum du einfach von einem Tag auf den anderen verschwunden bist. Was habe ich falsch gemacht? Lag es an mir?

Ich weiß, wie verletzlich man während einer Schwangerschaft ist, denn ich erinnere mich gut an die Zeit, in der ich dich erwartete. In einem Augenblick himmelhochjauchzend, im anderen zu Tode betrübt. Man steht vor allem mit einem Mal vor einem Berg Verantwortung, den man eigentlich noch nicht bereit ist, zu übernehmen. Da ich dich selbst ohne deinen Daddy aufgezogen habe, kann ich nachvollziehen, dass du vor Sorge außer dir bist.

Ja, ich habe falsch reagiert. Ja, ich hätte dir keine Vorwürfe machen sollen und noch mal ja, es wäre besser gewesen, dich einfach in den Arm zu nehmen. Ich weiß nicht, welcher Teufel mich geritten hat, als ich dich zwingen wollte, mit dem Vater des Kindes zu reden. Und ich hatte schon gar nicht das Recht, dies selbst zu tun.

Du kannst dir vorstellen, wie viel Kritik ich mir von meinen Freundinnen anhören durfte, aber du kannst nicht erahnen, welche Vorhaltungen ich mir mache.

Mein Schatz, es ist schwer, ein Kind allein aufzuziehen, denn nach dem Tod deines Daddys, der dich nie kennenlernen durfte, bin ich regelrecht in ein Loch gefallen. Nur mit der Unterstützung von lieben Menschen bin ich da wieder herausgekommen und habe mich dem Leben und der Realität gestellt.

Der Gedanke, dass du allein und schwanger in Chicago bist, erschreckt mich. Großstädte jagen mir eine Heidenangst ein. Massenweise Personen auf einem Fleck, eine Vielzahl von Verbrechen und keiner, der für mein Kind da ist.

Komm bitte wieder nach Hause! Wir beide schaffen das! Wir waren immer ein hervorragendes Zweiergespann und wir werden das gemeinsam meistern.

In Liebe,

deine Mama!

Caitlin ließ die Hand mit dem Brief sinken und schaute aus dem Fenster. Der Regen hatte aufgehört und auf der anderen Straßenseite standen ein paar Passanten zusammen. Sie plauderten munter miteinander und unter die Stimmen mischte sich Gelächter. Caitlin beobachtete ein Mädchen von vielleicht zwei Jahren, das sich an das Bein der Mutter klammerte, um auf den Arm genommen zu werden. Mit einem Lächeln hob die Frau das Kind hoch und kitzelte es unter dem Kinn. Die Kleine kicherte fröhlich.

Ob das Mädchen später daran zurückdenken wird, wie es mit seinen Eltern geschäkert hat? Sie selbst suchte vergebens nach solchen Erinnerungen, die vor ihrer Schulzeit datierten und auch von ihrer Einschulung war nur ihr vor Angst flatterndes Herz in ihrem Gedächtnis hängen geblieben. Ihr Vater hatte sie damals tröstend in den Arm genommen und ihr Mut gemacht.

Caitlin wandte sich frustriert vom Fenster ab, ließ sich rücklings auf die Couch fallen und legte die Beine hoch. Sie lachte bitter auf. *Der Mann, der eigentlich gar nicht mein Daddy gewesen war, sollte es wohl besser heißen.*

Sie korrigierte sich sofort selbst, denn dieser Gedanke war ungerecht. Er hatte sie durch ihre Kindheit begleitet, hatte sich nicht weniger liebevoll um sie gekümmert als die Mutter. *Es gibt eben den Unterschied zwischen einem Vater und einem Erzeuger.* Letzteren wollte sie, ehrlich gesagt, gar nicht kennenlernen. Wesentlich wichtiger war es, endlich das Leben wieder in den Griff zu bekommen und sich selbst neu zu entdecken.

Die eigenen Wurzeln finden, dachte sie, verschränkte die Arme hinter dem Kopf und starrte an die Decke. Eine Träne rann aus ihrem Augenwinkel ins Haar. Sie vermisste Mom und Dad so schrecklich. Wie gerne würde sie die Zeit für ein halbes Jahr zurückdrehen und den Ablauf des entsetzlichen Tages ändern, der ihr Leben so nachhaltig verändert hatte. Sie schloss die Augen, versuchte, die Erinnerungen zu verdrängen. Dies gelang ihr in den letzten Wochen immer öfter, doch heute nicht.

»Mom, Dad, ich wünsche euch ein unvergleichliches Wochenende«, hatte sie gesagt. »Genießt den Aufenthalt und erholt euch mal so richtig.« Sie hatte beide umarmt, zugesehen, wie sie unbeschwert in den Wagen gestiegen waren, und hatte ihnen ein letztes Mal zugewinkt.

In diesem Moment hatte sie sich wie die beste Tochter aller Zeiten gefühlt. Wie oft bekamen denn Eltern von den Kindern ein Wellness-Wochenende geschenkt?

Am selben Abend hatten zwei Polizisten mit ernster Miene vor ihrer Tür gestanden.

»Mrs. Thompson?« Das Mitleid in den Augen des jüngeren Beamten würde sie nie vergessen. »Können wir bitte einen Augenblick reinkommen?«

Sie hatte nur genickt und sich mit den Herren in die Küche gesetzt. *Habe ich geahnt, was die beiden zu sagen hatten, oder warum hatte sich mein Herz schon vor der Ankündigung zusammengekrampft?*

»Mrs. Thompson, es gab einen Unfall«, fing der Ält*ere an, während der Jüngere ungefragt ein Glas aus dem Vitrinenschrank holte, es mit Wasser aus dem Hahn füllte und es vor ihr hinstellte. »Ein Truck kam von der Fahrbahn ab und ha*t den Wagen Ihrer Eltern frontal erwischt.«

»Mom und Dad?« Flehend hatte sie den Polizisten angesehen. »Sind sie schwer verletzt?«

Er hatte den Kopf geschüttelt und das Quäntchen Hoffnung, das sie erfüllt hatte, mit seinen nächsten Worten zerstört: »Sie waren sofort tot. Es tut uns sehr leid.«

Sie war allein zurückgeblieben mit ihrem Schmerz und der Wut im Herzen über sich und die Welt. *Warum musste mein Geschenk der Tod für geliebte Menschen sein?*

Caitlin drehte sich auf der Couch um, rollte sich zusammen und weinte sich leise in den Schlaf, so wie sie es viele Monate zuvor schon getan hatte.

Matt hielt bei seiner täglichen Runde auf der aktuellen Baustelle inne und lauschte. Das restliche Team war anscheinend bereits anwesend. Er folgte dem Geräusch der Stimmen in den vorderen Bereich des Erdgeschosses.

»Wir haben ein Problem in der Küche« Douglas schaute finsterer als ein Gladiator in der Arena und ließ ihm keine Chance zu einer anständigen Begrüßung. »Da gab es wohl irgendwann ein Leck in den Rohren. Die wurden nach dem Wasserschaden offenbar erneuert, aber der Holzboden nicht. Er fault uns regelrecht weg.«

Sichtlich betrübt begutachtete Charlene den freigelegten Schaden und nickte Matt kurz zu. »Das ist ärgerlich«, murmelte sie und nahm ihre Brille ab, um sie mit einem Zipfel ihrer Bluse zu säubern. »Was wird uns das kosten?«

»Der alte Boden muss komplett raus und wenn wir Glück haben, sind die Tragbalken nicht betroffen.« Douglas wechselte einen Blick mit Jeff, der danebenstand und sich mit einer Hand durch den Bart fuhr. »Was meinst du?«

»Bestimmt so um die zweitausend«, antwortete der nach kurzem Zögern.

Charlene sog die Luft durch die Zähne ein. »Das fehlt uns am Budget. Die Kellys können sich eine Aufstockung nicht leisten.«

Matt mischte sich ein. »Sie erwarten ihr drittes Kind. Stimmt es, dass es sich um ein kleines Überraschungspaket handelt?«

»Ja«, bestätigte Douglas und stemmte eines der morschen Bretter mit dem Stemmeisen hoch. »Es war kein weiterer Nachwuchs geplant, aber jetzt freuen sie sich umso mehr.«

»Ich habe die Planung für das Obergeschoss deshalb noch einmal geändert«, kündigte Matt an. Eigentlich hatte er seine Freunde in einem günstigeren Augenblick informieren wollen, aber besser jetzt als nie.

Douglas warf ihm einen entnervten Blick zu. »Wir wollten morgen mit den Holzrahmen für die Wände oben starten.«

Matt zuckte mit den Schultern. »Jetzt bist du erstmal hier unten beschäftigt.« Er ignorierte die wütend zusammengezogenen Augen des Kumpels und fuhr fort: »Sie erwarten ein weiteres Kind, also gibt es ein Kinderzimmer mehr.«

»Das Obergeschoss wird aber nicht automatisch größer«, wies Jeff auf eine logische Tatsache hin.

Matt verdrehte die Augen. »Was du nicht sagst.« Er warf die Papierrolle, die er in der Hand mit sich trug, kurzerhand auf den Boden, ging in die Hocke und rollte sie aus. »Ich habe von jedem der zuvor geplanten Zimmer etwas abgezwackt.« Er deutete auf einen Raum. »Das Bad en Suite der Eltern wird kleiner.« Bedauernd sah er Charlene an. »Leider musste ich die freistehende Wanne dem neuen Erdenbürger opfern. Es wird aber dafür eine große ebenerdige Dusche geben. Mir war außerdem wichtig, dass die Änderungen keine Auswirkungen aufs Budget haben.«

Sie trat zu ihm hin, rückte ihre Brille gerade und schaute sich den Plan an. »Wie sieht es mit dem zweiten Badezimmer aus? Ist da eine Badewanne drin? Mit kleinen Kindern braucht man die einfach.«

Matt nickte und wies auf die entsprechende Stelle auf dem Grundriss hin.

Charlene zeigte sich damit zufrieden und deutete einen Daumen nach oben an.

»Unser hyperkreativer Architekt mal wieder.« Douglas zuckte mit den Schultern. »Du kannst echt froh sein, mit uns ein so flexibles Team für deine Hopplahopp-Aktionen zu haben.«

Matt gab seinem Freund stillschweigend recht. Er war wirklich für so manche einfallsreiche Überraschung in der

Planungsphase bekannt. Da die unkonventionellen Lösungen aber bei den Kunden ausgezeichnet ankamen, ließ Douglas, ihn gewähren und führte die Aufträge entsprechend aus.

»Ich werde die Änderung trotzdem mit den Bauherren absprechen«, fügte Douglas hinzu und schaute dann Jeff an. »Ich kümmere mich mit meinem Team um den Boden. Sobald wir fertig sind, kannst du hier die Küchenschränke einbauen.«

Der nickte auf seine bedächtige Art. »Klar. Wir sind längst dabei, sie zu schreinern.«

»Ich werde in den nächsten Tagen damit beschäftigt sein, hier durch die Läden zu ziehen, um Möbel und Deko für das Haus zu finden.« Charlenes Miene war nachdenklich. »Ich möchte, dass die Familie sich hier sofort wohlfühlt, und bin auf der Suche nach dem passenden Stil.« Sie wandte sich an Jeff. »Ich gebe dir auf jeden Fall rechtzeitig Bescheid, in welcher Farbe du die Küchenschränke lackieren sollst.«

»Jetzt haben wir lange genug hier rumgeschwafelt.« Douglas hatte das Stemmeisen noch immer in der Hand und sah konzentriert auf die schadhafte Stelle im Küchenboden. »Ich habe einen Arsch voll zu tun.«

»Dann lass dich nicht aufhalten.« Charlene grinste und spitzte die Lippen, als er sich auf den Boden kniete und ihr dabei den Rücken zuwandte. »Gut, dass wir Freunde sind, sonst würde ich jetzt sagen: netter Arsch.«

»Freches Biest«, antwortete er gleichmütig, während er unbeirrt mit der Arbeit begann. »Jungs, ihr dürft gerne mithelfen.«

»Diese Tätigkeit gehört nicht gerade zu meinen Kernkompetenzen«, gab Matt zu bedenken und schaute an sich herab. »Ich bin außerdem nicht passend gekleidet.«

Jeff lachte schallend und schlug ihm dermaßen kräftig auf den Rücken, dass er fast vornübergefallen wäre. »Keine Panik! Ich zeig dir, wie es geht und deine Klamotten werden es aushalten.«

Douglas setzte sich auf die Fersen und grinste ihn von unten her an. »Er würde jetzt viel lieber zum *Heaven Diner* fahren und schauen, ob die süße Caitlin Thompson dort sitzt.«

Charlene lachte hellauf. »Sag an! Hat unser Luftikus womöglich sein Herz verloren?«

Jeff legte seinen Arm um Matts Schultern und schüttelte den Kopf. »Ich befürchte, er wird bei ihr abblitzen. Bisher hat noch jede gemerkt, dass er bindungsresistent ist.«

»Na, da redet der Richtige«, empörte sich Matt. »Wie kommst du denn auf die blöde Idee?«

»Deine Beziehungen sind in der Regel eher kurzfristig«, erklärte Jeff in jovialem Ton. »Ich weiß allerdings nie, ob du derjenige bist, der kein Durchhaltevermögen besitzt oder ob die Mädels die Flucht antreten.«

Matt hob abwehrend beide Hände hoch. »Ihr tut ja gerade so, als ob ich ein fleischgewordener Casanova wäre.«

Charlene lachte, zeigte ihm dann aber den erhobenen Zeigefinger. »Pass bloß auf. Ich finde Caitlin total nett. Sie ist neu hier und sucht Anschluss.«

»Übrigens kümmert sich Jimmy bereits um ihren Wagen«, lenkte Douglas das Gespräch in eine andere

Richtung. »Er meinte, dass er nicht sagen kann, wann er ihn fertig hat. Ist anscheinend nicht so einfach, für das Auto Ersatzteile zu finden.«

Der Themawechsel trug ihm einen dankbaren Blick Matts ein. »Gut zu wissen. Mal schauen, vielleicht braucht sie einen Chauffeur.«

Belustigt grinste Jeff ihn an. »Du weißt genau, dass Jimmy es gerne übernimmt, ihr einen Ersatzwagen zu beschaffen.«

»Wenn ich nett sein will, passt es auch nicht.« Gespielt verzweifelt schüttelte Matt den Kopf und deutete auf Charlene. »Erst heißt es, Caitlin sucht Anschluss, und dann soll ausgerechnet Jimmy ihr behilflich sein. Der gute Mann ist um die sechzig Jahre alt.«

Jeff lachte herzlich. »Du hörst dich richtig opferbereit an.«

»Ich habe halt ein gutes Herz«, gab er schlagfertig zurück.

»Und bist völlig uneigennützig«, trug Douglas zur allgemeinen Belustigung bei. »Du solltest dazu allerdings deinen Heiligenschein besser polieren. Den Schutzpatron der einsamen Herzen nimmt dir sonst keiner ab.«

»Damit der glänzt, benötigt er Bleiche oder ein ähnlich starkes Mittel«, witzelte Jeff, nahm Matt spaßeshalber in den Clinch und verstrubbelte lachend seine Frisur.

»Wer solche Freunde hat, braucht keine Feinde«, resümierte Matt und gab seinem Kumpel einen Ellbogenstoß direkt in die Rippen.

»Au!« Der bärtige Riese rieb sich die schmerzende Stelle und trat einen Schritt zur Seite, um sich in Sicherheit zu bringen.

»Mal abgesehen von deinem nicht zu übersehenden Interesse an unserer Neubürgerin, denke ich, dass sie erst mal eine Freundin im Ort braucht«, mischte sich Charlene ein und schaute Matt streng an.

»Da könntest du sogar recht haben«, stimmte er ihr zur Verwunderung aller zu.

»Man höre und staune«, formulierte es Douglas auch sofort.

»Hey, Freunde, jetzt kriegt euch mal wieder ein.« Matt runzelte die Stirn und musterte jeden einzelnen verärgert. »Ihr tut ja gerade so, als wäre ich einer, der die Herzen reihenweise bricht. Ich habe nicht vor, Caitlin zu verletzen.«

»Behauptet auch keiner«, meinte Charlene, strich ihm über den Arm und wechselte sogleich das Thema. »Ich lasse euch jetzt allein hier weitermachen und fahre nach Hause, um die Einrichtungspläne voranzubringen.«

»Perfekter Plan«, stimmte ihr Douglas zu. »Und wir drei reißen den Boden raus, damit wir morgen den neuen verlegen können.«

Matt wusste, wann er verloren hatte, und machte sich auf die Suche nach dem passenden Werkzeug.

Caitlin erwachte mit brummendem Schädel und steifem Nacken von der ungewohnten Schlafposition auf der Couch. Mühsam setzte sie sich auf und bewegte den Kopf vorsichtig hin und her. Ein Blick auf die Uhr zeigte, dass sie fast zwei Stunden lang geschlafen hatte.

Sie wankte in die Küche, um ein Glas Wasser zu trinken, und sich anschließend einen Kaffee zu kochen. An ihrer Tasse nippend, schlenderte sie kurz danach zur Balkontür und öffnete diese weit. *Ein wenig frische Luft wird hoffentlich den restlichen Nebel aus meinem Oberstübchen vertreiben*, dachte sie mit einem leisen Seufzer.

Da es schon wieder regnete, verzichtete sie darauf, hinauszutreten, sondern lehnte sich lässig gegen den Türrahmen und atmete tief ein.

In dem großzügig angelegten Vorgarten des Hauses entfaltete eine elegante Roteiche ihre zarten Frühlingsblätter. Die Natur feierte den Frühling und überall keimte neues Leben auf.

Ein weiterer Schluck Kaffee ließ ihre Lebensgeister langsam erwachen. *Ich bin hierhergekommen, um Antworten zu finden, und nicht, um weiterhin Trübsal zu blasen*, ermahnte sie sich in Gedanken. Sie betrachtete den Baum und mit jeder Sekunde wandelte sich ihr Blick. Die Traurigkeit verlor sich und das Interesse der Künstlerin, die sich so lange in ihr zurückgehalten hatte, erwachte.

Sie bedauerte es, dass sie ihre Malfarben nicht griffbereit hatte. Zu gerne hätte sie sich an ihre Staffelei gestellt und die Szene auf der Leinwand festgehalten, doch die befand sich noch mit all ihren restlichen Habseligkeiten in Chicago. Sie musste sich also bis morgen gedulden, bis der Umzugswagen mit all dem Kram, der nicht in ihr Auto gepasst hatte, hier ankam.

»Ach was«, überlegte sie laut. »Back to the Roots ist angesagt.«

Sie kramte einen Block und ein schmales Schlampermäppchen aus der Kommode, die an der Wand neben der Couch stand, und setzte sich damit an den Esstisch. Von diesem Platz aus hatte sie das Fenster gut im Blick. Nur die Gardine störte.

»War ja klar«, murmelte sie und erhob sich wieder, um sie zurückzuziehen. Jetzt hatte sie freie Sicht.

Mit spitzen Fingern kramte sie einen Bleistift in der optimalen Härte aus dem Etui. Bevor sie anfing, zu zeichnen, lehnte sie sich entspannt zurück, tippte mit dem Stift gegen ihre Lippen und legte den Kopf leicht schräg.

»Ja, mit dem Fensterrahmen ist es das perfekte Motiv«, murmelte sie vor sich hin.

Wie hatte ihre Psychiaterin gesagt? Gerade wenn man allein lebte, war es angenehm, hin und wieder eine Stimme zu hören, auch die eigene. Sie sollte allerdings dabei darauf achten, dass es sich mehr um eine Art Brainstorming mit sich selbst handelte, denn sonst bestand die Gefahr, die Einsamkeit mit permanten Selbstgesprächen zu verstärken.

Sie presste die Lippen aufeinander, zog eine Schnute und legte den Stift zur Seite. Wegen der permanenten Schuldgefühle am Tod ihrer Eltern hatte sie sich von ihren Freunden zurückgezogen. *Wie lange war es her, dass ich erkannt habe, dass die selbst gewählte Isolation alles verschlimmerte?*

»Vier Monate«, grummelte sie und nahm den Bleistift wieder in die Hand. »Fast auf den Tag genau.«

Mit einem Seufzer runzelte sie die Stirn und konzentrierte sich auf ihr eigentliches Vorhaben. Mit schnellen Strichen skizzierte sie den dunklen Fensterrahmen aus Holz und die einzelnen Sprossen. Auf dem Blatt bildete sich allmählich ein Ast der Eiche sowie Zweige, bei denen das erste Grün des Jahres ausschlug, ab.

Eine Stunde später betrachtete sie ihr Werk. »Sobald meine Staffelei hier ankommt, werde ich dich auf eine Leinwand übertragen und farbig gestalten«, flüsterte sie und lächelte nachdenklich. *Ob ich mit dem fertigen Bild die Gefühle visualisieren kann, die ich beim Blick aus dem Fenster in mir spüre? Wird die Hoffnung, nach einem langen Winter in die erwachende Natur hinauszukönnen, auch für mich wahr werden?*

»Das wird kein leichter Weg«, stellte sie fest und stand auf. Es wurde Zeit für einen kleinen Snack. Wie gut, dass sie die Zimtschnecke mitgenommen hatte. Besser die zum Abendessen als nichts.

Kapitel 4

Millicent Howard rauschte energiegeladen zur Tür des Diner hinein. »Guten Morgen, Mädels«, zwitscherte sie und spazierte direkt hinter die Theke, um sich einen Kaffee einzuschenken.

Von Prudence, die bereits an ihrem morgendlichen Stammplatz saß, kam lediglich ein dumpfes Grummeln. Sie stützte sich mit den Ellbogen auf dem Tisch ab und hielt eine große Tasse Milchkaffee in der Hand.

Norma nickte der Freundin nur zu und knabberte an einem Cookie.

»Es ist ein Kreuz mit euch schrecklichen Morgenmuffeln.« Millicent grinste und löffelte reichlich Zucker zu dem schwarzen Gebräu in ihrer Lieblingstasse.

»Immerhin habe ich heute schon Kaffee aufgebrüht«, maulte die Köchin und streckte die Hand nach einem weiteren süßen Teilchen aus.

»Eine beachtliche Leistung«, kicherte Millicent und setzte sich zu den beiden.

»Jetzt reiß dich mal zusammen!« Prudence rieb sich die Schläfen. »Diese morgendliche Fröhlichkeit grenzt an Unanständigkeit.«

»Ach herrje!« Millicent klatschte in die Hände und mimte die Überraschte. »Sag nur, es ist kein männliches Wesen hier, bei dem du heute schon mit deinem unaussprechlichen Charme punkten konntest.«

»Unaussprechlich ist gut«, lachte Norma, gleich ein Ticken munterer.

»Was wollt ihr zwei damit andeuten?«, fauchte Prudence und verengte die übermäßig geschminkten Augen zu schmalen Schlitzen.

Norma Winterapple beugte sich nach vorne und deutete mit spitzem Finger auf die Freundin. »Mal angenommen, es würde ein strammer Bursche den Raum betreten.« Sie grinste übertrieben und zeigte die prachtvollen dritten Zähne.

Prudence hob die Nase in einer arrogant anmutenden Geste in die Luft. »Was wäre dann?«

Millicent kicherte. »Du würdest wie eine Rakete von deinem Stuhl aufspringen.« Sie ahmte es nach und wackelte mit wild schwingenden Hüften durch den Raum um die Tische herum.

»Und du würdest wie eine rollige Katze um ihn herumstreichen«, ergänzte Norma und lachte schallend, als Prudence beleidigt aufstand und in die Küche ging.

An der Schwingtür drehte sich die Gefoppte um und musterte die beiden streng. »Nur weil ihr euch bereits zum alten Eisen zählt, muss ich es euch nicht gleichtun.«

Norma zuckte mit den Schultern und rief der Freundin laut hinterher: »Nur weil man den beginnenden Rost mit Schminke übermalt, heißt es nicht, dass er nicht da ist.«

Prudence streckte den Kopf durch die Tür. »Sprichst du damit auf dein liebstes Thema an?« Sie verdrehte die Augen. »In Würde altern. Du meine Güte, wie langweilig«, lästerte sie und verschwand wieder.

»Man kann natürlich auch leugnen, dass man zum Fossil wird«, meinte Norma süffisant zu Millicent.

»Ich habe dich gehört«, rief Prudence aus der Küche. »Wenn du so weitermachst, dann siehst du tatsächlich bald aus wie ein Relikt aus der Urzeit.«

Millicent gab Norma einen Tritt gegen das Schienbein. »Lass es jetzt gut sein. Besinne dich lieber auf deinen Job als Köchin. Ich möchte etwas frühstücken.«

Sie erntete einen abschätzenden Blick. »Du willst, dass ich mich zu unserer männermordenden Rentnerin in die Küche bewege?«

»Norma Winterapple.« Prudence stand mit verschränkten Armen in der Küchentür und ihre Augen blitzten erbost. »Da ich nach wie vor einer geregelten Tätigkeit nachgehe, kann man mich wohl kaum als Rentnerin bezeichnen. Ich bin ja sogar Miteigentümerin dieses Ladens.«

»Ja, wie soll ich dich denn dann nennen?« Norma grinste selbstgefällig. »Bejahrte Fregatte auf der permanenten Suche nach einem jungen Kapitän?«

»Sagt ausgerechnet der alte Besen, den keiner mehr reiten will«, kam die schlagfertige Antwort umgehend.

Millicent erhob sich und stemmte die Arme in die Seiten. »Schluss, ihr zwei! Es ist wirklich unglaublich, wie ihr aufeinander einhacken könnt.«

»Stell dich nicht so an.« Norma winkte ab. »Es gab bisher keine Toten.«

»Wenn ich nicht bald was zu essen bekomme, habt ihr das erste Opfer eurer Verbalschlachten vor euch liegen«, meinte Millicent pikiert.

Norma machte eine ausschweifende Geste mit der Hand in Richtung Küche. »Du weißt, wo es Nahrung im Überfluss gibt, also mach dich selbst frisch ans Werk.«

»Meckere aber hinterher nicht, dass ich deinen Arbeitsplatz wie ein Schlachtfeld hinterlasse.« Hungrig stand Millicent auf und stolzierte zur Küche.

»Du meine Güte, ich komme ja schon«, gab Norma auf und folgte ihr.

Caitlin trabte in gemächlichen Laufschritten die Straße entlang. Nachdem sie gestern frühzeitig ins Bett gegangen und geschlafen hatte wie ein Murmeltier, war sie heute früh auf den Beinen. Spontan hatte sie beschlossen, sich endlich wieder sportlich zu betätigen.

In der Vergangenheit war sie regelmäßig gelaufen, doch in den letzten Monaten hatte sie es komplett vernachlässigt. Der Unfall der Eltern, der darauffolgende Schock und all die Formalitäten rund um die Bestattung waren gewichtige Gründe, das eigene Wohlergehen außer Acht zu lassen. Die weiteren Erkenntnisse nach ihrem schweren Verlust hatten alles andere in den Hintergrund gerückt. Doch jetzt war es endlich an der Zeit, wieder an sich zu denken. Zumindest war ihr das heute beim ersten Kaffee durch den Kopf gegangen und sie hatte ihr Vorhaben wider ihrer Gewohnheit sofort umgesetzt.

Du meine Güte, ich schleiche lahmer als eine Schnecke durch die Straße, überlegte sie mit einem Anflug von Galgenhumor. Langsam aber sicher wurde ihr warm und sie schaute auf ihre Fitnessuhr. *Mehr als fünfzehn Minuten zu laufen, sollte ich schaffen.*

Caitlin straffte die Schultern, achtete auf ihren Atem und steigerte das Tempo ein wenig. Am ersten Tag sollte man es nicht übertreiben, doch allmählich kam sie in einen angenehmen Rhythmus.

Sie konzentrierte sich auf ihre Umgebung und wieder fielen ihr die traumhaften Gebäude auf. Einige standen sicher seit über einem Jahrhundert hier. Etliche Baustile waren vertreten, vom traditionellen Craftsman-Stil bis zu den Mid-Century-Anwesen der Fünfzigerjahre. Ihr hatten es besonders die altehrwürdigen Cottages im Farmhaus-Look angetan.

Wie wohl das Haus aussieht, in dem meine Mom aufgewachsen ist. Es muss ganz in der Nähe sein. Ob ich mal daran vorbeilaufen soll?

Sie schaute geradeaus und wurde auf eine Gestalt aufmerksam, die ihr entgegenkam. Begleitet wurde der hochgewachsene Jogger von einem Hund, der entspannt neben ihm her trabte. Ihr Herz schlug augenblicklich ein paar Takte schneller. Das war eindeutig Matt.

Er grinste, stoppte kurz und wendete, um mit ihr in dieselbe Richtung zu laufen. »Guten Morgen, Caitlin«, begrüßte er sie locker und kein bisschen außer Atem, wie sie neidvoll eingestehen musste. »Es ist doch okay, wenn ich dich beim Vornamen nenne?«

»Guten Morgen, Matt«, gab sie fröhlich, aber um einiges atemloser, zurück. »Ja, das ist natürlich okay.«

»Ich bin so frei und schließe mich dir an? Allein laufen ist langweilig.«

»Dann hoffe ich, dass ich bei eurem Tempo mithalten kann. Ich bin etwas außer Übung.«

»Ich bin schon eine Weile unterwegs und lasse meine Runde gerne ein wenig langsamer auslaufen.« Sein spitzbübisches Grinsen hatte verdammt viel Charme. »Vor allem, wenn eine so nette Begleitung die Belohnung dafür ist.«

Ihr Herz hüpfte, ein wohliges Gefühl vermischt mit einem Ticken Aufregung. Wie lange hatte sie sich schon nicht mehr auf einen Flirt eingelassen? *Versau dir nicht deinen Neustart hier mit einer flüchtigen Liebelei*, meldete sich ungefragt die Stimme der Vernunft in ihrem Oberstübchen. *Du willst in dieser Kleinstadt ein Weilchen leben und wenn die Romanze in die Hose geht, könnte das hier unangenehm werden.*

Sie blieb ihm eine Antwort schuldig, war aber froh, dass er sein Tempo ihr anpasste. Langsam kam sie außer Puste, und ihr Kopf leuchtete bestimmt schon knallrot. Verdammt! *Ich bin mal eine richtige Sportskanone gewesen*, rief sie sich ins Gedächtnis. Musste ausgerechnet bei ihrem ersten Lauf nach ewigen Zeiten ein hervorragend aussehender junger Mann ihr Begleiter sein? Es war schlicht totpeinlich.

Chewie, der sie zuvor mit einem Schwanzwedeln begrüßt hatte, lief ihnen mittlerweile weit voraus. Ihm war sie definitiv zu langsam.

»Dein Freund möchte lieber Gas geben«, wies sie Matt mit einer Geste auf den Hund hin.

»Den zieht es zu seinem Futternapf.« Er winkte ab und grinste wieder. »Dazu braucht er aber dummerweise einen Dosenöffner in Menschengestalt.«

Sie lachte leise auf. »Wie gemein von dir.«

»Was heißt hier gemein?«, flachste er. »Er bekommt regelmäßig von mir zu fressen, ich teile meine Wohnung mit ihm und habe ihm sogar einen eigenen Schlafplatz eingerichtet. Dazu laufe ich mit ihm um die Häuser und nehme es ihm nicht übel, wenn er bei den Mädels besser ankommt als ich.«

»Und Letzteres soll ich allen Ernstes glauben?«, gab sie zurück und schaute ihn mit gespieltem Zweifel im Blick an.

»Wenn Chewie seinen heißesten Hundeblick einsetzt, sieht mich keine Frau mehr. Er zieht sie dann regelrecht in seinen Bann.«

»Du erweckst jetzt nicht den Eindruck, als würde dich das todunglücklich machen.« Sie versuchte, beim Reden nicht allzu stark zu schnaufen. »Ich kenne eine Reihe von Männern, die sich extra einen Hund angeschafft haben, damit sie überhaupt mit Frauen ins Gespräch kommen.«

»Autsch!« Matt warf ihr einen Blick zu und drosselte sein Tempo. »Ich hoffe, dass ich das nicht nötig habe.«

»Kann ich jetzt nicht beurteilen.« Sie überlegte, wie lange sie noch durchhalten würde, ohne sich komplett zu blamieren.

In der nächsten Straße, in die sie einbogen, standen einige regelrechte Prachtbauten.

»Wow! Was für traumhafte Häuser«, staunte sie schwer atmend.

»Ein paar davon stehen schon seit über hundert Jahren hier«, erklärte Matt. »Und einen großen Teil der Objekte, haben meine Freunde und ich renoviert.«

»Ist man als Architekt nicht eher darauf aus, eigene Gebäude zu entwerfen und zu bauen?«

Er zuckte mit den Schultern. »Ich liebe es, alten Bauten wieder Leben einzuhauchen. Es ist gar nicht so leicht, die ursprüngliche Architektur zu erhalten und trotzdem an die moderne Zeit anzupassen.«

»Das kann ich mir gut vorstellen.« Sie schielte zu einem Haus hin, dem solch eine liebevolle Behandlung bisher nicht zuteilgeworden war. »Ach herrje, das hier ist ja eine regelrechte Bruchbude.« Mittlerweile keuchte sie schon beim Reden.

Matt drosselte sein Tempo, blieb dann stehen und tat so, als würde er das alte Haus nachdenklich betrachten.

Dankbar stoppte sie ebenfalls und beugte sich nach vorne. Japsend stützte sie sich mit den Händen auf den Knien ab.

»Die Besitzerin ist vor fünf Jahren gestorben. Die Erbin wohnt angeblich in der Großstadt und kümmert sich nicht darum.« Er deutete auf das Dach. »Nicht mehr lange und es ist abbruchreif.«

Sie schluckte und schaute sich das Gebäude näher an. Es handelte sich um ein kleines Cottage mit einer zauberhaften Veranda und reizenden Sprossenfenstern. Ein ungutes Gefühl beschlich sie bei seinen Worten. War es das Haus, nach dem sie suchte? Sie schielte auf die Hausnummer und das Herz wurde ihr schwer.

Matt fiel entweder nicht auf, dass er auf seine Ausführungen keine Antwort bekam oder er nahm an, dass sie zu sehr außer Atem war. »Wir haben bereits versucht, es zu kaufen, aber die Eigentümerin hat leider auf unsere Anfrage überhaupt nicht reagiert«, führte er näher aus.

»Wie traurig«, ächzte sie und hustete.

»Ja, das ist es.« Matt zeigte auf das Haus, das direkt danebenstand. »Millicent wohnt hier und die beiden anderen Ladys um die Ecke.« Er rief seinen Hund, der mittlerweile einen ziemlichen Vorsprung hatte.

»Lauf ruhig mit ihm weiter«, meinte Caitlin. »Mir fehlt leider die Ausdauer.«

»Ich spaziere lieber gemächlich mit dir zurück.« Er grinste und streichelte Chewie, der brav zu ihnen zurückgekehrt war. »So kann ich wenigstens mal so tun, als ob ich ein echter Gentleman wäre.«

Sie schaute zu ihm hoch. Der Blick in seine Augen war tödlich, ließ ihr Herz postwendend aus dem Takt geraten. *Bei ihm versagt mein üblicher Abwehrmechanismus und das ist gar nicht gut*, schoss es ihr durch den Kopf. Ihre Libido bekam bei ihm tatsächlich ein Eigenleben, denn in ihrem Bauch flatterte sofort ein ganzer Schwarm Schmetterlinge los. »Ich muss definitiv meine Ausdauer trainieren«, stotterte sie atemlos und hoffte, dass er nicht ahnte, was in ihr vorging.

»Das ist nie verkehrt. Lass uns künftig gemeinsam laufen«, schlug Matt vor. »Ich muss dann nicht mehr allein joggen und kann dir gleichzeitig Heaven Oaks zeigen.«

Wie kann man ein solch nettes Angebot ausschlagen? Sie suchte insgeheim, aber vergeblich, nach Gründen, doch sie gestand sich ein, dass sie das gar nicht wollte. Ihre völlig widersprüchlichen Gedanken versuchte sie erst gar nicht einzuordnen. »Ja, warum denn nicht.« Mit einem verschämten Lachen fügte sie hinzu: »Das heißt, wenn es dir nichts ausmacht, dass ich es am Anfang ein wenig langsamer angehen lasse.«

»Ich bin froh, dass du mir keinen Korb gibst. Das hätte mein Selbstwertgefühl in Grund und Boden gestampft.«

»Ach, ich glaube, dein Selbstvertrauen hält einiges aus«, gab sie ungeniert zurück.

Er fasste sich theatralisch ans Herz und mimte den sterbenden Schwan, indem er so tat, als käme er ins Straucheln. »Du tust mir unrecht, schönste Caitlin.«

Sie lachte, ging aber nicht auf seinen Flirt ein. »Wann läufst du denn immer los?«

»So gegen sechs Uhr«, antwortete er prompt und ergänzte auf ihren wohl etwas verschreckten Gesichtsausdruck hin: »Wenn dir das zu früh ist, können wir später starten.«

Um diese Uhrzeit liege ich noch im Koma, dachte sie entsetzt, winkte trotz alledem lässig ab. »Nein, das passt schon.«

»Wunderbar«, freute sich Matt. »Ich hole dich morgen pünktlich ab. Ich wohne nur zwei Straßen weiter.«

»Lass uns den restlichen Weg zurückjoggen«, schlug sie tapfer vor und atmete durch.

Er nickte und sie setzten sich in Bewegung, um in gemäßigtem Tempo nebeneinander her zu laufen.

Chewie bellte vor Freude und düste voraus.

»Genau das habe ich jetzt gebraucht.« Mit einem Seufzer lehnte sich Millicent auf ihrem Stuhl zurück und faltete die Hände über dem nun gut gefüllten Bauch.

»Du bist so was von verfressen«, murrte Prudence, die noch immer die Beleidigte mimte.

»Und du bist nur neidisch, weil ich essen kann, was und wie viel ich will und dabei nicht zunehme«, revanchierte sich Millicent, ohne mit der Wimper zu zucken. Sie streckte die Hand nach ihrem Teller aus, fuhr mit dem Finger den Rand entlang und strich den Ahornsirup, der dort klebte, ab. Mit Hochgenuss schleckte sie ihn demonstrativ ab.

»Zeigen deine Tischmanieren jetzt, dass du dich jung gehalten hast, oder dass du es nie lernen wirst?« Norma lachte, sichtlich belustigt über Prudence‘ beleidigte Miene.

»Weder noch«, gab Millicent zurück. »Es zeigt, dass ich das Leben genieße.«

Prudence verzog die Lippen zu einem leichten Lächeln und nickte zustimmend. »Was ja nicht das Verkehrteste ist.«

»Themawechsel«, kommandierte Norma abrupt.

Sofort setzte sich Prudence aufrechter hin und verschränkte die Arme an der Tischkante. »Unsere Neubürgerin?«

»Bingo«, stimmte Norma zu. »Scheint ein recht nettes Mädel zu sein.«

»Aber was macht ein Stadtkind hier in Heaven Oaks?«, fragte Prudence und griff nach ihrem Glas mit frisch gepresstem Orangensaft.

»Ob sie etwas ausgefressen hat und auf der Flucht ist?«, mutmaßte Millicent mit gespannter Miene. »Vielleicht sollten wir mal den Sheriff involvieren?«

Norma winkte ab und schüttelte den Kopf. »Macht sie auf dich etwa den Eindruck einer Schwerverbrecherin?«

»Nicht unbedingt«, gab Millicent zu. Überzeugt schien sie davon aber nicht. »Wer weiß schon, wie so jemand aussieht?«

»Stille Wasser sind tief«, gab sich Prudence philosophisch.

Norma klopfte mit den Fingerspitzen auf die Tischplatte, wie immer, wenn sie intensiv über etwas nachdachte. »Auf der Flucht ist sie höchstens vor sich selbst.«

»Du denkst an eine Art Selbstfindungsphase in der Einöde?«, meinte Prudence eifrig.

»Du meine Güte!« Norma Winterapple lachte hell auf. »Wir leben in einer Kleinstadt, aber doch nicht in der Walachei.«

»Sie hat ihren Aufenthalt in Heaven Oaks generalstabsmäßig geplant.« Millicent schaute Beifall heischend in die Runde. »Natürlich wenn man von der

Autopanne absieht. Die hat sie aber immerhin direkt zu uns geführt.«

»Aha.« Prudence, die sich offenbar uninformiert fühlte, bohrte nach: »Was hat sie denn so alles geplant?«

»Sie hat die Wohnung bereits vor zwei Monaten gemietet.« Millicent blickte sich stolz um. »Ich habe Ernest, ihren Vermieter, ein wenig in die Mangel genommen, um das herauszufinden.«

Norma lachte schallend. »Du hast ihn mit Zimtschnecken bestochen.«

Millicent zuckte lediglich mit den Schultern und ignorierte diesen Einwand. »Er hatte die Wohnung im Internet inseriert und sie hat vor zwei Monaten auf das Inserat geantwortet.«

»Heute kommt eine Umzugsfirma und bringt ihre restlichen Sachen aus Chicago«, berichtete Norma. »Und, nein, ich habe niemanden dafür bestochen. Sie hat für die Umzugsleute einen Tisch reserviert.«

»Matt hat ein Auge auf sie geworfen«, verkündete Prudence.

»Dass dir so etwas auffällt, wundert mich jetzt weniger«, spöttelte Norma und nippte dann an ihrem mittlerweile erkalteten Kaffee. Sie verzog angewidert die Lippen.

»Kalter Kaffee lässt dich auch nicht mehr schöner werden«, teilte Prudence sofort wieder aus.

Auf diesen Seitenhieb ging Norma gar nicht erst ein. »Ja, ich glaube sehr wohl, dass Matt auf sie fliegt. Die Frage wird eher sein, ob sie an ihm Interesse zeigt.«

»Er ist gutaussehend, charmant und hat einen Beruf, mit dem man eine Familie ernähren kann«, zählte Millicent Matt McKenzies positive Eigenschaften auf.

»Heutzutage braucht eine Frau keinen Versorger.« Norma rümpfte die Nase über die mittelalterliche Einstellung ihrer Busenfreundin und stand auf, um sich einen frischen Kaffee einzuschenken. »Wir sind doch nicht mehr in der Steinzeit.«

Prudence zog ein ungewöhnlich ernstes Gesicht. »Ich denke, Caitlin muss erst mal hier richtig ankommen, bevor Matt bei ihr landen kann.«

»Wer sagt denn, dass er überhaupt ihrem Geschmack entspricht?«, warf Millicent ein.

»Also, sorry, wer so einen Mann von der Bettkante schubst, kann nur tot sein«, kam es prompt von Prudence.

»Er sieht schon unanständig gut aus«, stimmte Norma ihr sofort zu, was ihr einen erstaunten Blick von Millicent eintrug.

Die drei Damen schwiegen einen Moment. Jede hing ihren eigenen Gedanken nach.

Millicent schnappte sich eine weitere Zimtschnecke, Norma setzte sich und nippte an dem heißen Kaffee, während Prudence ihren Orangensaft austrank.

»Sie kommt mir so bekannt vor.« Nachdenklich starrte Norma aus dem Fenster.

Millicent kniff die Augen zusammen. »Jetzt, wo du es sagst.«

»Und an wen denkt ihr dabei?« Prudence schaute merklich verblüfft von einer zur anderen.

»Wenn ich nur draufkäme«, meinte Norma in frustriertem Tonfall. »Ich brüte schon darüber nach, seit ich sie mit Matt hier frühstücken sah.«

»Du denkst, sie sieht jemandem in Heaven Oaks ähnlich?« Prudence schüttelte ungläubig den Kopf. »Mir fällt da niemand ein, der auch nur annähernd so ausschaut wie sie.«

»Du hast sie an ihrem ersten Abend nicht richtig angesehen, weil du wieder mal viel zu sehr damit beschäftigt warst, irgendwelchen Typen schöne Augen zu machen«, gab Millicent zu bedenken.

»Kerlen, die eher deine Söhne sein könnten«, ergänzte Norma und schüttelte den Kopf. »Ach, was sag ich! Deine Enkel!«

»Du bist heute wieder mal unübertroffen freundlich«, motzte Prudence. »Ich will halt in Übung bleiben.«

»Time out!« Millicent formte mit den Händen ein T, das klassische Zeichen im Sport für eine Unterbrechung. »Lasst es gut sein. Eure ewige Zankerei bringt uns jetzt auch nicht weiter.«

Norma nickte, stützte sich mit den Ellbogen auf dem Tisch ab und verschränkte die Arme. »Ich kann nicht sagen, ob es die Augen sind oder die Mundpartie, doch ich habe das Gefühl, als hätte ich das Gesicht schon hundertmal gesehen.«

»Womöglich hat sie Verwandte hier und ist deshalb nach Heaven Oaks gekommen.« Stolz auf diesen Geistesblitz schaute Millicent die Freundinnen an.

»Warum kommt sie dann in unser Diner, wenn sie Hilfe braucht, und wendet sich nicht an die Verwandtschaft?«, stellte Prudence die Annahme infrage.

»Stimmt. Wer Familie hat, ruft diese an, damit sie einem in der Not beisteht«, gab Millicent ihr recht, doch dann überlegte sie. »Wer weiß, womöglich sucht sie nach Familienangehörigen in Heaven Oaks, zu denen sie bisher keinen Kontakt hatte.« Sie beugte sich aufgeregt vor. »Wir könnten ihr ja unsere Hilfe anbieten.«

Norma schüttelte den Kopf. »Lass das Mädel erst mal hier ankommen, dann sehen wir weiter. Wenn wir uns sofort in ihre Angelegenheiten einmischen, verschrecken wir sie womöglich nur. So ernst, wie Caitlin immer schaut, hat sie gewiss ihr Päckchen zu tragen.«

Millicent wischte sich den Mund mit einer Serviette ab und warf sie auf den leeren Teller. »Du weißt doch, dass ich keine Geduld habe. Was ist, wenn ich mich verplappere?«

»Du meine Güte! Reiß dich einfach zusammen.« Prudence schaute streng. »Wir müssen da schon ein wenig raffinierter vorgehen.«

Die Freundinnen lehnten sich gleichzeitig zurück. Sie musterten Prudence, die sich in ihrer Flotte-Lady-Manier soeben die Frisur mit der Hand richtete.

»Na, dann lass uns mal teilhaben an deinem glorreichen Plan.« Norma seufzte resigniert.

Kapitel 5

Caitlin duschte sich nach dem Joggen. Kurz darauf standen schon die Arbeiter der Umzugsfirma aus Chicago vor der Tür. Im Eiltempo luden sie ihr restliches Hab und Gut aus dem Transporter und verfrachteten es in die kleine Mietwohnung. Als Dankeschön lud sie die Umzugshelfer anschließend zum Essen ins Diner ein. Sie war heilfroh, dass sie am Tag zuvor einen Tisch reserviert hatte, denn der Laden war bis auf den letzten Platz besetzt.

Es herrschte ein solcher Trubel, dass nicht einmal Millicent Zeit fand, mit ihr zu quatschen, was Caitlin heute nicht sonderlich traurig stimmte. Nach dem anstrengenden Vormittag war sie nicht allzu gesprächig.

Zurück in ihrer Wohnung fing sie an, auszupacken und aufzuräumen, obwohl sich ihre Lust dazu in Grenzen hielt. Sie hängte ihre Klamotten in den Einbauschrank, dabei überlegte sie, dass sie durchaus noch einiges aussortieren könnte. *Heute werde ich das aber sicher nicht machen*, dachte sie und streckte den schmerzenden Rücken durch.

Ihr Geschirr platzierte sie zuerst auf der Kücheninsel, bevor sie die Gläser in die Vitrine und die Teller, Besteck und alle sonstigen Utensilien in die dafür vorgesehenen Schubladen räumte. Die beiden Kisten mit den Büchern, die sie nicht verkauft hatte, ließ sie vorerst links liegen. *Wenn ich damit anfange, endet es garantiert im Lesesessel*, gestand sie sich mit einem schrägen Grinsen ein.

Ihre Staffelei stellte sie an das großzügige Erkerfenster. Hier hatte sie optimales Licht zum Malen. Die Kommode, in der all ihre Farben, Pinsel und was sie sonst benötigte, lagen, hatten die Möbelpacker bereits daneben an der Wand platziert. Sie musste nur noch die Klebestreifen entfernen, mit denen sie die Türen und Schubladen gesichert hatte. Dies war das einzige Möbelstück, von dem sie sich nicht getrennt hatte.

»Genug für heute«, beschloss sie und schaute nach draußen. »Zeit, ein bisschen frische Luft zu schnappen.«

Kurz entschlossen schlüpfte sie in ihre Jeansjacke, hängte sich ihre Handtasche um und verließ die Wohnung.

Sie schlenderte ziellos durch die Kleinstadt und bewunderte die Auslagen der Geschäfte.

Die Passanten grüßten freundlich oder nickten zumindest lächelnd. Für eine Großstadtpflanze wie sie war dies gewöhnungsbedürftig, doch sie erwiderte die Höflichkeiten selbstverständlich. In einer kleinen Bäckerei kaufte sie sich einen Coffee to go und dazu einen Cookie, der sie geradezu aus der Theke anlächelte. Sie bezahlte und als sie ihre Geldbörse wieder zurück in die Tasche steckte, fiel ihr Blick auf einen Schlüsselbund.

Zeit für eine Begegnung mit der Vergangenheit, beschloss sie kurzerhand und machte sich, den Keks knabbernd und den Kaffee schlürfend, auf den direkten Weg zum Haus ihrer Großmutter.

Sie blieb genau dort stehen, wo sie heute Morgen schon mit Matt verharrt hatte, und starrte das Schild mit der Hausnummer an. *Ich habe es also richtig vermutet, hier ist meine Mom aufgewachsen*, stellte sie fest und schaute sich neugierig um. Es war ein ansprechendes Viertel mit alten, aber gut erhaltenen Bauten. Die Grundstücke waren großzügig geschnitten und die Vorgärten gepflegt.

Abgesehen von diesem hier, dachte sie, die Wildnis vor dem Haus betrachtend.

Sie befürchtete, dass die wuchernden Büsche den Verfall des Gebäudes zum größten Teil verdeckten, bewunderte aber zugleich die große Eiche, die daneben weit in den Himmel hinaufragte. Diese Bäume waren in Heaven Oaks allgegenwärtig.

Mit einem Seufzer gab sie sich einen Ruck und betrat zögernd das Grundstück.

Je näher sie dem Haus kam, umso sichtbarer wurde der Verfall. Die Holzverkleidung wirkte verwittert, und es war nicht mehr zu erkennen, in welcher Farbe sie ursprünglich gestrichen war. Wie Matt bereits hingewiesen hatte, war das Dach eindeutig schadhaft. Die Fensterläden hingen schief in den Angeln und die Fensterscheiben waren blind vor Schmutz. Ein wahrlich trostloser Anblick, der nicht dazu einlud, das Haus zu betreten.

»Es nutzt nichts«, murmelte sie, stellte den leeren Kaffeebecher auf den Boden und kramte den Schlüssel aus ihrer Tasche.

Das rostige Schloss ließ sich erst betätigen, nachdem sie den Knauf zu sich heranzog. Mit einem lauten Quietschen öffnete sich die baufällige Tür. Bei dem Ton lief Caitlin eine Gänsehaut über den Rücken.

Sie warf einen prüfenden Blick ins Innere, in dem schummriges Licht herrschte. Der Holzboden fiel ihr sofort ins Auge. Ob es sich um Eiche handelte und ob es wohl möglich war, ihn aufzuarbeiten?

Was für ein bescheuerter Gedanke, schalt sie sich. *Warum, um Gottes willen, sollte jemand so verrückt sein, diese Baracke zu renovieren?* Es würde mit ziemlicher Sicherheit mehr Geld verschlingen als ein kompletter Neubau.

Sie trat ein und erschauerte beim Anblick des erdrückend kleinen Raumes. Die Wandfarbe erinnerte an schmutziges Kackbraun und einzig an den Stellen, an denen Bilder gehangen hatten, wurde die ursprüngliche, beige Farbgebung ersichtlich. Caitlin hatte nicht damit gerechnet, dass in dem Haus Möbel standen, doch eine vermoderte Couch, die in der Ecke vor sich hingammelte, belehrte sie eines Besseren. Auf einer Schrankwand lag der Staub zentimeterdick und in dem Sessel daneben klaffte ein großes Loch. *Igitt, welches Getier hatte sich hier wohl Nistmaterial besorgt?*

Vorsichtig tappte sie weiter in den benachbarten Raum. Ein schwerer Tisch und acht Stühle aus dunkel gebeiztem Holz standen auf einem fadenscheinigen Teppich mit undefinierbarer Farbe. Die Tapete des Esszimmers löste sich von den Wänden und am Kronleuchter hingen unzählige Spinnweben. Das Fenster war zerbrochen und die Scherben lagen auf dem Boden, den dazu ein feuchter Fleck zierte.

Schnell huschte sie in die Küche. Mit einem Schaudern entdeckte sie kleine, schwarze Pünktchen auf den Fliesen. *Ach du meine Güte! Mäusekot oder Schlimmeres*, vermutete sie entsetzt. *Die hausen bestimmt in diesen uralten, halb zerfallenen Schränken.* Sie hastete weiter, streckte den Kopf durch die Badezimmertür, zog ihn sofort wieder zurück und würgte. Sie wollte gar nicht wissen, was hier vergammelte.

Im letzten Raum des Erdgeschosses blieb sie wie erstarrt im Türrahmen stehen. Was für traumhafte und riesige Fenster! Ja, sie starrten vor Schmutz, doch man konnte den Blick in den Garten erahnen.

Was sie aber regelrecht magisch anzog, war eine leere Staffelei, die sich direkt davor befand. Hatte hier ihre Grandma gestanden und gemalt? An der Wand hing ein altes Waschbecken, daneben stand ein Regal mit zahlreichen Fächern. Sogar einen Ständer gab es, an dem man Gemälde trocknen lassen konnte.

Sie trat ans Fenster und schaute hinaus in den Garten, oder, besser gesagt, in die Wildnis und grübelte nach. *Ist dieses Erbe Glück oder eher eine Bürde? Soll ich es, wie alles andere schon, verkaufen? Wer hätte überhaupt Interesse, eine solche Bruchbude zu erwerben?*

Caitlin drehte sich um und starrte die Staffelei an. *Wer ist die Frau gewesen, von der ich abstamme?*

Leicht benommen schüttelte sie den Kopf. Es wurde Zeit, dass sie das Haus verließ. Sie verzichtete darauf, in das obere Stockwerk hinaufzugehen. Die morsche Decke trug sie womöglich gar nicht und sie brach hindurch. *Das lasse ich mal lieber bleiben, sonst findet man in ein paar hundert Jahren meine Leiche, oder was von ihr übrig ist*, dachte sie mit einem Anflug von Galgenhumor.

Sie verließ das Gebäude auf dem Weg, den sie hereingekommen war und verschloss die Tür sorgsam hinter sich. Im Vorbeigehen hob sie den leeren Kaffeebecher auf und eilte hinaus auf den Gehweg.

Sie war kaum ein paar Schritte weit gegangen, als eine Stimme sie stoppte.

»Hallo, Caitlin!« Charlene winkte eifrig von der anderen Straßenseite herüber. Offenbar kam sie gerade aus dem Supermarkt, der schräg gegenüber lag, denn sie trug einen Korb voll mit Lebensmitteln.

»Hi, Charlene«, begrüßte sie die junge Frau ihrerseits und hoffte, dass sich diese direkt in ihr Auto setzte und davonfuhr. Ihre Gefühle fuhren nach der Hausbesichtigung Achterbahn.

Ihre Hoffnung wurde zerstört, denn Charlene lud den Einkauf nur in ihren Wagen und überquerte dann die Straße, um zu ihr herüberzukommen.

»Na, bist du auch auf Shoppingtour?«, wollte sie wissen und umarmte Caitlin zur Begrüßung kurzerhand.

Von der Zuneigungsbekundung völlig überrascht, erwiderte Caitlin sie zwar linkisch, löste sich aber sofort wieder. Verschämt schob sie eine Haarlocke hinters Ohr zurück und grinste Charlene schief an. »In meinem

Kühlschrank verhungert sogar eine Maus, daher ist ein Einkauf bitter nötig. Ich kann nicht täglich zum Essen ins Diner gehen.«

Das entsprach nicht ganz der Wahrheit, denn ursprünglich war sie nur spazieren gegangen. Da sie aber außer ein paar Keksen und Kaffee nichts zu Hause hatte, sollte sie tatsächlich dem Supermarkt einen Besuch abstatten, auch wenn das gar nicht auf ihrem Plan gestanden hatte. Sie erinnerte sich insbesondere daran, dass ihr Kaffeevorrat nicht allzu groß war. *Wenn ich morgen in der Früh um sechs Uhr mit Matt jogge, dann brauche ich zuvor wenigstens einen Schluck Espresso, um einigermaßen in die Gänge zu kommen.*

»Jeden Tag essen zu gehen, reißt ein gewaltiges Loch in den Geldbeutel, da stimme ich dir vollkommen zu«, erklärte Charlene eifrig nickend, fügte aber sogleich hinzu: »Wenn du trotzdem mal keine Lust hast zu kochen und Abwechslung vom Diner suchst, kann ich dir die Pizzeria auf der anderen Seite der Stadt empfehlen.« Als hätte sie ihre Gedanken gelesen, plapperte sie munter weiter: »Ich habe übrigens gehört, dass du eine totale Sportskanone bist.«

Caitlin starrte sie einen Moment verblüfft an. »Ah, bin ich das?«

»Wer mit Matt und Chewie laufen geht, muss zwangsläufig eine verkappte Athletin sein.«

»Gut zu wissen.« Beim Gedanken an sportliche Höchstleistungen wurde Caitlin fast schwummrig zumute.

»Ich staune ja, dass du quasi schon mitten in der Nacht munter genug bist, um mit ihm mitzuhalten.«

Wenn man das so sah, sollte sie sich wahrscheinlich fast selbst bewundern. »Ich weiß nicht, ob ich wirklich mit den beiden Schritt halten kann.«

»Mit Sicherheit schaffst du das um Längen besser als ich, denn ich bin völlig unsportlich.« Charlene lachte fröhlich. »Ehrlich gesagt, bekomme ich bereits einen Muskelkater, wenn ich anderen beim Joggen zusehe.«

Ja, den spüre ich auch schon, allerdings von meinem heutigen Lauf, dachte sie mit leichter Ironie und antwortete entsprechend: »Ich bin mir mittlerweile nicht mehr sicher, ob die künftigen Morgenrunden mit Matt und Chewie eine gute Idee waren.«

Charlene lachte hell auf und gab ihr einen kleinen Stoß gegen den Arm. »Ach was. So wie er schwärmt, wird er sich brav an dein Tempo halten. Außerdem ist er der geborene Gentleman.«

»Gut zu wissen. Das Aufstehen wird mir trotzdem nicht leichtfallen.«

»Er läuft so früh, weil er sich meistens anschließend mit Jeff und Douglas trifft. Manchmal im Büro, aber auch ganz oft im Diner. Momentan haben wir massig Arbeit an der Backe.«

»Ihr renoviert alte Häuser. Soviel habe ich schon mitbekommen.«

»Ja, zurzeit bringen wir eines auf Vordermann, das eine Familie aus dem Ort gekauft hat. Die Kellys haben ein begrenztes Budget und jetzt ist völlig überraschend ein drittes Kind unterwegs.«

Interessiert hörte sie zu. Die Frage nach der Höhe von Renovierungskosten lag ihr schon fast auf der Zunge, doch sie schwieg.

»Matt hat nach dieser freudigen Nachricht das gesamte Obergeschoss neu geplant. Das fand ich so unglaublich süß von ihm«, plauderte Charlene aus dem Nähkästchen. »Douglas war im ersten Moment nicht so begeistert, aber das hat sich schnell gelegt.«

»Die drei haben ziemlich unterschiedliche Charaktere«, stellte Caitlin, mit einem leicht fragenden Unterton in der Stimme, fest. »Zumindest habe ich sie bisher so wahrgenommen.«

»Das kannst du laut sagen.« Charlene grinste und schaute auf ihre Armbanduhr. »Was hältst du davon, wenn du deine Einkäufe erledigst, ich meine in der Zwischenzeit heimbringe und wir uns nachher auf einen Kaffee treffen?«

»Hallo, Charlene«, ertönte in diesem Augenblick eine dunkle Stimme hinter ihnen. Beide drehten sich um.

»James, ich habe dich ewig nicht mehr gesehen«, begrüßte Charlene einen großen bulligen Mann mit grauer Haarmähne, den Caitlin um die sechzig Jahre schätzte.

»Du brauchst mich nur zu besuchen, aber du treibst dich ja vorzugsweise mit Jeff und den Jungs in abbruchreifen Häusern rum.« In seinen Worten klang fast so etwas wie ein leiser Vorwurf mit.

»So ein Unsinn.« Die muntere Blondine schüttelte nur den Kopf. »Bevor wir uns in dieser alten Diskussion verbeißen, stelle ich dir lieber Caitlin Thompson vor. Sie ist neu in der Stadt.«

»Willkommen in Heaven Oaks.« Er reichte ihr die Hand und musterte sie nachdenklich. »Haben wir uns schon einmal gesehen?«

»Nicht, dass ich wüsste«, antwortete sie und erwiderte den festen Händedruck.

»Was führt Sie in unser kleines Nest? Haben Sie Familie hier im Ort?«

Noch bevor Caitlin überlegen konnte, was sie darauf antworten sollte, schüttelte er den Kopf und trat einen Schritt zurück. »Im ersten Moment dachte ich fast ...« Er brach ab und wandte sich zum Gehen. »Ich muss los. Wir sehen uns bestimmt demnächst wieder.« Ohne ein weiteres Wort ließ er die beiden Frauen stehen und eilte fluchtartig davon.

Staunend sahen sie ihm hinterher.

»Ich wollte dir eigentlich gerade erzählen, dass dies Jeffs Dad ist«, meinte Charlene mit einem Schulterzucken. »Er ist ja öfter mal seltsam drauf, aber heute schießt er echt den Vogel ab.«

Auch Caitlin zuckte mit den Schultern und lächelte verlegen. »Ich hoffe, ich habe ihn nicht vertrieben.«

»Vergiss es. Er ist manchmal ein wenig eigenartig.« Charlene schaute dem Wagen des älteren Herrn nachdenklich hinterher. »Ich werde trotzdem Jeff fragen, was mit seinem Dad los ist.«

»Ich gehe jetzt mal schauen, was dieser Supermarkt alles zu bieten hat«, lenkte Caitlin das Gespräch in eine andere Richtung.

»Und? Wie schaut es aus? Treffen wir uns in einer Stunde im Diner?« Charlene blickte sie mit strahlenden Augen an.

»Okay, wenn ich Gas gebe, schaffe ich das.« *Es wird Zeit, dass ich richtig Anschluss finde.*

Caitlin schaffte es gerade so, eine Stunde später im Heaven Diner einzulaufen.

»Du musst unbedingt Normas Apfelkuchen probieren.« Charlene strahlte sie begeistert an. »Ich versuche seit Jahren, ihr das Rezept zu entlocken, habe aber keine Chance.«

Caitlin rutschte auf die gegenüberliegende Bank und konnte sich ein Grinsen nicht verkneifen. »Damit hat sich der Blick in die Speisekarte schon erübrigt.«

»Hi. Was soll ich euch bringen?« Lorena, die heute wieder Dienst hatte, baute sich kaugummikauend vor ihnen auf.

»Apfelkuchen und Kaffee für jeden von uns«, bestellte Charlene und schaute Caitlin Beifall heischend an. »Das ist doch okay, oder?«

Sie nickte als Antwort. »Ich hätte gerne außerdem ein Wasser dazu.«

Lorena notierte die Bestellung und trollte sich mit schwingenden Hüften.

Charlene beugte sich ein wenig vor, deutete auf die Bedienung und flüsterte: »Sie ist Millicents Nichte und schwer eifersüchtig, weil du letztens mit Matt hier gesessen hast.«

»Weiß eigentlich ganz Heaven Oaks, dass ich ihn hier zufällig getroffen habe?« Ungläubig schüttelte Caitlin den Kopf.

»Ganz Heaven Oaks nicht«, erwiderte Charlene lachend. »Aber es hat schon ziemlich die Runde gemacht.«

Lorena kam, ein Tablett balancierend, zurück und platzierte es auf dem Tisch, um das Bestellte zu servieren. »Lecker und ungemein freundlich zu Hüftgold«, kommentierte sie den Kuchen und lächelte sie dabei an.

»Etwas, um das wir uns gottlob keine Sorgen machen müssen«, erwiderte Charlene schlagfertig und ergänzte zu Caitlin gewandt: »Du schon gar nicht. Wer täglich mit Matt McKenzie joggt, darf nach Lust und Laune sündigen.«

Sündigen mit Matt, mühsam verdrängte Caitlin die Bilder, die in ihrem Kopf aufploppten. Ihre Wangen wurden glühend heiß und damit wohl knallrot wie eine reife Tomate.

Lorenas Blick ließ eindeutig erkennen, dass ihre Gedankengänge in dieselbe Richtung gingen, denn ihre Augen blitzten feindselig auf. Mit einem Knurren riss sie das Tablett vom Tisch, drehte auf dem Absatz um und schoss hinüber zur Theke. Norma, die soeben durch die Schwingtür kam, schaute sie fragend an, wurde jedoch von der Angestellten ignoriert.

Als die Köchin die beiden jungen Frauen in der Nische erblickte, winkte sie ihnen freundlich zu.

Caitlin entging nicht, dass sie dabei eingehend gemustert wurde. Nach der Begegnung mit James Ferguson hatte sie schon überlegt, dass sie wohl oder übel irgendwann erzählen musste, dass sie Verwandtschaft in der Stadt besaß. Da die aber auf dem Friedhof lag, beschloss sie, es noch etwas hinauszuzögern. Sie räusperte sich und konzentrierte sich auf ein anderes Thema. »Ich finde es ja bewundernswert, was für ein Geschäft ihr euch zusammen aufgebaut habt.«

Charlene schüttelte den Kopf. »Eine gemeinsame Firma gibt es nicht, sondern Projekte, die wir in Kooperation ausführen.«

»Dann habe ich das falsch verstanden. Erzähl mir mehr darüber«, forderte Caitlin die neue Freundin auf. »Ich finde das hochinteressant.«

Charlene machte eine ausschweifende Handbewegung, die wohl ganz Heaven Oaks umfassen sollte. »Bis vor ein paar Jahren zog es viele Bürger in die Großstadt, da es dort besser bezahlte Jobs gibt. Die Strecke nach Boise ist zwar nicht lang, aber es ist doch zu weit entfernt, um täglich zu pendeln.«

»Die große Stadtflucht.« Caitlin nickte.

»Ja.« Charlene nahm einen Bissen von ihrem Kuchen und kaute genüsslich, bevor sie weitersprach: »In den letzten Jahren übersiedelten wieder mehr Menschen hierher. Zum Teil waren es Rückkehrer, aber auch Neuankömmlinge. Das friedliche Leben in einer Kleinstadt zieht die Leute an.«

»Kann ich nur bestätigen«, bemerkte Caitlin und grinste verschämt.

»Glaub mir, diese Stadt sah nicht sonderlich ansprechend aus. So viele traumhafte alte Gebäude standen über Jahre leer und zerfielen regelrecht.«

»Es gibt noch ein paar davon«, stimmte Caitlin ihr zu und hatte das Haus ihrer Großmutter vor Augen.

»Ja, aber wir haben uns vorgenommen, nach und nach all diese vergessenen Perlen wieder zum Leben zu erwecken«, philosophierte Charlene überschwänglich. »Jeder von uns hat seine Aufgabe. Matt ist unser Architekt. Er liebt es, alte Häuser so umzuplanen, dass sie modernen Ansprüchen gerecht werden. Douglas ist mit seiner Baufirma fürs Grobe zuständig, wobei ihm aber Jeff unter die Arme greift. Der ist gelernter Schreiner mit einem eigenen Betrieb. Er baut die schönsten Küchen, die du dir nur vorstellen kannst.« Charlene holte Luft und trank einen Schluck von ihrem Kaffee. »Und dann komme ich ins Spiel.« Sie grinste und deutete mit dem Daumen auf sich selbst. »Ich plane die Inneneinrichtung. Natürlich immer in Absprache mit den Eigentümern und zum Teil unter Verwendung ihrer eigenen Möbel.«

»Das hört sich spannend an.« Caitlin war begeistert. »Du bist Innenarchitektin?«

Charlene nickte. »Es ist nicht einfach, den passenden Stil der Kunden zu finden und umzusetzen. Daher befrage ich sie vor meiner Planung. Ich will quasi alles von ihnen wissen.« Sie lachte und drückte ihre Brille mit dem Zeigefinger nach oben. »Die Lieblingsfarbe, den liebsten Urlaubsort, ihre schönsten Erinnerungen.« Sie winkte Lorena und deutete auf ihre Kaffeetasse, bevor sie fortfuhr. »Am meisten Spaß macht es mir, in den Läden nach Einzelstücken zu stöbern, um die vorhandene Einrichtung der Eigentümer perfekt zu ergänzen.«

Caitlin hob ihre Tasse, um der Servicekraft zu zeigen, dass auch sie Nachschub wünschte. »Und was kostet so eine Hausrenovierung?« Die Frage brannte ihr schon die ganze Zeit auf der Zunge.

»Unsere Kunden geben ein Budget vor und wir schauen uns nach entsprechenden Objekten um. Douglas rechnet jeweils durch, ob es inklusive Sanierung in den finanziellen Rahmen passt.«

»Die Käufer sagen, dass sie die Summe X zur Verfügung haben und ihr sucht dann passende Häuser für sie aus«, wiederholte Caitlin und nickte dabei.

»Manchmal ist das ein schmaler Grat«, erklärte Charlene weiter. »Bei so alten Bauten gibt es oft unangenehme Überraschungen, wie Schäden an den Leitungen oder Holzfras durch Termiten. Eben Probleme, die man vorher nicht erkennen konnte.«

»Ach du meine Güte!« Caitlin riss die Augen auf. »Was macht ihr dann?«

»Wir reden mit dem neuen Eigentümer. Manchmal stockt er das Budget auf. Grundsätzlich planen wir aber etwas finanziellen Puffer mit ein.« Charlene seufzte. »Oft bin ich die Leidtragende, denn was die Bausubstanz mehr kostet, muss häufig am Design eingespart werden.«

Lorena zuckelte mit dem frischen Kaffee an und schenkte ihnen direkt aus der Kanne ein. »Sonst noch was?«

Sowohl Caitlin als auch Charlene verneinten und die Bedienung dackelte mit schwingenden Hüften wieder davon. Die beiden Frauen schauten ihr hinterher, wechselten einen Blick und zuckten unisono mit den Schultern.

»Jetzt haben wir nur über unsere Arbeit gequatscht, dabei brenne ich vor Neugierde«, plapperte Charlene munter los. »Erzähl mir von dir.«

Caitlin hatte gewusst, dass dieser Zeitpunkt irgendwann kommen würde. *Was soll ich preisgeben?* Unschlüssig nippte sie zuerst an ihrem Kaffee. »Du willst wissen, was ich beruflich mache?«, antwortete sie mit einer Gegenfrage.

»Unter anderem.« Charlene grinste unbeschwert.

»In den letzten Jahren habe ich in einer Bank gearbeitet und jede Menge Kredite vergeben.« Sie atmete kurz durch. »Nachdem meine Eltern bei einem Unfall ums Leben gekommen sind, hatte ich eine ziemliche Lebenskrise.«

Mitfühlend griff Charlene über den Tisch nach ihrer Hand und drückte sie, schwieg aber.

»In etlichen Sitzungen mit meiner Psychologin kamen wir irgendwann darauf, dass ich diesen Beruf nur ergriffen habe, weil meine Mutter es unbedingt wollte.« Caitlin schluckte schwer. »In mir ist der Entschluss gereift, alles auf null zu stellen. Es ist Zeit für einen Neubeginn.«

»Eine mutige Entscheidung. Raus aus der Großstadt und ein friedliches Leben in Heaven Oaks.«

»So in der Art.« Sie konnte sich nicht dazu durchringen, alles zu erzählen. »Ich werde jetzt erst einmal meine künstlerische Ader wiederbeleben und dann sehe ich weiter.«

»Das hört sich auf jeden Fall gut an.«

Caitlin war das Gespräch unangenehm. Sie lenkte daher ab. »Ich habe mir überlegt, dass ich euch alle demnächst hierher zum Essen einladen möchte. Ihr habt mir bei meiner verunglückten Ankunft so schnell und selbstlos geholfen. Es wird Zeit, mich dafür zu revanchieren.«

»Gerne«, erwiderte ihre neue Freundin strahlend. »Ich treffe die Jungs nachher und fühle schon mal wegen eines Termins vor.«

Offenbar verstand Charlene, dass sie vorerst nicht mehr über sich erzählen wollte, denn sie beließ es dabei. Sie plauderten ein Weilchen über allerhand Belangloses, bevor sie sich verabschiedeten.

Kapitel 6

Die Arme auf den Tisch gestützt, eine Tasse starken Kaffee in der Hand und eine Schüssel Müsli vor sich stehend, saß Caitlin am Esstisch und träumte vor sich hin. Der Kalender mit dem zauberhaften Blumenbild zeigte ihr an, dass sie seit fast drei Wochen in Heaven Oaks lebte.

Sie konnte mit Fug und Recht behaupten, dass sie sich hier pudelwohl fühlte und zwischenzeitlich eine gewisse Routine entwickelt hatte, die ihren Tagesablauf prägte und ihm Struktur gab.

Es überraschte sie jeden Tag aufs Neue, wie sie das tägliche Joggen mit Matt und Chewie genoss, und inzwischen obendrein mit ihm Schritt hielt. Der Hund war ihnen allerdings stets weit voraus.

Sogar quatschen kann ich beim Laufen mittlerweile und höre mich dabei nicht mehr an wie eine asthmatische

Spottdrossel, befand sie und nippte vorsichtig am heißen Getränk.

Ihr Hunger machte sich bemerkbar und sie löffelte genussvoll das Müsli leer, ließ währenddessen ihre Gedanken schweifen und musterte dabei ihre Kreativecke, die sie sich direkt vor dem Erkerfenster des Wohnraumes eingerichtet hatte. Dort stand sie oft stundenlang, um ihre Eindrücke von Heaven Oaks und der Natur auf Leinwand zu bannen.

Perfekt, um die eigene Balance wiederzufinden, überlegte sie.

In den letzten Tagen hatte sie angefangen, sich Gedanken darüber zu machen, wo sie ihre beruflichen Möglichkeiten sah. Sie traute es sich noch nicht zu, von der Kunst zu leben, obwohl dies ihr erklärtes Ziel in einer ferneren Zukunft war. In der Zwischenzeit ließ ihr das absolvierte Studium der Betriebswirtschaft viele Optionen offen. Von einem Job in der Bank, den sie ja jahrelang ausgeübt hatte, bis zu einem simplen Bürojob war alles vorstellbar.

Online studierte sie Stellenanzeigen, notierte sich Telefonnummern und Adressen, um sie dann wieder zu entsorgen. *Alles hat seine Zeit*, dachte sie dabei jedes Mal.

Als Alleinerbin ihrer Mutter und ihres Stiefvaters hatte sie das Haus der beiden geerbt. Sie hatte lange mit sich gerungen, doch letztendlich hatte sie es verkauft. Mit dem Erlös daraus und der Veräußerung ihrer winzigen Eigentumswohnung nannte sie ein erstklassiges finanzielles Polster ihr Eigen. Es war beruhigend, aber auf die Dauer wollte und konnte sie sich darauf nicht ausruhen.

Ein anderer Nachlass bereitete ihr wesentlich mehr Kopfzerbrechen: das Haus ihrer Großmutter. Die Ruine schien sie magisch anzuziehen. Sie ertappte sich immer öfter dabei, dass sie bei ihren Spaziergängen dort landete.

Nachdem sie die Räume gelüftet und diverse Mausmumien entsorgt hatte, sah sie den alten Bau mit neuen Augen. Sie hatte mittlerweile sogar eine Art Bestandsaufnahme angefangen und die Schränke durchstöbert, welche seit Jahren vor sich hin moderten. Vergeblich, denn auch wenn die Möbel ihrer Grandma nach wie vor dort standen, waren sämtliche Dokumente, Briefe, Fotos oder Kunstwerke weg.

Wer hatte sie aus dem Haus geholt? Im Nachlass ihrer Mutter hatte sie nichts dergleichen entdeckt. Caitlin befürchtete, dass ihre Mom alles entsorgt hatte. Eine weitere Hürde bei der Suche nach ihren Wurzeln. Warum nur hatte Amelia Thompson so krampfhaft versucht, jegliche Verbindung zu Heaven Oaks zu verbergen? *Diese Fragen werden mich wohl noch lange beschäftigen.*

Sie seufzte. *Denk an etwas Positives*, zwang sie sich und hatte sofort Matt mit seinem jungenhaften Grinsen vor Augen. Verdammt noch mal, dieser Kerl raubte ihr Stück für Stück das Herz und sie war komplett wehrlos dagegen.

Er schummelte sich mit kleinen Aufmerksamkeiten in ihr Leben. Bei der heutigen Joggingroute war er unvermittelt stehen geblieben, hatte sich umgesehen und war im Garten der alten Mrs. Hoover verschwunden. Mit einer Narzisse in der Hand war er wieder aufgetaucht und hatte ihr die Blume mit einem verschmitzten Lachen überreicht, um dann zu flüstern: »Und jetzt lauf, bevor sie uns erwischt.«

Gestern hatte er ihr mit traurigem Dackelblick, den sicher nicht mal Chewie toppen konnte, mitgeteilt, dass sie noch mindestens eine Woche auf ihr Auto warten müsste. Es fehlten irgendwelche Ersatzteile. Gleichzeitig bot er ihr an, sie zum Händler zu begleiten, um ein anderes Fahrzeug für den Übergang zu mieten. Oh nein, nicht etwa, weil er ihr nicht zutraute, selbst einen anständigen fahrbaren Untersatz auszusuchen, sondern einfach, um ihr seine Chauffeurdienste anzubieten.

Sie verabredeten sich häufig zum Frühstücken im Diner. Dort flirtete er zwar unterschwellig mit ihr, überwiegend unterhielten sie sich aber über die aktuelle Politik oder Banalitäten wie das Wetter.

Caitlin gestand sich ein, dass er sich zu ihrem ständigen Begleiter gemausert hatte und sie jede Minute mit ihm genoss.

Das Läuten der Türglocke riss sie aus ihren Grübeleien. Verdutzt blieb sie einen Moment lang reglos sitzen, bevor sie aufstand, um nachzusehen, wer sich zu ihr verirrt hatte.

»Hi, Matt«, begrüßte sie ihren Überraschungsgast verblüfft. *Haben ihn womöglich meine Gedanken direkt hierher gebeamt?* Sie beugte sich zu seinem vierbeinigen Begleiter hinab, um ihn hinter den Ohren zu kraulen.

»Hi, Caitlin.« Matt schaute etwas gestresst aus der Wäsche. »Ich hätte eine Bitte an dich.«

Sie sah ihn erwartungsvoll an. »Schieß los.«

»Ich habe einen unerwarteten, aber wichtigen Termin in Boise und möchte Chewie nicht so lange allein lassen. Ich könnte ihn ins Diner bringen, aber da füttert ihn Millicent ständig und irgendwann rollt er schneller, als wir laufen können.«

Verdammt, du Arsch! Damit hast du mich volle Breitseite erwischt! Sie sprach den spontanen Gedanken nicht aus, doch dieser Vertrauensbeweis von seiner Seite stahl ihr schon wieder ein Stück ihres Herzens.

Ihrer inneren Aufruhr zum Trotz zuckte sie gespielt lässig mit den Schultern und streckte die Hand nach der Leine aus. »Klar, mache ich gerne.«

»Ich bin spätestens gegen Abend wieder zurück«, meinte er und schaute dann seinen pelzigen Kumpel streng an. »Benimm dich, mein Freund. Du bist hier bei einer richtigen Lady.«

Er warf ihr noch eine Kusshand zu und verschwand.

Caitlin hatte noch nie ein Haustier besessen, vielleicht genoss sie den Tag mit Chewie deshalb umso mehr. Der Labradoodle entpuppte sich zudem als pflegeleichter Gast.

Er lag gemütlich neben der Couch, die Beine in die Luft gestreckt, und schnarchte vor sich hin, während sie an der Staffelei stand und ihn auf die Leinwand bannte. Mittags gab sie seinem treuseligen Blick nach und teilte ihren Bagel mit ihm. Zuvor nahm sie dem Hund allerdings das Versprechen ab, seinem Herrchen nur ja nichts zu verraten.

Danach war es Zeit für eine große Gassirunde. Sie schlüpfte in ihre Sneakers und zog eine warme Jacke über, bevor sie den Hund anleinte. »Tut mir leid, mein Freund, aber ohne traue ich mich nicht«, redete sie auf den Vierbeiner ein. »Matt killt mich womöglich, wenn du die Biege machst.«

Ziellos marschierte sie los und wie so oft, landete sie auch heute wieder beim Cottage ihrer Großmutter. Sie prüfte zuerst mit einem Blick, ob Chewie gefahrlos über den verrotteten Holzboden laufen konnte, bevor sie mit ihm in das Haus trat. Gemeinsam trotteten sie direkt nach hinten ins ehemalige Atelier.

Dort setzte sie sich auf die Fensterbank und ließ die Hundeleine achtlos auf die alten Dielen fallen. Sofort fing die Fellnase an, den Raum schnüffelnd zu erkunden. Seiner offensichtlichen Begeisterung nach, gab es in der baufälligen Bude eine Menge Duftspuren zu entdecken.

Ich liebe die positive Ausstrahlung dieses Zimmers, dachte Caitlin und schloss für einen Moment die Augen. Jedes Mal, wenn sie hierherkam, stellte sie sich vor, hier zu stehen und zu zeichnen. Der Wunsch, das Gebäude für sich selbst zu erhalten, wurde, wie so oft in letzter Zeit, übermächtig.

Aber nur so lange, bis ich es wieder von außen sehe, überlegte sie mit einer gewissen Resignation. *Warum soll ich den Stress der Renovierung auf mich nehmen, wenn ich noch gar nicht weiß, ob ich wirklich in Heaven Oaks bleiben werde?* Sie fühlte sich wohl hier, doch innerlich hatte sie sich noch nicht hier niedergelassen.

Caitlin stand auf und hatte damit sofort Chewies volle Aufmerksamkeit. »Na komm, machen wir uns auf den Weg.«

Der Labradoodle sprang auf sie zu, umkreiste sie schwanzwedelnd und wand dabei die Leine um ihre Beine.

»Halt! Stopp!« Sie lachte übermütig. »Wenn du mich fesselst, müssen wir für immer hierbleiben.«

Ein fröhliches Bellen war die Antwort. Kichernd befreite sie sich und spazierte mit ihrem vierbeinigen Begleiter hinaus ins Freie. Zusammen mit dem Hund machte sie sich auf den kurzen Weg zum Supermarkt schräg gegenüber auf der anderen Straßenseite. Dort band sie Chewie am ausgewiesenen Hundeparkplatz fest.

»Sitz!«, befahl sie mit erhobenem Zeigefinger und freute sich wie ein Schnitzel, als der Vierbeiner auf ihr Kommando hin auf seinen Hintern plumpste. »Ich bin gleich zurück. Wenn du brav bist, bringe ich dir was Feines mit.«

Im Eilschritt marschierte sie durch den Supermarkt, bezahlte an der Kasse und war kaum zehn Minuten später wieder draußen bei Matts Fellnase. Mit geheimnisvoller Miene zauberte sie ein Leckerchen aus der Tüte und verfütterte es an Chewie, der es mit leuchtenden Hundeaugen verspeiste.

Zufrieden mit sich und der Welt spazierte sie mit dem Vierbeiner nach Hause, nicht ahnend, dass ein neugieriges Augenpaar ihnen folgte.

Millicent polierte das Besteck, als die Tür des Diner mit Schwung geöffnet wurde. Prudence trat mit einem breiten Lächeln und fast schon fiebrig glänzenden Augen ein, und stolzierte mit kurzen, festen Schritten hinter die Theke.

Dort schnappte sie sich ein Glas, in das sie ein paar Eiswürfel gab und Cola einschenkte.

»Du hast diesen gewissen Blick«, meinte Millicent und beäugte sie kritisch.

Ein gezierter Griff ins Haar und ein fast schon überhebliches Lächeln waren die einzige Antwort.

»Norma«, rief Millicent in Richtung Küche. »Kommst du bitte mal?«

»Was gibt es?« Die Köchin streckte den Kopf durch die Tür. »Ich habe zu tun.« Sie deutete auf den Lokalraum. »Wir haben Gäste.«

»Schau sie dir an.« Millicent zeigte auf Prudence, die, noch immer lächelnd, an der großen Anrichte lehnte und an ihrem Getränk nippte. »So schaut sie nur, wenn sie etwas weiß, was wir noch nicht einmal ahnen.«

Ungeduldig schnippte Norma mit den Fingern. »Na los, rück schon raus mit deinem Geheimnis. Ich bin im Stress.«

»Ich weiß tatsächlich etwas, was ihr nicht wisst«, orakelte Prudence nur und hob mehrmals die Augenbrauen.

»Fein, und wer sagt, dass wir mit deiner Weisheit mithalten wollen?« Norma verdrehte genervt die Augen.

»Caitlin Thompson. An wen erinnert euch die junge Dame?«, fragte Prudence zurück.

»Ich glaube, dieses Thema haben wir schon einmal durchgekaut.« Norma tippte mit dem Finger gegen die Nase. »Mit dem Ergebnis, dass wir keine Ahnung haben.«

»Ihr vielleicht«, kommentierte Prudence die Feststellung süffisant.

Okay, jetzt hatte sie Normas volles Interesse, die allerdings einen nervösen Blick in ihre Küche warf. »Wenn du mich zu lange zappeln lässt, brennt das Essen an.«

»Ich weiß endlich, an wen sie uns erinnert.« Prudence stellte ihr Glas in die Spülmaschine und schlüpfte aus ihrer Jacke. »Nach Dienstschluss werde ich es euch erzählen.«

»Das ist jetzt nicht dein Ernst, oder?«, schimpfte Millicent und riss die Augen auf.

»Mein absoluter Ernst«, bestätigte Prudence. »Es ist sinnvoll, dass ihr sitzt, wenn ich diese Bombe loslasse.«

»Jetzt wird sie komplett größenwahnsinnig«, motzte Norma und verschwand wieder in ihrer Küche.

Prudence stemmte empört die Arme in die Seiten. »Wisst ihr was?« Sie schnaubte regelrecht. »Vielleicht erzähle ich es euch erst morgen beim Frühstück. Aber auch nur, wenn ich gute Laune habe.«

»Wir beide waren jetzt aber richtig lange unterwegs, mein Freund«, meinte Caitlin lachend und drückte die Haustür auf. Noch vor ein paar Wochen war ihr mulmig zumute gewesen, als sie festgestellt hatte, dass der Haupteingang zum Haus immer offenstand. Mittlerweile hatte sie sich daran gewöhnt und fand Gefallen an dem Sicherheitsgefühl und dem gegenseitigen Vertrauen, das in dieser Kleinstadt herrschte.

Chewie schnüffelte an der Treppe und zerrte sie dann fast die Stufen hoch. »Gemach, du Frechdachs«, rief sie lachend und stemmte sich gegen seinen Zug. »Was riecht denn hier so schrecklich«, murmelte sie und zog die Nase kraus.

Am oberen Treppenabsatz angekommen, wich sie entsetzt einen Schritt zurück und wäre beinahe rückwärts die Stufen hinabgestürzt. Doch Chewie machte einen Satz nach vorne und riss sie mit sich, sodass sie unsanft auf allen vieren landete.

Dort kauerte sie nun, während der Hund sich schnüffelnd vergewisserte, dass ihr nichts weiter geschehen war, und starrte die stinkende, tote Ratte an, die direkt vor ihrer Wohnungstür lag.

»Wäh!« Sie würgte, rappelte sich auf und zog Chewie, der den müffelnden Kadaver offensichtlich megaspannend fand, zu sich heran. »Wie eklig ist das denn?«

Mit zitternden Händen fischte sie ihren Schlüssel aus der Jackentasche, schritt an der Ratte vorbei und achtete darauf, zwischen dem Hund und dem toten Tier zu stehen. Das kostete sie unglaubliche Überwindung, doch sie wollte auf keinen Fall, dass der Labradoodle das Vieh in die Schnauze nahm.

»Nein, Chewie! Pfui, das ist giftig!«, kommandierte sie energisch, obwohl ihr bei dem Gestank fast das Essen hochkam. Irgendwie schaffte sie es, den Hund in die Wohnung zu bugsieren. Mit einem nervösen Aufstöhnen schloss sie die Tür von innen, indem sie sich einfach mit dem Rücken dagegen lehnte und direkt so stehen blieb.

Matts Vierbeiner fand das alles total lustig und spannend. Bellend sprang er um sie herum, während sie um Fassung rang.

»Lass das!«, befahl sie nachdrücklich. »Verdammt, so ein Mist. Wer macht so etwas?«

Wahrscheinlich ein Dummejungenstreich, versuchte sie, sich zu beruhigen. *Warum aber ausgerechnet bei mir? Weil ich halt bis auf meine direkten Nachbarn und ein paar Leute aus dem Diner noch niemanden kenne*, überlegte sie niedergeschlagen.

Mit viel Glück hatte Mrs. Pingle, die einen Stock unter ihr bewohnte, den Übeltäter gesehen und dann Gnade ihm Gott. Aber jetzt musste sie das eklige Tier dort draußen wegräumen und schon beim Gedanken daran begann sie erneut, zu würgen.

Ding, Dong!

Mit einem Schrei sprang sie vor Schreck regelrecht in die Luft.

»Caitlin?« Die besorgte Stimme war durch das Bellen des Hundes kaum zu verstehen, gehörte aber eindeutig Matt. »Ist alles okay bei dir?«

Sie riss die Tür auf und deutete mit weit aufgerissenen Augen auf die Ratte, die er logischerweise längst gesehen hatte. Kunststück, er stand ja direkt davor.

»Wo kommt denn die her?«, fragte er, selbst etwas blass um die Nase.

Sie konnte ihm nicht antworten, da sich Chewie an ihr vorbeidrängelte, um sein Herrchen begeistert zu begrüßen.

Eilig scheuchte Matt den Hund von dem toten Tier weg, schob ihn zu Caitlin in die Wohnung und trat selbst ein. Fest schloss er sie in die Arme und drückte sie an sich. »Atme tief durch. Du bist ja ganz blass«, flüsterte er beruhigend und strich ihr dabei federleicht über den Rücken.

»Na ja, kein Wunder«, nuschelte sie zweifelnd. »Es ist hier hoffentlich nicht üblich, solche Geschenke zu verteilen.«

»Nein, das ist definitiv nicht Usus bei uns«, entgegnete er. »Komm, gehen wir ins Wohnzimmer. Da kannst du dich hinsetzen.« Er begleitete sie zum Sofa und spazierte dann in die Küche, um ihr ein Glas Wasser zu holen, das er vor sie auf den kleinen Couchtisch stellte. Dankbar griff sie danach und trank einen Schluck.

»Wer macht denn so etwas Widerliches?«, murmelte sie völlig geschockt, als sie das Getränk zurückstellte.

Matt ging vor ihr in die Hocke und musterte sie besorgt. »Keine Ahnung, aber glaub mir, wenn ich ihn erwische, dann setzt es was«, knurrte er.

Caitlin spürte, wie ihre Unterlippe zitterte, und sie konnte nur mit Mühe ein Schluchzen zurückhalten. Ihr war allerdings nicht klar, dass ihre strahlend blauen Augen in ihrem totenblassen Gesicht riesig wirkten. »Ein dummer Kinderstreich?«, hauchte sie.

Matt strich ihr eine Haarsträhne aus der Stirn. Er starrte sie an, legte seine warmen, großen Hände an ihre Wangen, beugte sich vor und streifte ihren Mund mit den Lippen, ganz sanft, fast schon zögerlich.

Sie seufzte leise und schloss die Augen.

Er griff nach ihren Schultern und zog sie an sich. Aus der zarten Berührung ihrer Münder wurde ein Kuss.

Irgendetwas in ihr machte klick und sämtliches Denken in ihrem Kopf legte eine Pause ein. Ihr Herz hämmerte gegen die Rippen und ihr Blut geriet regelrecht in Wallung. Sie schmeckte ihn, roch seinen herben

Männerduft nach Seife und Rasierwasser. Ihre Hände glitten in sein Haar, wühlten darin.

Er kniete mittlerweile vor ihr und presste sie an sich, als wolle er mit ihr verschmelzen.

Ein zartes Winseln und eine glitschige Hundezunge ließen sie jäh auseinanderzucken.

Caitlin kippte nach hinten auf die Couch und Matt wischte sich den Hundesabber von der Wange.

Chewie stand freundlich wedelnd neben ihnen und schien von dem neuen Spiel der Zweibeiner begeistert zu sein.

Matt fuhr sich nervös mit der Hand durchs Haar. »Ähm, ich.«

Caitlin räusperte sich. Sie traute ihrer Stimme im Augenblick nicht so recht. »Bitte entschuldige dich jetzt nicht.« Sie sah ihm regelrecht an, dass er genau das hatte tun wollen.

Er schüttelte den Kopf. »Nein, das war nicht der Plan.« Er zögerte. »Ich wollte dich schon lange küssen, aber nicht so überfallartig.«

»Oh«, wisperte sie und holte tief Luft, wusste dann nicht, was sie sagen sollte.

Unelegant rappelte sich Matt vom Boden auf und wurde dabei erneut von der eifrigen Zunge seines pelzigen Kumpels erwischt. »Verdammt, Chewie«, wehrte er den Hund ab und wischte sich mit dem Hemdsärmel übers Gesicht. »Du bist ein elendes Ferkel.«

»Ich hatte meine liebe Mühe, ihn von der toten Ratte abzuhalten«, erzählte Caitlin und rief ihnen damit die stinkende Überraschung vor der Wohnungstür ins Gedächtnis zurück.

»Bleib sitzen«, sagte er, als sie sich erheben wollte. »Ich kümmere mich darum.«

Sie war heilfroh, dass er diese Aufgabe übernahm, denn ihr wäre nur wieder übel geworden bei dem Gestank, der von dem Kadaver ausging. Außerdem konnte sie so allmählich ihre Fassung zurückgewinnen. Sie stand auf, brachte ihr Glas hinüber in die Küche und stellte es auf der Kochinsel ab. Dort blieb sie stehen, bis er zurückkehrte.

Die Insel zwischen sich als Barriere, schaute er sie prüfend an. »Alles okay mit dir?«

Caitlin nickte und strich sich eine Locke aus der Stirn.

»Sehen wir uns morgen früh wie üblich?«, fragte er und sah sie gespannt an.

»Ja«, antwortete sie schlicht und fügte nach einer kurzen Pause hinzu: »Ich freue mich schon.«

»Super, ich mich auch.« Er drehte sich um und stolperte fast über den Hund, der mit seinen treuen Augen gespannt zu ihm aufsah.

Caitlin kicherte nervös und erntete einen vorwurfsvollen Blick. »Sorry, aber das sah zu komisch aus.«

»Ist schon recht«, meinte er gespielt mürrisch und grinste dann mit einem Augenzwinkern. »Bis morgen.«

Kapitel 7

Millicent wartete. Sie saß neben Norma an ihrem üblichen Tisch im Diner und versuchte die köstlichen Gerüche der Speisen zu ignorieren, die sie zum Frühstück aufgefahren hatten.

»Normalerweise ist Prudence die Erste, die auf ihrem Hintern sitzt«, maulte Norma und schaute nach drüben zur Theke. »Was machst du da?«

Prudence grinste über den Tresen hinweg und hob eine Flasche Prosecco hoch. »Ich bin der Meinung, dass wir alle heute eine kleine Stärkung gebrauchen können.«

Millicent hob gespannt die Augenbrauen.

»Hört, hört! Sekt zum Frühstück«, wunderte sich Norma und beugte sich zu ihr hinüber. »Fast schon dekadent, würde ich mal sagen. Langsam, aber sicher macht sie mich neugierig.«

»Bevor ich berichte, stoßen wir an.« Prudence stellte drei Sektgläser und die Flasche auf den Tisch, um die Prickelbrause sogleich einzuschenken.

Sie ergriff eines der Gläser und wartete, bis die Freundinnen es ihr gleichtaten. Mit einem leichten Klirren stießen sie an. »Auf uns und alte Freunde«, ließ sie verlauten, ehe alle einen Schluck tranken.

»Jetzt setz dich endlich auf deinen Hintern und erzähl.« Millicent rutschte aufgeregt hin und her. »Das ist ja nicht auszuhalten. Allerdings muss ich vorher noch loswerden, dass es gemein von dir war, uns gestern Abend so mir nichts, dir nichts, stehen zu lassen und nach Hause zu marschieren, ohne dein Geheimnis zu lüften.«

Hoheitsvoll ließ sich Prudence auf ihren Stuhl sinken und lehnte sich zurück. Auf Millicents Vorwurf ging sie nicht ein. »Wie ihr wisst, hatte ich gestern Nachmittag einen Termin beim Friseur.« Sie tastete mit der Hand nach ihrer Frisur und überprüfte den tadellosen Sitz.

»Du hast jede Woche den gleichen Termin«, fiel ihr Norma ungeduldig ins Wort.

»Gemach, gemach«, wehrte Prudence mit strahlendem Lächeln ab. »Bella hat mir, wie immer mittwochs, die Haare gelegt, und ich beschloss, hinterher direkt meine Einkäufe zu erledigen.«

Norma lehnte sich abrupt zurück. Sie faltete die Hände wie zum Gebet, schaute zur Decke hoch und fauchte inbrünstig: »Irgendwann bringe ich sie um.«

»Ich helfe dir.« Kopfschüttelnd ergriff Millicent ihr Sektglas und nippte daran.

»Danke«, knurrte Norma.

»Ihr seid zwei undankbare Weiber«, schnaubte Prudence und machte Anstalten, aufzustehen.

»Setz dich und erzähl endlich«, zischte Norma genervt.

Prudence räusperte sich und strich sich geziert über die frisch gezupften Augenbrauen. »Nun ja, wo war ich stehen geblieben?«

»Du warst shoppen«, half ihr Millicent auf die Sprünge und fügte vorsichtshalber hinzu: »Es interessiert uns aber nicht, was du alles gekauft hast.«

»Richtig«, nahm Prudence den Faden wieder auf. »Ich fuhr also zum Supermarkt und habe auf dem Weg dorthin den alten Mr. Smith getroffen.« Sie verdrehte die Augen. »Natürlich musste ich mir zum tausendsten Mal anhören, wie hervorragend ich aussehe und wie schrecklich er unter seiner Arthritis leidet.« Ihr auffordernder Blick streifte zuerst Millicent, dann Norma, doch beide schwiegen stur.

Sie zog einen Flunsch und fuhr, in leicht verschnupftem Ton, fort. »Der arme Kerl hört und sieht mittlerweile fast nichts mehr. Er kann einem echt leidtun.«

»Ach, deshalb hat er bemerkt, wie gut du aussiehst«, stichelte Norma postwendend.

»Du bist so gemein«, reagierte Prudence pikiert. »Nur weil du dich nicht um dein Äußeres scherst, kann ich doch auf meines achten.«

»Was ist passiert, nachdem das Wrack Smith verschwunden ist«, drängelte Millicent und registrierte erschrocken ihren ungewohnt garstigen Ton.

Norma hingegen lachte. »Sei froh, dass er dich damals hat abblitzen lassen, meine Liebe.« Sie versetzte ihr einen leichten Stoß gegen den Arm. »Stell dir vor, was du jetzt für einen alten Sack zu Hause sitzen hättest.«

Millicent spitzte die Lippen. »Da hast du nicht unrecht. Ich tauge nicht zur Pflegerin.«

Prudence, die sich augenscheinlich nicht mehr im Mittelpunkt der Aufmerksamkeit sah, mischte sich ein. »Ganz so einfach bin ich Mr. Smith diesmal nicht losgeworden. Er hat vermutlich wenig Ansprache, seit Mrs. Hoover ihn ignoriert. Sie ist anscheinend der Meinung, dass er ihr die Blumen aus dem Garten stiehlt.« Übertrieben belustigt schüttelte sie den Kopf. »Du meine Güte, wenn er sich zu den Beeten hinunterbückt, kommt er nie wieder hoch.«

Millicent hatte sofort Kopfkino und lachte schallend, während Norma fröhlich gluckste.

Prudence beugte sich vor und senkte den Ton. »Aber stellt euch vor, als ich da so stand, erschien die liebe Caitlin. Sie war in Begleitung.«

»Wahrscheinlich wieder mit Matt«, frohlockte Millicent und erntete von beiden Freundinnen einen verärgerten Blick wegen der erneuten Unterbrechung. »Sie sind aber auch ein hinreißendes Paar«, rechtfertigte sie sich.

»Nein, Matt war nicht dabei«, stellte Prudence klar. »Wobei ich dir zustimme. Sie geben tatsächlich ein bemerkenswert gutaussehendes Pärchen ab.«

»Wen hatte sie dann im Schlepptau?« Man hörte Norma ihre Ungeduld deutlich an.

»Caitlin war mit Chewie unterwegs«, antwortete Prudence und lächelte geheimnisvoll.

»Matts Hund?« Millicent starrte sie ungläubig an. »Den bringt er doch normalerweise zu uns, wenn er einen Hundesitter braucht.«

»Du meine Güte, stell dich nicht so an«, fauchte Norma sie an. »Mit Chewie hat er die beste Flirtunterstützung, die sich ein Mann wünschen kann.« Sie wandte sich an Prudence. »Hast du das ganze Theater etwa aus diesem läppischen Grund veranstaltet?«

Die spitzte nur die Lippen, ließ eine kurze Spannungspause einfließen, bevor sie antwortete. »Und sie kam aus einem Haus gegenüber des Supermarktes.« Triumphierend schaute sie ihre Freundinnen an und griff nach ihrem Glas, um einen Schluck zu trinken.

»Ich habe das mit dem Umbringen bitterernst gemeint«, sagte Norma, trank aber ebenfalls erst einmal von ihrem Prosecco.

»Caitlin wohnt nicht in der Umgebung des Supermarktes«, stellte Millicent nachdenklich fest.

Jetzt hielt es Prudence nicht mehr aus. »Sie kam direkt aus dem *Coffee Time Cottage*!«, rief sie triumphierend.

Millicent setzte sich wie elektrisiert auf. »Sie hat Lucindas Haus gekauft?« Völlig perplex starrte sie Norma an. »Ich wusste gar nicht, dass es zum Verkauf angeboten wurde.«

»Amelias Tochter«, stieß die mit großen Augen aus und fasste sich an den Kopf. »Jetzt ist mir klar, an wen sie mich so erinnert hat. Sie sieht ihrer Mutter wie aus dem Gesicht geschnitten ähnlich.«

»Ja, da hast du recht«, stimmte ihr Millicent nach einem Moment des Nachdenkens zu. »Wegen der Haarfarbe sind wir nicht draufgekommen. Amelia war blond und Lucinda, die demnach Caitlins Großmutter ist, hatte schwarzes Haar.«

Prudence grinste breit. Sie genoss es unverhohlen, die Freundinnen übertrumpft zu haben.

»Ich habe ewig nicht mehr an Lucinda gedacht«, gab Millicent zerknirscht zu.

»Das hat keiner von uns«, meinte Norma. »Sie ist seit über fünf Jahren tot.«

»In unserem Alter sollte man sich auf die Lebenden konzentrieren, sonst wird man nur depressiv«, gab Prudence zum Besten.

Norma musterte sie mit einem halb zustimmenden, halb spöttischen Blick. »Das sind ja vollkommen neue Töne von dir. Wobei ich dir im Großen und Ganzen recht gebe.«

»Trotzdem finde ich es traurig.« Millicent drehte ihr leeres Sektglas in der Hand und hielt es dann Prudence hin.

»Solltest du nicht erst mal was frühstücken, bevor du dir die Kante gibst?« Trotz des Einwandes schenkte Prudence ihr nach.

Millicent trank sofort einen großen Schluck und starrte dann trübsinnig vor sich hin. »Ich fände es schrecklich, wenn mich alle vergessen würden, sobald ich über den Jordan gegangen bin.«

Tröstend streichelte Norma ihr die Hand. »Unsinn. Wer sollte sich denn nicht an dich erinnern?«

Theatralisch breitete Millicent die Arme aus. »Überleg doch mal. Lucinda war die bekannteste Künstlerin in unserem Heaven Oaks. Dann fällt sie tot um und ein paar Jahre später kräht kein Hahn mehr nach ihr.«

»Irgendwie hast du da schon recht.« Prudence schaute betroffen drein. »Mal ehrlich: Nicht mal ihre eigene Tochter ist zur Beerdigung erschienen.«

»Lucinda hatte außer Amelia keine Angehörigen«, argumentierte Norma und blickte in die Runde. »Das ist bei dir komplett anders. Dein Clan ist weit über die Stadtgrenzen von Heaven Oaks hinaus verteilt.«

»Wir waren doch so etwas wie Lucindas Familie«, murmelte Prudence.

Millicent schwieg und erinnerte sich an glückliche Tage, die sie mit einer leicht abgehobenen Künstlerin hatte verbringen dürfen.

Norma atmete durch, bevor sie sich Flasche schnappte und nachschenkte. Sie hob ihr Glas. Mit einem dezenten Klirren stießen sie an. »Auf Lucinda!«

Prudence fächelte sich mit der Hand Luft zu. »Ich denke, wir sollten eine Kleinigkeit frühstücken, bevor wir später den Laden öffnen.«

»Zuerst überlegen wir, wie wir nun mit Caitlin umgehen«, widersprach ihr Norma.

»Sollen wir sie darauf ansprechen oder warten wir, bis sie das Geheimnis von alleine lüftet?«, stellte Millicent die Frage, die wahrscheinlich ihnen allen auf der Zunge brannte.

»Ich wundere mich über ihre Heimlichtuerei. Warum darf niemand wissen, dass Lucinda ihre Großmutter ist«, wandte Prudence ein.

»Wer sagt denn, dass sie es geheim hält?«, kam von Norma die Gegenfrage. »Woher soll sie von unserer Freundschaft ahnen?«

»Von Amelia«, antwortete Millicent prompt.

Norma beugte sich vor. »Das Mädel ist über Nacht aus Heaven Oaks verschwunden. Es hat Wochen gedauert, bis sie sich bei ihrer Mutter gemeldet hat.«

Prudence seufzte. »Ja, ich erinnere mich. Ihr und uns allen ist damals ein Felsen vom Herzen gefallen, als wir endlich erfuhren, dass sie am Leben ist.«

»Sie hat nie wieder etwas von sich hören lassen«, zürnte Norma. »Lucinda hatte nur diesen einen Brief und nichts weiter.«

»Es hat lange gedauert, bis sich die Arme davon erholt hat«, meinte Millicent traurig. »Aber was sucht Caitlin jetzt, fünf Jahre nach Lucindas Tod, hier?«

Prudence runzelte die Stirn. »Das sollten wir sie fragen.«

»Nein!«, energisch schüttelte Norma den Kopf. »Wir wissen jetzt, wer sie ist. Wir können uns zurücklehnen und beobachten.« Sie schaute die Freundinnen streng an. »Wir sind im Vorteil, denn wir kennen ihre Herkunft.«

Caitlin folgte dem Läuten an der Wohnungstür, öffnete und blieb verblüfft stehen.

»Hallöchen, meine Liebe«, flötete Charlene und schwebte an ihr vorbei in die Wohnung.

»Hi, Charlene«, begrüßte sie ihren unerwarteten Gast und schloss die Tür.

»Ich weiß, dass ich dich quasi hinterrücks überfalle.« Die flotte Blondine stellte den mitgebrachten Korb auf der Kochinsel ab, zog eine Tüte hervor und wirbelte herum. »Aber ich hoffe, dass du nichts gegen ein gemeinsames Mittagessen hast.« Sie schwenkte den Papierbeutel in der Luft und lachte unbekümmert. »Ein Vögelchen hat mir gezwitschert, dass du ganz wild auf das Roastbeef-Sandwich bist.«

»Ein Vögelchen aus dem Diner?« Jetzt konnte sich auch Caitlin das Grinsen nicht verkneifen.

Die Antwort bestand aus Charlenes breitem Zahnpastalächeln. »Ich habe das Essen mitgebracht. Du bist für Geschirr und Getränke zuständig.«

Caitlin umrundete die Kochinsel, holte Teller und Gläser aus dem Schrank und stellte alles auf den Tisch. Sie schaute in den Kühlschrank. »Ist Cola okay für dich?«

Charlene, die es sich schon bequem gemacht hatte, nickte. »Klar doch.«

Rasch fielen sie über das leckere Essen her und genossen die ersten Bissen.

Charlene blickte sich dabei neugierig um. »Du hast es hübsch hier«, lobte sie und deutete auf den frischen Blumenstrauß, der in einer Vase auf der Kommode stand. »Ich liebe Tulpen.«

»Ja, sie bringen Farbe in den Frühling«, stimmte ihr Caitlin zu.

»Du wunderst dich höchstwahrscheinlich über meinen Überfall.«

»Es gibt Schlimmeres als einen Überraschungsgast, der etwas zu essen mitbringt. Ich war so beschäftigt, dass ich gar nicht gemerkt habe, wie hungrig ich bin.« Caitlin biss in das Sandwich, verdrehte genüsslich die Augen und kaute andächtig.

»Das passiert mir auch ab und zu. Meist ist es dann Jeff, der mich daran erinnert, dass man neben der Arbeit durchaus etwas für sich selbst tun muss.«

»Finde ich einen netten Zug von ihm«, scherzte Caitlin, bevor sie einen Schluck trank.

»Er war schon immer so. Ich kenne ihn mein Leben lang.«

»Quasi eine Art großer Bruder.«

Charlene schien kurz zu überlegen, denn sie legte den Kopf schräg und schüttelte ihn dann. »Nein, einfach ein verdammt guter Freund.«

Caitlin zuckte vielsagend mit den Augenbrauen, doch ihre Freundin wehrte sofort ab. »So gesehen eher ein Bruder.« Sie ließ die Schultern hängen. »Nur der Gedanke, mit seinem Vater verwandt zu sein, schreckt mich ab. James Ferguson ist auf eine grobe Art ein netter Kerl, aber ich weiß aus erster Hand, dass Jeff es mit ihm nicht immer leicht hatte.«

»Sein Dad ist extrem abweisend.« Caitlin griff nach dem kleinen Korb, der in der Mitte des Tisches stand, schnappte sich eine Serviette daraus und tupfte sich den Mund ab. »Ich habe ihn mittlerweile ein paarmal beim Einkaufen oder spazieren gehen getroffen und gegrüßt. Er nickt mir zu und wendet sich dann demonstrativ ab.«

»Was für ein Stoffel«, murrte Charlene und steckte sich den Rest ihres Sandwiches in den Mund.

»Themawechsel! Wann habt ihr vier Zeit, damit ich euch endlich zum Essen ins Diner einladen kann? Das ist längst überfällig.« Caitlin tapste ungeduldig mit den Fingern auf die Tischplatte.

Charlene hob den Zeigefinger und grinste spitzbübisch. »Das ist einer der Gründe, warum ich heute so schamlos hier hereingeschneit bin.«

»Ihr habt allen Ernstes einen Termin für mich gefunden?« Caitlin zwinkerte ihre Freundin frech an und schüttete Cola in die Gläser nach.

»Das wäre normalerweise nicht so schwer, wenn wir nicht Douglas in unserer Runde hätten. Manchmal habe ich den Eindruck, er kennt nichts außer seiner Arbeit.«

»Ihn bekomme ich wirklich am wenigsten von euch zu Gesicht. Ab und zu fährt er an mir vorbei und winkt mir zu. Das war es dann schon.«

»Ich habe den Vorteil, dass ich ihn auf der Baustelle sehe. Er arbeitet tagsüber dort und abends kümmert er sich um den finanziellen Teil unserer Projekte.«

»Und wann findet dieser vielbeschäftigte Mann Zeit für meine Einladung?«

»Entweder morgen oder übermorgen.« Charlene kicherte. »Matt hat ihn in die Mangel genommen und ihm angedroht, dass wir einfach ohne ihn im Diner essen würden, wenn er wieder lieber allein vor seinem Computer rumgammeln möchte.«

»Aha. Und wegen dieser Drohung klappt es jetzt endlich?«, fragte Caitlin skeptisch.

»Jeff meinte, dass er den drei Ladys vom Diner erzählen würde, dass Douglas keine Lust zu einem gemeinsamen Essen bei ihnen hätte.«

»Das würden ihm die Damen nie verzeihen.«

»Niemand möchte sich nur annähernd vorstellen, was es heißt, wenn Norma Winterapple sauer auf einen ist.« Charlene pfiff leise durch die Lippen und wedelte vielsagend mit der rechten Hand.

»Belassen wir es doch gleich bei morgen Abend. Ich gehe nachher im *Heaven Diner* vorbei und reserviere einen Tisch.«

»Ist schon längst erledigt.« Charlene lachte, rückte sich wieder einmal ihre Brille zurecht und setzte dann eine ernste Miene auf. »Matt hat uns heute von diesem Streich erzählt, den dir jemand gespielt hat.«

»Ich hoffe doch, dass so etwas nicht allzu oft in Heaven Oaks passiert, denn auf solch liebevolle Präsente kann ich gerne verzichten.« Caitlin versuchte das Geschehen scherzhaft abzutun.

»Das ist verständlich.« Teilnahmsvoll griff Charlene über den Tisch nach ihrer Hand. »Ich hätte dich gleich fragen sollen, als ich zur Tür hereinkam: Wie geht es dir heute?«

»Ich bin okay, danke. Ich versuche, diesen ekligen Streich so schnell wie möglich zu vergessen.« Verlegen strich sich Caitlin eine widerspenstige Locke aus dem Gesicht und zog dann etwas unbeholfen die andere Hand zurück. Sie wusste nicht so recht, wie sie mit so viel Mitgefühl umgehen sollte. »Ich hätte Lust auf einen Kaffee. Du auch?«

»Ja, gerne.« Charlene ignorierte ihre Abwehrhaltung und schaute sich erneut neugierig um. »Wow!« Mit großen Augen deutete sie auf die Staffelei. »Ist das dein Werk?«

»Hmm, ja.« Caitlin straffte die Schultern. *Was wird Charlene zu meinem Farbengekleckse, wie Mom es häufig bezeichnet hat, sagen?*

Die hielt es nicht mehr auf ihrem Stuhl. Sie schnellte regelrecht hoch und hinüber zum Fenster, um das Kunstwerk aus der Nähe zu begutachten. »Ich liebe diese Farben«, hauchte sie ehrfürchtig. »Du hattest mir ja erzählt, dass du malst, aber so etwas hatte ich mir nicht vorgestellt.«

»Okay, woran hast du denn gedacht?«

»Ich muss gestehen, dass ich eher so ein bisschen Hobbykunst erwartet habe.« Charlene trat ein paar Schritte zurück und schaute sie entschuldigend an, bevor sie sich wieder dem Bild zuwandte. »Vermarktest du deine Werke?«

»Früher war es ein Zeitvertreib oder persönlicher Ausgleich. Über einen Verkauf habe ich bis heute nicht allzu viel nachgedacht.«

»Das solltest du unbedingt«, sagte ihre Freundin mit Nachdruck.

Du hast sehr wohl überlegt, professionell zu malen, rief sich Caitlin in Gedanken in Erinnerung. »Ehrlich gesagt, wollte ich Zeit meines Lebens eine berühmte Künstlerin werden«, gab sie kleinlaut zu.

»Ein Jugendtraum?«, hakte Charlene nach und schaute sie dabei mit einem verträumten Lächeln an. »Ich habe immer schon gerne dekoriert und meine Mutter oft in die

Verzweiflung getrieben. Die ist das genaue Gegenteil von mir. Sie liebt es, alles clean einzurichten und mir war das zu nüchtern. Jetzt richte ich Häuser ein, damit sich Menschen dort wohlfühlen.«

»Ich habe meiner Mom zuliebe Betriebswirtschaftslehre studiert«, gestand Caitlin leise. »Direkt nebenan waren all diese Kunststudenten, die ihrem Gefühl und ihrer Leidenschaft folgen durften. Gott, war ich neidisch!«

Charlene setzte sich auf die Armlehne des Sofas und schenkte ihr einen mitleidigen Blick. »Hast du nie dagegen aufbegehrt?«

»So eine waschechte Rebellion?« Caitlin lachte und trat an die Leinwand heran, fuhr langsam mit dem Finger die Kontur des gezeichneten Spatzes nach. »Ich habe etliche Kurse belegt, von denen sie nichts wusste.«

»Ein stiller Protest.«

»Ja, mein heimlicher Widerstand. In den Kunststunden konnte ich Kraft für die nüchternen Zahlen tanken.«

»Wenn ich mir dieses Bild so ansehe, war es der Unterricht auf jeden Fall wert.«

»Danke für das Kompliment.«

»Das von ganzem Herzen kommt.« Charlene deutete auf die Leinwand. »Ich überlege, ob ich es ins Design unseres Projektes einfließen lasse. Denk darüber nach, wie viel du dafür verlangen möchtest.«

»Eure Kunden haben ein begrenztes Budget. Passt denn da eine weitere Ausgabe überhaupt noch rein?«

»Ja, es ist überschaubar, aber es bleibt genug, um das Haus mit schönen Einzelstücken wohnlich einzurichten.«

»Woher willst du denn wissen, dass der Familie mein Bild gefällt?«

»Bevor wir mit der Renovierung beginnen, fragen wir die Kunden ab. Ihre Wünsche und ihr bevorzugter Wohnstil fließen in die Entwürfe und das Design ein. Zu unserer Philosophie gehört es aber auch, dass die Auftraggeber uns ein Stück Vertrauen schenken.«

»So wie in den Fernsehsendungen? Da sehen die Leute das Resultat erst, wenn alles eingerichtet ist.«

»Ja, das kommt hin.« Charlene grinste. »Wir bekommen häufig die Frage gestellt, ob das Ganze im Fernsehen übertragen wird. Douglas würde das aber nie zulassen, denn er hasst den Hype um diese Sendungen.«

»Und wie sehen die anderen Jungs das?«

»Ach, Matt ist für alles offen. Er ist von Haus aus ja eher von der Sorte Sonnyboy und Strahlemann. Bei Jeff denke ich, dass man ihn mit ein bisschen Überzeugungsarbeit durchaus dazu überreden könnte. «

»Und Douglas würde postwendend sein Veto einlegen, damit er seine Ruhe vor irgendwelchen Kameras hat«, ergänzte Caitlin schmunzelnd. »Die drei Jungs sind wirklich grundverschieden.«

»Ja, aber sie ergänzen sich perfekt.« Charlene schlenderte hinüber zum Tisch, schenkte sich Cola nach und trank einen Schluck. »Matt sorgt immer für frischen Schwung, Douglas hingegen ist eher der nüchterne Geschäftsmann und Jeff der Ruhepol.«

Der Kaffee blubberte in der Kaffeekanne und Caitlin eilte zum Herd, um sie herunterzunehmen und diesen auszuschalten. Sie holte zwei Espressotassen und die passenden Untertassen aus dem Schrank, schenkte den original italienischen Muntermacher ein.

»Es ist spaßig, Matt dabei zu beobachten, wie er dich anbaggert.«

Bei dieser Bemerkung ließ Caitlin fast die Tassen fallen, die sie zum Tisch trug. »Hoppla!«

Charlene lachte hell auf. »Erwischt!«

»Was heißt hier erwischt?« Caitlin holte ihre Cookie-Dose aus dem Schrank und platzierte sie zwischen ihnen.

»Hey, ein Blinder kann sehen, dass ihr zwei euch nicht gleichgültig seid.«

»Wir joggen zusammen. Mehr ist da nicht«, wehrte Caitlin ab und wich dem Blick ihrer Freundin aus. Das Thema war ihr sichtlich unangenehm, doch Charlene empfand offenbar keinerlei Mitleid.

»Ich habe euch letztens gesehen, als ihr wieder mal beim Frühstücken im Diner gesessen habt. Es funkt gewaltig zwischen euch.«

Abwehrend hob Caitlin beide Hände. »Ich bin erst seit ein paar Wochen hier im Ort und werde mir nicht sofort eine Liebelei ans Bein binden.«

»Wow, das hört sich aber nüchtern an.«

»Ich gebe ja zu, dass er verdammt anziehend ist. Und genau da liegt doch das Problem. Sonnyboys wie Matt sind in der Regel nicht auf eine feste Beziehung aus.«

»Ich glaube, du unterschätzt euch beide.«

»Das ist eben das Gefühl, das ich bei der Sache habe. Ich bin neu in der Stadt. Wenn ich mich auf ihn einlasse und es geht in die Hose?«

»Hinfallen, aufstehen, Krönchen richten und weitergehen.« Charlene lachte. Darin schwang eine gehörige Portion Selbstironie mit. »Denkst du etwa, mir wäre das noch nie passiert? Ich könnte einige Storys erzählen.«

Ich kreise nur um mich selbst, stellte Caitlin schuldbewusst fest und lenkte ein: »Vielleicht muss ich einfach erst richtig hier ankommen.«

»Dann fang mal damit an, nicht nur allein durch Heaven Oaks zu geistern.« Charlene milderte den leichten Vorwurf in ihrer Aussage ab, indem sie Caitlins Hand kurz drückte. »Wenn du hier einen Neubeginn starten willst, musst du dich in die Gemeinschaft integrieren. Das hier ist keine anonyme Großstadt und wer allzu zurückgezogen lebt, gilt schnell als schrullig.«

»Das überlasse ich dann doch lieber alten Krähen.«

Charlene antwortete mit einem nach oben gereckten Daumen und schnappte sich einen Cookie.

Ich sollte langsam mal damit rausrücken, was mich hierhergeführt hat, überlegte Caitlin, doch jetzt wechselte sie das Thema. Sie deutete auf die Staffelei. »Wie sind denn die gängigen Preise für Bilder dieser Art? Ich habe darin keinerlei Erfahrung.«

Kapitel 8

Caitlin bummelte gemütlich die Straße entlang. Sie war auf dem Weg zum Haus ihrer Großmutter, um wieder einmal die Atmosphäre des alten Gebäudes in sich aufzunehmen.

Ich sollte es malen, überlegte sie und schaute überrascht hoch, als ein blauer Truck neben ihr hielt.

»Wunderschönen guten Morgen.« Jeff lupfte bei seiner herzlichen Begrüßung die Sonnenbrille von der Nase und guckte sie mit einem verschmitzten Lächeln an. »Bereit für einen Baustellenbesuch? Hüpf rein in den Wagen.«

»Auch dir einen guten Morgen«, begrüßte sie ihn und runzelte dann die Stirn. »Welche Baustelle sollte ich besuchen?«

Er setzte die Sonnenbrille wieder auf, rückte sein Cap zurecht und antwortete etwas verlegen: »Nachdem du hier so allein durch die Gegend wanderst, habe ich mir überlegt, dir einfach mal zu zeigen, was wir machen. Charlene hat uns erzählt, dass du von den Häusern hier begeistert bist.«

Sofort erinnerte sich Caitlin an ihr gestriges Gespräch und vor allem an Charlenes Mahnung, sich hier zu integrieren. Sie zögerte nur kurz und grinste Jeff an. »Klar, da komme ich gerne mit.«

»Na dann rein mit dir.«

Sie umrundete den blauen Chevrolet, öffnete die Beifahrertür und kletterte in den Truck. »Ich bin echt gespannt. Sieht es auf euren Baustellen aus wie bei denen im Fernsehen?«

Er fuhr los und zuckte mit den Schultern. »Ich schaue diese House-Flipping-Sendungen nicht unbedingt an, aber es kommt schon hin.«

»Und eure Kunden sehen das Ergebnis tatsächlich erst am Schluss der Renovierung?« Caitlin schnallte sich an und musterte den rothaarigen Hünen von der Seite.

Jeff strahlte eine unglaubliche Ruhe aus.

Einen Augenblick lang dachte sie an seinen unfreundlichen Vater, der ihr ab und zu im Diner oder vor dem Supermarkt begegnete. Abgesehen vom Bart in Holzfällermanier hatten die beiden nur noch ihre Größe gemeinsam.

»Ja, die lassen wir bis zum bitteren Ende zappeln.« Er setzte den Blinker, winkte einer älteren Dame zu und bog in die nächste Straße ein.

»Das hört sich mal so richtig fies an.« Caitlin lachte. »So hätte ich dich gar nicht eingeschätzt.«

»Jeder hat seine dunkle Seite.« Jeff verlieh seinem Kommentar mit noch tieferer Bassstimme eine scherzhafte Note.

»Ist es schon mal passiert, dass es einem Kunden gar nicht gefallen hat?«, wollte sie wissen.

Er überlegte nur kurz. »Einmal hatten wir Probleme. Ein Paar hatte uns beauftragt, ein Haus zu renovieren. An dem Gebäude musste richtig viel gemacht werden und dementsprechend hat es fast drei Monate bis zur Fertigstellung gedauert. In der Zwischenzeit haben sich die beiden getrennt und er wollte mit seiner neuen Partnerin, sprich, der Sekretärin, einziehen. Der Stil war natürlich zuvor auf die Ehefrau abgestimmt gewesen.«

»Ups! Da war die Besichtigung definitiv kein Spaß.«

»Das hat Douglas übernommen. Soweit ich weiß, hat er das Genörgel der Dame im Keim erstickt. Zumindest hat Charlene, die dabei war, es mir so erzählt.« Er deutete nach vorne. »Es war das Haus dort drüben. Der Kerl ist übrigens wieder Single und sucht gerade einen Käufer für das Anwesen.«

Caitlin reckte den Hals, um besser zu sehen. Es handelte sich um ein beeindruckendes Gebäude im Südstaatenstil. Die strahlend weiße Fassade und die riesige Veranda wirkten hochherrschaftlich. »Grandios!«, staunte sie. »Mir wäre das aber zu protzig.«

Er warf ihr einen Blick zu. »Zu dir passt ein gemütliches, kuscheliges Cottage.«

Sie zögerte mit ihrer Antwort. »Gut zu wissen.«

Er zeigte nach vorne. »So, da sind wir. Das hier ist das *Kelly Haus.* Viele der Häuser hier tragen die Namen der

Eigentümer oder der Familie, von der sie am längsten bewohnt wurden.«

Jeff parkte den Wagen und deutete auf einen roten Truck, der seinem ähnlich sah, aber fast noch ein wenig mehr Retro wirkte. »Charlene ist auch da. Sie wird sich freuen, dich zu sehen.«

Gespannt kletterte Caitlin aus dem Fahrzeug und schaute sich interessiert um.

Es wuselte regelrecht auf dieser Baustelle. Die vordere Front des Hauses war offensichtlich schon frisch gestrichen und die Maler waren aktuell auf der rechten Seite aktiv. Zwei Arbeiter verlegten Klinkersteine für einen neuen Weg, der in gerader Linie zum Eingang führte.

Douglas schleppte soeben einen Schrank ins Innere des Gebäudes.

»Schaut mal, wen ich unterwegs aufgelesen habe«, rief Jeff lautstark und sofort drehten sich alle Köpfe zu ihnen um.

So viel Aufmerksamkeit wollte ich nicht erregen, dachte Caitlin und am liebsten hätte sie auf der Stelle kehrtgemacht.

»Wie cool!«, tönte Charlenes Stimme aus einem der oberen Fenster. »Warte, ich komme gleich runter zu dir.«

»Wenn sie mich auch mal so begeistert begrüßen würde«, murrte Jeff, zwinkerte aber Caitlin munter zu. »Mein Schicksal ist es leider Gottes, dass mich die Frauen nicht wahrnehmen.«

Sie knuffte ihn leicht in den Arm. »Unsinn! Mit Sicherheit liegen dir die Ladys reihenweise zu Füßen.«

Er lachte schallend. »Das wäre mir zu viel. Ich würde ständig darüber stolpern.«

Charlene eilte die Treppen der Veranda herunter und umarmte Caitlin stürmisch. »Ich habe heute schon an dich gedacht. Es ist großartig, dass du hier bist. So kann ich dir alles zeigen und wir können gleich mal über deine Bilder reden.«

Jeff hob die Hände, schaute Caitlin entschuldigend an und verzog sich, um Douglas beim Abladen der Küchenschränke zu helfen.

Charlene hakte sich bei ihr unter, bugsierte sie regelrecht ins Haus und plapperte munter drauflos. »Es wird großartig. Wir haben die Böden aufgearbeitet und neu gebeizt, damit es harmonisch wirkt. Du kannst sie jetzt nicht sehen, weil wir sie abgedeckt haben, um sie nicht zu beschädigen. Das gesamte Untergeschoss wurde zu einem offenen Wohnkonzept umgebaut. Wenn man das Haus betritt, reicht der Blick von vorne bis nach hinten in die Küche.«

Unbarmherzig zog sie Caitlin weiter. »Dahinter haben wir den Schmutzraum mit eingebauter Waschmaschine und Trockner. Elaine, die Hausherrin, wird ihn lieben. Bei drei Kindern braucht man so etwas. Dieses Zimmer hier ist multifunktional, denn es ist sowohl Spiel-, als auch Gästezimmer. Jeff wird ein Wandklappbett bauen, das bei Bedarf benutzt werden kann. Daneben haben wir ein kleines Badezimmer mit Dusche.«

Sie stiegen die Treppe ins obere Stockwerk hinauf.

Charlene blieb im Flur stehen und deutete auf die Türen. »Matt hat den perfekten Plan entworfen. Drei

Kinderzimmer, nicht allzu groß, aber ausreichend, da es unten ein Spielzimmer gibt, und hier ein Bad für die Kinder. Ich liebe diese Fliesen.«

Caitlin erhaschte einen kurzen Blick und nickte. Die Farben, Grau-Blau und Weiß, sprachen sie sofort an. Sie konnte sich allerdings nicht dazu äußern, denn Charlene schleifte sie förmlich in eines der Zimmer.

»Hier kommst du ins Spiel.«

»Inwiefern?« Caitlin schaute sich in dem kleinen Raum um. Die Wände waren in einem zarten Grün gestrichen, das wunderbar mit den Holzfenstern harmonierte.

»Dein Zeichenstil ist so herrlich filigran. Ich stelle mir ein Bild mit Wildblumen und Insekten vor.«

»Insekten?« Sonderlich intelligent schaute sie zwar wahrscheinlich nicht drein, aber das interessierte Caitlin im Augenblick herzlich wenig. »In einem Kinderzimmer? Bist du dir sicher?«

»Bienchen und Libellen, vielleicht noch ein Vögelchen.« Charlene strahlte wie ein Honigkuchenpferd und breitete die Arme aus.

»Wie groß soll das Gemälde werden?«, fragte Caitlin leise zweifelnd.

Charlene ließ die Arme sinken. »Deine Begeisterung hält sich in Grenzen«, stellte sie fest.

»Versteh mich nicht falsch«, wehrte Caitlin ab. »Dieser Raum ist nicht sonderlich geräumig. Mehrere kleine Bilder würden verspielter wirken.«

»Warum tapeziert ihr nicht?« Douglas war im Türrahmen aufgetaucht. »Ein zartes Muster an einer Wand wirkt heimelig.«

»Ich wollte ein Bild von Caitlin.« Charlene schmollte.

»Lass sie doch eine Tapete malen«, erwiderte Douglas trocken.

Überrascht starrte ihn Caitlin an, dann begann es in ihrem Kopf zu rattern. »Digitalisieren«, murmelte sie und schloss die Augen. »Zarte Gräser und Blumen, filigran und fast naiv gezeichnet. Dazwischen ein Schmetterling, Bienen und Hummeln.«

»Lasst ihr mich an eurem Wissen teilhaben?«, erkundigte sich Charlene gespannt.

»Ich male ein Bild, scanne es ein oder fotografiere es«, erklärte Caitlin und schaute Douglas fragend an.

Der nickte und fuhr fort: »Es gibt etliche Online-Druckereien, die alles damit bedrucken, was du dir vorstellen kannst. Kissen, Tassen oder eben auch Tapeten.«

Begeistert klatschte Charlene in die Hände. »Das ist ja großartig!«

»Ich fürchte, ich habe dir ein völlig neues Spielfeld eröffnet«, spottete er und zwinkerte Caitlin amüsiert zu.

»Nicht nur ihr«, murmelte Caitlin. In ihrem Kopf kreisten die Ideen förmlich wie in einem Karussell. Sie starrte die Wand wie hypnotisiert an.

»Welch zauberhafter Besuch«, ertönte da eine tiefe Stimme und sie wirbelte herum.

Ob die anderen wohl hören, wie laut mein Herz bei Matts Anblick trommelt? Er sieht verdammt umwerfend und sexy aus, fuhr es ihr durch den Kopf.

Sein blondes Haar, wie meist, lässig zerzaust, wirkte, als wäre er just erst aus dem Bett gekrabbelt.

Sie wusste es besser, denn sie waren heute schon zusammen gejoggt.

Das Lächeln, mit dem er sie betrachtete, strahlte Wärme aus. Er trug ein verwaschenes T-Shirt zu einer Jeans, über der ein Arbeitsgurt locker an der Hüfte hing. Die schlaksige Figur ließ nicht erahnen, welche Kraft in ihm verborgen war, doch sie erinnerte sich schlagartig an ihren Kuss und die harten Muskeln seiner Arme unter ihren Händen.

Charlene überfiel ihn sofort mit ihren neuen Ideen und Caitlin war heilfroh darüber, da sie befürchtete, zu stottern.

Er war nicht nur ein Freund für sie und mit Sicherheit auch nicht einfach eine Liebelei. Nein, sie war verliebt in diesen jungenhaft charmanten Sonnyboy, der ihrer Meinung nach nicht für eine Beziehung taugte. *Er hat aber Potenzial*, murmelte ein leises Stimmchen in ihrem Hinterkopf. In diesem Moment wurde ihr bewusst, dass aller Augen an ihr hingen und sie klappte den Mund zu, spürte zugleich Hitze auf ihren Wangen.

»Was meinst du dazu?«, fragte Douglas und schaute dabei schmunzelnd zwischen ihr und Matt hin und her.

»Wandmalerei.« Mit diesem Wort kam ihr ausgerechnet Matt zu Hilfe, dem ihr Dilemma blöderweise aufgefallen war.

Wie peinlich! Trotz seiner selbstlosen Hilfestellung war ihr Kopf wie leer gefegt von der Einsicht, ihr Herz verloren zu haben. *Das Herz und zu allem Überfluss auch das Hirn*, dachte sie sarkastisch.

»Im Spielzimmer könnte ich mir ein direkt an die Wand gezeichnetes Bild hervorragend vorstellen«, sagte Charlene und brachte damit Caitlin wieder in die Spur.

»Was für ein Motiv schwebt dir vor?«, fragte sie daher, wenn auch ein wenig zerstreut, denn ihr Blick hing nach wie vor an Matt, der sie unbekümmert angrinste. *Er kann vieles, aber sicher nicht Gedanken lesen*, erstickte sie ihre erste Befürchtung im Keim.

Charlene zögerte und spitzte beim Nachdenken die Lippen. »Mir gefällt diese Idee mit der Wiese und den Insekten. Was hältst du davon, wenn du es im Spielzimmer direkt an der Wand verwirklichst?« Dann runzelte sie die Stirn. »Hast du so etwas schon einmal gemacht?«

Für eine Freundin, die weder mit meinem Trauma noch mit meinem stillen Rückzug hatte umgehen können. Caitlin nickte nur zustimmend.

Begeistert klatschte Charlene in die Hände. »Das wird phänomenal!« Sie wandte sich an Matt: »Erinnerst du dich an die Aussage des Vaters? Er wolle mit seiner Familie naturnaher wohnen und die Enge der Großstadt verlassen?«

»Da passen diese Motive bestens«, stimmte er ihr zu.

»Ich hätte da eine ergänzende Idee«, meldete sich Caitlin zu Wort. »Was haltet ihr davon, dass ich einzelne Teile des Wandmotivs in Form von kleinen Bildern auch in die drei Kinderzimmer bringe? In jedem Zimmer ein anderes. Zum Beispiel: Marienkäfer, Schmetterling und Hummel oder vielleicht ein Spatz? Die Idee mit der Tapete wäre dann allerdings hinfällig.«

»Für mich hört sich das hammermäßig an.« Matt nickte zustimmend.

»In dem Augenblick, als ich das Bild in deiner Wohnung gesehen habe, wusste ich, dass wir zusammen etwas auf die Beine stellen können«, zwitscherte Charlene begeistert.

»Willkommen im Team«, meinte Douglas und schaute dann auf seine Armbanduhr. »Sorry, aber die Küchenschränke müssen heute fertig aufgebaut werden. Morgen kommen die Arbeitsplatten.« Er wandte sich zum Gehen und verpasste Matt einen Stoß. »Beweg deinen Hintern. Wir brauchen jede helfende Hand, sogar deine.«

Der folgte ihm, allerdings nicht, ohne Caitlin ein verwegenes Lächeln zu schenken und ihren Puls damit erneut aus dem Takt zu bringen.

»Danke, dass du mich in die Werkstatt fährst.« Caitlin schnallte sich an und rieb sich die Hände. »Endlich kann ich mit dem Auto zum Einkaufen fahren und muss nicht mehr alles nach Hause schleppen.«

Charlene startete den Wagen und fuhr los. »Du meine Güte. Ich hätte fragen können, ob ich dich mitnehmen kann. Tut mir leid.«

»Nein, alles gut. Um Kleinigkeiten einzukaufen, werde ich weiterhin zu Fuß gehen, aber ich sollte endlich mal einiges an Vorräten anschaffen. Wegen jeder Packung Nudeln zu rennen, ist doof.«

»Hättest du halt deinen Mund aufgemacht.« Charlene knuffte sie leicht in den Oberarm. »Fragen kostet nichts.«

Caitlin schwieg dazu und musterte im Vorbeifahren die Häuser, die links und rechts die Straße säumten. Sie wirkten altehrwürdig und doch gemütlich und heimelig. *Wie mag es sich anfühlen, darin zu leben? Spürt man die Geschichte, die in dem Gebäude steckte?*

Wie wäre es, in dem Haus meiner Großmutter zu wohnen, war ihr nächster Gedanke.

»Warum baut ihr nicht lieber alles neu?«, fragte sie unvermittelt.

»Weil es sich lohnt, der Stadt neuen Glanz zu verleihen und dabei die Historie zu erhalten. Es gehört zu Heaven Oaks«, erklärte Charlene schlicht.

»Es macht diesen Ort aus«, murmelte Caitlin.

»Ja, es spiegelt die Vergangenheit wider«, stimmte ihr die Freundin zu. »Außerdem lieben wir Patina.«

»Ich freue mich schon darauf, mitzuhelfen und die Wände eures Projektes zu verschönern.«

Charlene warf ihr ein strahlendes Lächeln zu. »Ich bin gespannt, wie es aussehen wird.«

»Hoffentlich werde ich euren Erwartungen gerecht.«

»Ach was. Davon bin fest überzeugt. Mach dir keine Gedanken darüber und fang bloß nicht an, an dir zu zweifeln.«

»Das sagst du so einfach.«

»Nein, das sage ich aus voller Überzeugung.«

Caitlin atmete vor ihrer Frage tief durch. »Seit ich hier in Heaven Oaks angekommen bin, kümmerst du dich um mich. Wieso? Du hast doch sicher jede Menge Freunde hier.«

»Du warst mir einfach sofort sympathisch.« Charlene grinste sie an, bevor sie ihre Aufmerksamkeit wieder auf die Straße richtete. »Der Erste von uns, der dich entdeckt hat, wie du pudelnass ins Diner marschiert bist, war übrigens Matt. Und der hat damals ganz große Augen gekriegt.«

»Ihr wart alle schrecklich nett zu mir. Angefangen von Millicent, die euch aktiviert hat. Und dann Douglas, Jeff und Matt, die für eine Fremde den Wagen abgeschleppt haben und nicht mal etwas dafür haben wollten.«

»Bei Letzterem bin ich mir nicht so sicher, dass er keine Hintergedanken hegte.« Charlene lachte hell auf. »Er fährt voll auf dich ab.«

»Dieses Gespräch hatten wir schon und ich weiß immer noch nicht, ob ich mich auf ihn einlassen soll.«

»Klar.« Charlene nickte und grinste. »Das habe ich vorhin gemerkt, als du nicht mal mehr ansprechbar warst, nur weil der werte Herr auf der Bildfläche erscheint.«

»Ups.« Caitlin spitzte die Lippen und pfiff leise vor sich hin.

»Ja, so könnte man es ausdrücken. Wenn ihr zwei nicht verknallt seid, dann fress‘ ich einen Besen.« Charlene kicherte vor sich hin, setzte den Blinker und fuhr auf den Parkplatz vor einer ziemlich baufälligen Werkstatt. »So, da wären wir. Ich muss leider gleich weiter. Kommst du zurecht?«

»Klar, Mom.« Caitlin lachte und öffnete die Wagentür. »Danke fürs Herbringen. Wir sehen uns dann heute Abend im Diner?«

»Ja, bis später. Ich freue mich schon.«

Kapitel 9

Caitlin entspannte sich allmählich. Der gemeinsame Abend mit ihren neuen Freunden ließ sich gut an. Im Diner herrschte der um diese Uhrzeit übliche Trubel und Millicent, die ihnen die Getränke kredenzte, wirbelte in einem Tempo von Tisch zu Tisch, das Caitlin allen Respekt abnötigte. Sie hatte sich zwar etwas über die ungewohnt innige Begrüßung durch die ältere Dame gewundert, die Umarmung aber gerne erwidert.

Ausgelassen prostete ihr Charlene zu. »Vielen Dank für die Einladung.«

»Ihr habt mich an meinem ersten Abend aus höchster Not gerettet. Dafür kann ich euch gar nicht genug danken.« Bei diesen Worten stieg Caitlin eine leichte Hitze in die Wangen, doch heute fühlte es sich angenehm an, gerade so, als hätte man beim Geburtstag die Aufmerksamkeit aller. Freudige Erwartung breitete sich in ihrem Bauch aus und ihr wurde bewusst, dass sie seit über einem halben Jahr keinen fröhlichen Abend mehr mit Freunden verbracht hatte.

Sie stießen miteinander an.

Normalerweise trank sie selten Bier, aber heute, mit dieser Truppe, passte es einfach.

Jeff räusperte sich. »Wir haben uns überlegt, dass wir dir ein kleines Geschenk überreichen möchten.« Mit einem Grinsen griff er hinter sich und zog ein in reizendes Blümchenpapier verpacktes Präsent hervor. Lächelnd reichte er ihr es über den Tisch hinweg.

Sie wollte gerade den Mund öffnen, um zu widersprechen, doch Matt ließ sie gar nicht erst zu Wort kommen.

»Es ist eine Kleinigkeit, die dir Freude bereiten soll, nicht mehr und nicht weniger.« Er hatte sie zu Hause abgeholt und hierher begleitet.

Direkt neben ihm sitzend, fühlte sie die körperliche Nähe bis in die Haarspitzen, was ihren Puls konstant hoch hielt. Ein Empfinden, nicht im Geringsten unangenehm, sondern zart prickelnd wie edler Champagner.

Sie beugte sich nach vorne, um das Geschenk entgegenzunehmen, berührte dabei mit ihrem Schenkel Matts Bein. Völlig unvorbereitet durchflutete sie eine Woge der Erregung. Vor Schreck hätte sie fast das Päckchen fallen lassen, doch Jeff reagierte geistesgegenwärtig und hielt es fest. Die Hitze, die ihr jetzt ins Gesicht schoss, war definitiv nicht leicht, sondern ähnelte in ihrer Farbe sicher mehr der einer vollreifen Tomate.

»Hoppla«, wisperte sie kaum hörbar, ergriff das Präsent und setzte sich. Dabei achtete sie darauf, ein paar Zentimeter Abstand von Matt zu gewinnen. Für ihr Seelenheil zu wenig, befand sie und hüstelte verschämt. »Dankeschön, ihr Lieben. Das wäre nicht nötig gewesen, aber ich freue mich darüber.«

»Jetzt mach schon auf«, zwitscherte Charlene aufgeregt.

Vorsichtig begann Caitlin, einen Klebestreifen vom Geschenkpapier zu lösen.

»Nein«, unterbrach ihre Freundin sie lachend. »So dauert das ja ewig.«

»Wir wollen endlich sehen, ob wir deinen Geschmack getroffen haben«, mischte sich nun auch Douglas ein.

»Soll ich?«, meldete sich Matt mit einem Grinsen zu Wort und griff nach dem Päckchen.

Flugs entzog ihm Caitlin das Geschenk. »Oh nein!«, schalt sie ihn. »Ich mache das selbst.« Im Eiltempo öffnete sie es und achtete nicht mehr im Geringsten auf die Unversehrtheit des Papiers. Eine schlichte Pappschachtel kam zum Vorschein. Caitlin lupfte neugierig den Deckel und legte ihn zur Seite.

»Die Farbe hat Charlene ausgesucht«, merkte Jeff verlegen an.

»Ich mag rosa«, grinste Caitlin und hob das T-Shirt hoch. Vorne prangte der Namenszug Idaho im Umriss des Landes.

»Willkommen in unserem traumhaften Staat«, rief Matt und hob sein Bier. »Schön, dass du bei uns in Heaven Oaks gelandet bist.«

Sie prosteten einander zu und schon standen Millicent und Prudence vor ihrem Tisch, um das Essen zu servieren. Der Duft von gegrilltem Lachs, saftigen Steaks und gebratenem Hühnchen ließ einem schier das Wasser im Mund zusammenlaufen.

Matt zog die Platte mit dem Jalapeño-Maisbrot, sofort zu sich heran.

Charlene gab ihm dafür postwendend einen Klaps auf die Finger. »He, das ist nicht nur deine Lieblingsbeilage!«

Jeff nahm Messer und Gabel in die Hand, sog die Wohlgerüche tief in sich auf und zwinkerte Caitlin zu. »Ein Hoch auf die großzügige Spenderin und guten Appetit.«

»Mit dem heutigen Tag, oder besser Abendessen, nimmt er dich ab sofort in sein Abendgebet mit auf«, frotzelte Douglas, was ihm einen Ellbogenstoß von Jeff eintrug.

Caitlin lachte hell auf. »Lasst es euch schmecken.«

Das ließen sich ihre Gäste nicht zweimal sagen. Während sie das Essen genossen, entwickelte sich ein munteres Tischgespräch. So erfuhr Caitlin, dass Jimmy, der Automechaniker, ein Auge auf seine neue Nachbarin geworfen hatte. Mrs. Hoover war aktuell auf der Suche nach einem Blumendieb, da Mr. Smith ihr glaubhaft versichert hatte, dass er nichts mit dem Diebstahl in ihrem Vorgarten zu tun hatte.

Bei dieser Information stupste Matt sie an und grinste frech.

Charlene blieb das nicht verborgen. Stirnrunzelnd schaute sie ihn an. »Kannst du uns etwas zur Aufklärung des ominösen Blumenraubes sagen?«

»Können? Womöglich.« Er schmunzelte und schnitt ein Stück von seinem Steak ab, um es genüsslich zu verspeisen.

Die junge Frau schaute von ihm zu Caitlin, die sich sofort angelegentlich mit ihrem Lachs beschäftigte.

»Sehr interessant«, murmelte Charlene und schnappte sich ein Stück Maisbrot. »Das gehört übrigens nicht dir allein, mein Freund.« Letzteres richtete sie an Matts Adresse, dessen Augenbrauen sofort in die Höhe schossen.

Reflexartig schnellte seine Hand vor, um sich gleich zwei der begehrten Teile zu sichern.

Caitlin kicherte und erntete einen entrüsteten Blick ihres Joggingpartners.

»Glaub mir, dieses Jalapeño-Maisbrot ist das beste, das du jemals gegessen hast. Dafür lohnt es sich, zu kämpfen.«

»Aha«, meinte Jeff in seinem üblich bedächtigen Ton, während er sich auch daran bediente.

Matt spitzte die Lippen und schaute den Geschäftspartner an. »Möchtest du mich etwa herausfordern?«

Caitlin riss erschrocken die Augen auf und wollte sofort protestieren.

Charlene hingegen fing an, prustend zu lachen.

»Was möchtest du mir mit diesem Ausbruch an Heiterkeit mitteilen?«, fragte Matt und lehnte sich entspannt zurück.

»Keiner legt sich mit Jeff an.« Charlene grinste, nachdem sie sich ein wenig beruhigt hatte. »Und du würdest deine hübsche Larve schon gar nicht riskieren.«

»Ähm, Leute«, versuchte Caitlin, vermittelnd einzugreifen, doch Douglas schüttelte nur den Kopf.

»Benehmt euch. Wir wurden von einer entzückenden Lady zum Essen eingeladen«, meinte er in entspanntem Ton. »Erinnert euch an eure Erziehung, auch wenn das schon eine Weile her ist.«

Matt warf Caitlin einen Seitenblick zu. »Das ist nur Spaß. Ich bin doch nicht blöde und lass mir von Jeff eine aufs Maul hauen.«

»Ich würde ihm keine mitgeben, sondern mich schlicht und ergreifend auf ihn draufsetzen. Schon hätten wir alle Ruhe«, kam es von Jeff, nicht ohne Caitlin beruhigend zuzuzwinkern.

Mittlerweile war der letzte Bissen verspeist und Douglas winkte Prudence. »Bring uns noch eine Runde. Die geht auf mich.«

Caitlins Protest erstickte er mit erhobenem Zeigefinger und einem mahnenden Blick.

Sie versuchte gar nicht erst, zu protestieren, denn gegen diese Kerle hatte sie keine Chance. Man konnte seine Energie wahrlich sinnvoller verschwenden. Sie ließ ihm folglich seinen Willen und schwieg mit einem Lächeln auf den Lippen.

»Wann wirst du mit den Wänden im *Kelly Haus* anfangen?« Charlene schaute sie gespannt an.

»In den nächsten Tagen. Übermorgen komme ich auf der Baustelle vorbei, um mir die Maße aufzuschreiben. Die Farben bekomme ich leider nicht im örtlichen Handel, aber sie sind bestellt.«

»Die kann ich dir gerne geben«, meinte Matt. »Ich bringe sie morgen in der Früh mit, wenn ich dich zum Joggen abhole.«

»Das ist jetzt nicht dein Ernst?« Entgeistert schaut ihn Caitlin an. »Du willst an einem Sonntag um sechs Uhr laufen? Das haben wir bisher noch nie gemacht.«

Er zuckte mit den Schultern. »Warum nicht?«

»Weil normalsterbliche Menschen sonntags lange im Bett liegen«, argumentierte sie.

»Sag das mal Chewie«, kam es postwendend zurück.

Sofort erschien ein wuscheliger Hundekopf zwischen Matts Beinen und lugte unter dem Tisch hervor. Der Schwanz des Vierbeiners wedelte offenbar freudig, denn das rhythmische Klopfen am Tischbein war nicht zu überhören.

Sie konnte nicht anders und streichelte ihm über den Kopf, den Chewie auf den Oberschenkel seines Herrchens legte. In diesem Moment wurde ihr bewusst, wo sich ihre Hand befand. Sie zog sie augenblicklich zurück. *Wenn ich jetzt unschuldig pfeifend in die Luft schaue, sollte doch keiner etwas bemerkt haben*, überlegte sie und schaute die anderen vorsichtig an.

Douglas sprach gerade mit Jeff und Charlene hörte den beiden aufmerksam zu.

Glück gehabt! Ihr Blick traf Matt, der sie frech angrinste. Sie wurde ausnahmsweise nicht rot und dankte dem Himmel dafür. »Ich werde morgen ausschlafen, gemütlich frühstücken und mir den restlichen Tag einen faulen Lenz machen«, stellte sie klar. »So wie jeden Sonntag eben.«

Er griff sich theatralisch an die Brust. »Du lässt uns im Stich?«

Sie ahmte seine Geste nach, atmete dabei tief ein und aus. Dann beugte sie sich vor und sah ihn kess von der Seite an. »Du liebst Pathos? Bist du dir sicher, dass du nicht deinen Beruf verfehlt hast? Könnte es sein, dass Hollywood insgeheim schon auf dich wartet?«

Jeff, der das gehört hatte, fing schallend an zu lachen und alle anderen fielen ein.

»Du vorwitziges Biest« stichelte Matt, kniff sie neckisch in den Oberschenkel und pikste ihr als Nächstes mit dem Finger in die Seite.

Caitlin, kitzlig ohne Ende, rutschte eilig von ihm weg und wäre fast von der Bank gefallen. »Hey, du Frechdachs!«

»Wie zwei kleine, verliebte Turteltäubchen«, gurrte Prudence, die soeben die georderte zweite Runde lieferte.

Bei ihren Worten lief nicht nur Caitlin rot an wie eine Tomate, sondern auch Matts Gesicht nahm reichlich Farbe an.

Charlene kicherte bei diesem Anblick und Douglas verpasste Jeff einen Ellbogenstoß. »Habe ich es nicht gesagt?«

Bedächtig strich sich der Schreiner durch den Bart, grinste und nickte. »Du hattest in der Tat etwas in der Richtung angedeutet.«

Matt verengte die Augen, sah seine Kollegen scharf an, spitzte die Lippen und legte dann einen Arm um die völlig überrumpelte Caitlin. »Ihr seid ja nur neidisch, weil ihr nicht ansatzweise bei einer solch grandiosen Frau landen könnt.«

Caitlin richtete sich auf und atmete tief durch. Mit spitzem Finger ergriff sie seine Hand, die besitzergreifend auf ihrer linken Schulter ruhte, entfernte sie und wischte sich dann ein imaginäres Staubkorn vom Shirt. »Ein bisschen mehr Mühe solltest du dir bei einer Eroberung schon geben«, meinte sie dabei in seine Richtung.

Sie hatte geglaubt, ihm dadurch den Wind aus den Segeln zu nehmen, aber damit hatte sie sich geschnitten.

Mit einem fröhlichen Grinsen ergriff er ihre Hand, führte sie an seine Lippen und hauchte einen leichten Kuss darauf. »Diese Herausforderung akzeptiere ich gerne.«

Charlene kam ihr zu Hilfe. »Ich glaube, wir wechseln jetzt das Thema.«

»Gute Idee«, stimmte ihr Douglas zu. »Wir waren bei der Wandgestaltung im *Kelly Haus*.«

Nur zu gerne ging Caitlin darauf ein. Sie entzog Matt vorsichtig ihre Hand und tätschelte seine kurz, bevor sie antwortete. »Ich habe mit den ersten Skizzen begonnen und werde morgen weiter daran arbeiten. Die bestellten Farben sollten im Laufe der nächsten Woche bei mir ankommen.«

»Darf ich die Entwürfe am Montag anschauen?«, fragte Charlene. »So kann ich das Einrichtungskonzept darauf abstimmen.«

Caitlin nickte und holte dann tief Luft. »Ich wollte noch etwas anderes mit euch besprechen.« *Nicht emotional werden*, rief sie sich selbst zur Ordnung.

Den Blicken nach zu schließen, mit denen sie bedacht wurde, hatten die Freunde das Zittern in ihrer Stimme auch bemerkt.

Jeff reagierte zuerst und lächelte sie warmherzig und beruhigend an. »Klar doch.«

Nervös versteckte sie die vor Aufregung feuchten Hände unter dem Tisch und wischte sich damit über die Jeans. »Ich muss dazu ein bisschen weiter ausholen.« Sie schaute von einem zum anderen und erntete überall verständnisvolle und doch gespannte Blicke. »Ihr wisst ja, dass ich aus Chicago hierhergekommen bin, aber ihr kennt nicht die Gründe für diesen Umzug. Keine Sorge, es ist nichts Kriminelles«, fügte sie sofort hinzu, als sich Jeffs Augen ein wenig weiteten. »Vor einigen Monaten kamen meine Eltern bei einem Unfall ums Leben. Ich hatte ihnen ein Wellness-Wochenende zum Hochzeitstag geschenkt. Auf dem Weg dorthin kam ein Lastwagen von der Fahrbahn ab und erwischte die beiden frontal. Sie waren auf der Stelle tot.«

Es überraschte sie selbst, wie ruhig sie heute von diesem schrecklichen Tag erzählen konnte.

»Obwohl ich genau wusste, dass ich nichts für den Unfall konnte, gab ich mir lange die Schuld dafür. Deshalb dauerte es einige Wochen, bis ich überhaupt fähig war, die Unterlagen meiner Eltern zu sichten, um alles zu regeln. Dabei stieß ich auf Dokumente, die mir Rätsel aufgaben.«

Sie räusperte sich, trank einen Schluck und fuhr dann fort: »Offenbar ist meine Mutter hier in Heaven Oaks aufgewachsen. Ich habe ein Testament gefunden, das sie zur Alleinerbin einer gewissen Lucinda Davis macht.«

Douglas pfiff leise durch die Zähne, bedeutete ihr aber, weiterzuerzählen.

»Ich wusste, ehrlich gesagt, nicht, was ich davon halten sollte, bis ich einen Brief von ihr fand. Ich hatte diesen Namen nie zuvor gehört. In diesem Schreiben flehte sie ihre Tochter, also meine Mutter, an, sie solle doch bitte zurückkehren.«

Caitlin atmete kurz durch, denn die altbekannte Wut kam wieder in ihr hoch.

»Ich weiß bis heute nicht, warum meine Mutter Heaven Oaks verlassen und mir nie etwas über meine Großmutter erzählt hat. Ich bin hierhergekommen, um das herauszufinden.«

»Verständlich«, murmelte Matt, ergriff ihre Hand und drückte sie sanft.

»Ihr könnt euch nicht vorstellen, wie wütend ich war. Sie hatte darauf bestanden, dass ich einen bodenständigen Beruf erlerne, dabei ist es immer mein Traum gewesen, Kunst zu studieren. Bei meinen Nachforschungen stieß ich auf Zeitungsausschnitte, in denen stand, dass Lucinda Davis eine regional bekannte Künstlerin war.« Sie machte eine kurze Pause. »Ich habe mich in all den Monaten gefragt, ob sie meine Großmutter so sehr gehasst hat, dass sie mir deswegen diesen Wunsch abgeschlagen hat.«

»Du bist hierhergekommen, um deine Wurzeln zu finden«, stellte Charlene fest.

Caitlin nickte. »Ich will vor allem meine Bedürfnisse nicht länger leugnen und ein Leben führen, das sich jemand anderes für mich ausgemalt hat.« Sie schaute die Freunde nacheinander reihum an. »Ich habe in Chicago alles hinter mir gelassen, das Haus meiner Eltern und meine Wohnung verkauft, um hier einen Neuanfang zu starten.«

»Heaven Oaks ist ein großartiger Platz für einen Neubeginn«, sagte Jeff im Brustton der Überzeugung.

Sie lächelte ihn dankbar an. »Eine zauberhafte Stadt mit liebenswürdigen Bewohnern. Ich bin in höchstem Maße froh, dass ich es gewagt habe, hierherzukommen.«

»Du bist demnach die Erbin von Lucindas Haus«, meldete sich Douglas zu Wort.

»Ja, das bin ich.« Caitlin lachte auf. »Ursprünglich hatte ich überlegt, direkt dort einzuziehen. Auf meinem Weg hierher hatte ich keinerlei Vorstellung davon, was mich erwartet. Als ich zum ersten Mal vor dem Cottage stand, war ich schockiert und heilfroh, dass ich mich dazu entschieden hatte, mir eine Wohnung zu mieten. Eine so verfallene Bruchbude habe ich noch nie zuvor erblickt.«

»Das gesamte Anwesen hat schon bessere Zeiten gesehen«, stimmte ihr Douglas zu. »Ich kenne es, weil ich dort vor Jahren nach einem Sturm ein neues Fenster eingebaut habe.«

»Ihr fragt euch wahrscheinlich, warum ich das alles erzähle«, fuhr Caitlin fort. »Ich war mittlerweile ein paarmal im Haus und frage mich, was ich damit anfangen soll. Verkaufen? Abreißen? Ignorieren? Ich will diese Entscheidung aber auch nicht einfach so übers Knie brechen.«

»Schnellschüsse sind selten eine gute Lösung«, befand Jeff und folgerte: »Du möchtest von uns eine fachliche Einschätzung?«

»Ja, das wäre großartig.« Sie breitete ratlos die Arme aus. »Ich war mittlerweile häufiger dort.« Sie unterbrach sich und lachte. »Ich bin, ehrlich gesagt, verwundert, dass mich noch niemand aus der Nachbarschaft angesprochen oder die Polizei gerufen hat.«

»Direkt daneben wohnt Mr. Smith«, sagte Charlene. »Er hört und sieht nicht allzu gut. Die anderen Anwohner sind zum größten Teil berufstätig.«

»Der Supermarkt ist schräg gegenüber, aber die Leute achten nicht darauf, wer aus welchem Haus kommt, wenn sie beim Shoppen sind.« Matt zuckte mit den Schultern und schnappte sich das letzte Stück Maisbrot.

»Unsere Millicent wohnt auch direkt daneben. Dass sie dich nicht entdeckt hat, grenzt an ein Wunder.« Charlene feixte und deutete mit dem Finger auf Caitlin. »Du bist also aus dem Haus deiner Grandma gekommen, als wir uns zufällig getroffen haben?«

»Das ist richtig. Das war die Phase, in der ich zwischen völligem Entsetzen und gänzlicher Resignation schwankte.«

»Kann ich beim Zustand des Gebäudes nur allzu gut verstehen.« Douglas schaute auf sein Handy. »Ich bin die nächsten Tage ausgebucht, aber Matt und Jeff könnten sich alles anschauen. Je nachdem wie die erste Prüfung durch die beiden ausfällt, kann ich Ende der Woche bezüglich der Bausubstanz in die Tiefe gehen und dir dann sagen, wie teuer eine Renovierung grob geschätzt werden würde.«

»Mir wäre es am liebsten, wenn wir das am Montag in der Früh erledigen könnten.« Jeff schaute Matt fragend an.

»Anschließend muss ich den Waschtisch und das Wandklappbett für das *Kelly Haus* anfertigen.«

»Weil ich dir schon im Nacken sitze.« Charlene grinste und zwinkerte dem Hünen frech zu.

»Wie ein lästiger Moskito«, gab er ihr recht und erntete dafür einen Tritt gegen das Schienbein. »Au!«

»Montag um acht Uhr«, unterbrach Matt das Geplänkel der beiden.

»Das passt bei mir perfekt«, bestätigte Caitlin den Termin. »Ich möchte gerne dabei sein, wenn ihr das *Davis Haus* besichtigt.«

»Du meinst das *Coffee Time Cottage*«, berichtigte Douglas sie. »Ich kann dir jedoch nicht sagen, was es mit dem Namen auf sich hat.«

»Unsere drei Ladys vom *Heaven Diner* wissen da sicher mehr«, warf Charlene ein. »Soweit ich weiß, waren die Damen dicke Freundinnen deiner Großmutter.«

»*Coffee Time Cottage*?« Caitlin ließ es sich regelrecht auf der Zunge zergehen. »Wie romantisch sich das anhört.«

»Dieses Haus hat dich schon am Haken.« Matt lachte und knuffte sie freundschaftlich. »Ich freue mich auf die Besichtigung und, ehrlich gesagt, gehe ich davon aus, dass wir aus dem Cottage eine wahre Perle zaubern werden.«

Das war genau das, was sie einerseits erhoffte und gleichzeitig fürchtete.

Kapitel 10

Obwohl sich Caitlin fest vorgenommen hatte, am Sonntag auszuschlafen, erwachte sie früh. Mit einem Seufzer drehte sie sich im Bett um und kuschelte sich unter ihre Decke. Es war viel zu gemütlich, um sofort aufzustehen.

In Gedanken ließ sie den gestrigen Abend Revue passieren. Sie war froh, den Freunden von ihrer Grandma und dem Haus erzählt zu haben. Keiner der vier hatte gefragt, warum sie so lange damit gezögert hatte. Im Gegenteil, jeder hatte verständnisvoll reagiert.

Sie lächelte, als sie sich erinnerte, mit welcher Angst im Bauch sie die Entscheidung, nach Heaven Oaks zu ziehen, getroffen hatte. Sie hatte an einem Scheideweg gestanden, nicht wissend, was sie hier erwartete.

Ich habe die richtige Abzweigung genommen, dachte sie. *In dieser Kleinstadt habe ich das Gefühl, Teil einer Gemeinschaft zu sein.* Natürlich war ihr das Glück hold gewesen, als sie gleich bei ihrer Ankunft auf die vier Freunde gestoßen war. Wenn es möglich war, würden sie ihr helfen, das Haus der Großmutter wieder auf Vordermann zu bringen. Was sie letztendlich mit der Immobilie anfangen würde, wusste sie noch nicht, aber sie wollte sich derzeit darüber nicht den Kopf zerbrechen. Jetzt war anderes vorrangig.

Den ursprünglichen Gedanken, sich hier einen Job zu suchen, konnte sie vorerst abhaken, denn ihr neues Leben als Künstlerin und Selbstständige rief. Sie hatte zwar nach wie vor keinen Plan, wie sie es genau angehen sollte, aber mit der Gestaltung des *Kelly Hauses* wartete eine Menge Arbeit auf sie. Eine Chance, die ihr ihre Freunde ermöglicht hatten, und sie wollte das in sie gesetzte Vertrauen nicht enttäuschen.

Sie öffnete ein Auge und schielte vorsichtig auf ihre Armbanduhr. *Matt und Chewie haben die morgendliche Joggingrunde wahrscheinlich schon hinter sich.* Sie sah den Hund sich am Futternapf gütlich tun, dann wanderten ihre Gedanken zu seinem Herrchen. *Ob er gerade unter der Dusche steht?*

Bei diesem Anblick würden meine Lebensgeister Samba tanzen, schoss es ihr durch den Kopf. Da es keiner sehen konnte, grinste sie lüstern und umarmte ihr Kopfkissen fester.

Seine, wie zufällig wirkenden, Berührungen gestern Abend kamen ihr in den Sinn und ein angenehmes Prickeln machte sich in ihrem Bauch breit. *Sind das die berühmten Schmetterlinge, die die dort tanzen?*

Prudence hatte sie erwischt, als sie zur Toilette ging, und sie zur Seite genommen. »Mädel, der Junge ist heiß auf dich. Lass dir den bloß nicht durch die Lappen gehen.«

Lorena hingegen hatte sie fast mit einem Tablett gerammt, als sie auf dem Rückweg war. Der böse Blick, den sie ihr dabei schenkte, ließ darauf schließen, dass hier jemand eifersüchtig war.

Prudence könnte also mit ihrer Aussage durchaus recht haben, dachte Caitlin schmunzelnd.

Matt. Der Gedanke an den attraktiven Architekten beflügelte sie. Entschlossen schlug sie die Bettdecke zurück und schwang die Beine aus dem Bett. Sie marschierte über den kalten Holzboden zum Fenster und zog die Vorhänge auf. Durch die dichten Blätter der Eiche konnte sie die gegenüberliegende Straßenseite kaum noch erkennen.

Der Regen der letzten Tage hatte dem Baum gutgetan. Durch das Blätterdach spähten die Sonnenstrahlen eines Frühjahrsmorgens.

Barfuß tapste sie ins Badezimmer, um zu duschen, und sich für einen vielversprechenden Tag fertig zu machen. Etwas später saß sie, lässig in Jogginghose und Sweater gekleidet, mit feuchten Haaren an der Kücheninsel und sog den Duft des starken Espressos ein.

Das Sonnenlicht durchflutete den Raum und es herrschte eine friedliche Ruhe.

Caitlin glaubte fast, die Stille zu hören. Sie trank ihren Kaffee und träumte vor sich hin. Wie herrlich, einfach mal nur dazusitzen und den Gedanken freien Lauf zu lassen. Es gab dem Sein eine gewisse Leichtigkeit, die sie seit vielen Monaten nicht mehr empfunden hatte.

Ein paar Skizzen zeichnen und danach ein Spaziergang zum Coffee Time Cottage. Das wird ein perfekter Sonntag, überlegte sie.

»Aber zuerst einmal ein feines Frühstück«, murmelte sie und erhob sich, um den Inhalt ihres Kühlschranks zu inspizieren.

Matt stand unter der Dusche und wusch sich den Schweiß ab. Er hatte sich heute etwas mehr verausgabt, als wenn er mit Caitlin lief, aber es hatte eindeutig weniger Spaß gemacht. Die Hände gegen die Fliesen gestemmt, ließ er sich vom angenehm temperierten Wasser berieseln und hatte dabei ihr Gesicht vor Augen.

Er bewunderte es, wie sie vom ersten Tag an versucht hatte, mit ihm Schritt zu halten. Die Frau war verdammt zäh und er vermutete, dass ihr das gar nicht bewusst war. Alles hinter sich zu lassen, um seine eigenen Wurzeln zu finden, fand er enorm mutig.

Ihre Wanderungen durch die Stadt waren ihm nicht verborgen geblieben. Es gefiel ihm, wie sie Heaven Oaks stückchenweise für sich eroberte. Umso mehr wunderte es ihn, dass er ihr eigentliches Ziel, das *Coffee Time Cottage*, nicht bemerkt hatte.

Genau vor diesem Haus hatten sie gestanden und über Renovierungen gesprochen, doch sie hatte mit keinem Wort erwähnt, dass sie die Eigentümerin war. Er wusste nicht so recht, ob er darüber sauer sein sollte oder nicht.

Er drehte den Wasserhahn zu, schnappte sich ein Handtuch und trocknete sich ab. Im Schlafzimmer fischte er sich frische Klamotten aus dem Schrank, schlüpfte hinein und warf einen Blick in den Spiegel. *Stell dich nicht so an,* schalt er sich selbst. *Immerhin hat sie gestern ihr Geheimnis mit uns geteilt.*

Das ist eben der Knackpunkt! Sie hatte es ihnen allen erzählt und nicht zuerst ihm. Und dies, obwohl sie tagtäglich mit ihm an der verdammten Bruchbude vorbeilief. *Merkt die Frau nicht, dass ich Gefühle für sie hege?* Schnurgerade blieb er auf seinem Weg in die Küche stehen. *Wie steif hört sich das denn an?*

»Sag es einfach. Du bist scharf auf sie«, knurrte er und zuckte gleichzeitig bei diesen groben Worten zusammen.

Seine Laune sank mit jedem Schritt, den er in Richtung Küche machte. Er hatte keinen Bock, irgendeine Beziehung anzufangen. Wieder blieb er stehen, fasste sich an den Kopf. *Wer, zum Teufel, sagt denn, dass ich eine feste Partnerschaft mit ihr plane? Eine Liebelei oder ein Techtelmechtel mit Spaßfaktor reichte vollkommen aus.*

Matt schüttelte den Kopf über sich selbst und stapfte weiter. Ein ordentliches Frühstück war die beste Medizin gegen wirre Gedanken. Letztendlich bereitete er sich einen Kaffee zu, setzte sich an die Küchentheke und grübelte vor sich hin.

Seit wann belüge ich mich selbst und mache dazu einen auf obercool? Er hatte eine Beziehung niemals als sportlichen Zeitvertreib angesehen. Es war schlicht und ergreifend nie über die Anfangsphase hinausgekommen. Es gelang seinen Partnerinnen nicht, ihn dauerhaft zu fesseln. *Oder umgekehrt? Habe ich mich nicht genug um die Frauen bemüht?*

Richtig ins Zeug gelegt hatte er sich nie, das gab er zu. Dazu hatte sich die Damenwelt zu sehr um ihn gerissen.

Er fragte sich, was ihn denn bisher an einer Frau angezogen hatte. Lange Beine, ein knackiger Po und ein hübsches Gesicht. Wenn man sich mit ihr über mehr als das Wetter unterhalten konnte, empfand er es als Bonus.

»Das ist ungerecht«, murmelte er. Als dumm konnte man keine seiner Verflossenen bezeichnen. Es hatte eher an den gemeinsamen Interessen gehapert.

Du hast halt die Richtige noch nicht gefunden, meldete sich ein kleines, lästiges Stimmchen in seinem Hinterkopf.

Er lehnte sich zurück, streckte die Beine aus und verschränkte die Hände hinter dem Kopf. Wie so oft hatte er Caitlins ebenmäßig geschnittenes Gesicht vor Augen. Ihr Lächeln war immer herzlich, doch von einer gewissen Zurückhaltung. Gestern hatte er sie beobachtet, als sie die Berge im Hintergrund betrachtete. Ihr bewundernder Blick ob der überwältigenden Schönheit der Natur war ihm nicht entgangen, auch nicht, dass sie tief Luft holte und die Augen schloss. Es erweckte den Eindruck, sie wolle den Anblick für immer in sich abspeichern.

»Was denkt sie dabei?«, fragte er sich laut und wunderte sich zugleich über sich selbst.

Die Gedanken einer Frau hatten für ihn bisher nie im Vordergrund gestanden. Sein Fokus lag normalerweise eher beim Aussehen oder der Figur, doch auch da punktete Caitlin. Ihre Kurven waren seiner Meinung nach architektonisch perfekt und ihr Gesicht hatte er in letzter

Zeit permanent vor Augen. *Sie raubt mir meine Konzentration und schwirrt immerzu in meinem Kopf herum.*

Sie war ebenfalls nicht immun gegen ihn. Seit ihrem Kuss wusste er das so sicher wie das Amen in der Kirche. Diese Tatsache galt es, zu nutzen, um sie zu erobern.

Er stand auf, um sich ein paar Eier in die Pfanne zu hauen. Seine Gedanken eilten zurück zu Caitlin. *Was sie wohl gerade macht?* Er hatte sie beim Joggen ehrlich vermisst und er gab gerne zu, dass er es liebte, wie sie neben ihm herlief und dabei gegen Ende zu um jeden Meter kämpfte.

Diese Frau gab nicht so schnell auf und sie hatte wesentlich mehr innere Kraft und Rückgrat, als ihr bewusst war. Das hatte auch der Vorfall mit der toten Ratte gezeigt. Es hatte sie geschockt, aber nicht allzu lange.

Er machte sich eine gedankliche Notiz, dass er über diese Geschichte mit den drei Ladys vom Diner reden musste. Wenn sich jemand mit diesem saublöden Streich brüsten sollte, wollte er der Erste sein, der davon erfuhr. *Der Übeltäter kann sich auf eine saftige Abreibung gefasst machen.*

»Eine tote Ratte ist einfach nur scheiße«, knurrte er, zerschlug ein Ei an der Pfannenkante und überlegte fieberhaft, warum der Täter ausgerechnet Caitlin ausgewählt hatte.

Sie war neu in der Stadt, eher zurückhaltend und hatte deshalb niemanden, der sie verteidigte. *Macht sie dies zum perfekten Opfer? Was aber, wenn jemand einen persönlichen Grund hat, ihr zu schaden?*

Er runzelte die Stirn. *Besteht womöglich ein Zusammenhang mit ihrer Großmutter?* Immerhin war ihre Mutter regelrecht aus Heaven Oaks geflohen und hatte jeglichen Kontakt hierher abgebrochen. *Was ist, wenn damals mehr dahintersteckte als ein Mutter-Tochter-Konflikt? Gibt es womöglich jemanden in der Stadt, der Caitlin hier nicht haben will?*

Matt schüttelte den Kopf über seine blühende Fantasie. Hier in Heaven Oaks ging man pfleglich miteinander um.

Caitlin saß auf einer kleinen Bank im Vorgarten des *Coffee Time Cottage* und skizzierte das Haus.

»Hallo, Caitlin. Wie schön, dich hier zu treffen.«

Sie schaute überrascht auf. »Hallo Millicent.«

Millicent strahlte über das ganze Gesicht und betrachtete voller Neugier den Block in Caitlins Hand.

»Darf ich?« Die Lady vom Diner wartete ihre Antwort nicht ab, sondern trat näher und linste auf das Blatt Papier. »Wunderschön.«

»Danke«, antwortete sie stolz und doch verlegen.

Millicent betrachtete sie ernst, atmete dann tief ein und nickte bedächtig. »Ich möchte gerne mit dir über deine Großmutter reden.«

Caitlin ließ den Zeichenblock auf den Schoß sinken und öffnete den Mund, um etwas zu erwidern, doch Millicent winkte ab.

»Wir drei wissen es schon länger und ich habe gestern Abend ein wenig von dem mitgehört, was du deinen Freunden erzählt hast.«

»Wovon sprichst du?«, stotterte sie völlig perplex.

Millicent deutete auf den freien Platz auf der Bank, schüttelte aber dann den Kopf. »Ich würde dir das lieber bei einer Tasse Kaffee erzählen. Komm mit. Gehen wir zu mir nach Hause.« Sie wartete nicht lange und marschierte direkt los. »Deine Grandma war eine meiner besten Freundinnen«, sagte sie bei ihrem Abgang, ohne sich dabei umzudrehen.

Diese Worte lösten Caitlin aus ihrer Schockstarre und sie sprang regelrecht auf, um Millicent zu folgen.

»Setz dich«, forderte Millicent sie ein paar Minuten später in ihrer kleinen, aber gepflegten Küche auf.

Während die ältere Dame an der Kaffeemaschine hantierte, schaute sich Caitlin neugierig um. Die Einrichtung hatte schon ein paar Jahre auf dem Buckel, war aber gut in Schuss. An jedem freien Platz stand Nippes in Hülle und Fülle. Hier abzustauben, musste ein Albtraum sein.

Millicent holte zwei Tassen aus dem Schrank, die sie zusammen mit einem Milchkännchen und einer Zuckerschale auf den Tisch stellte. »Hast du Lust auf Kekse?«, fragte sie dabei, wartete aber die Antwort gar nicht erst ab und servierte einen Teller mit Cookies, bevor sie den Kaffee in die Tassen goss und sich setzte. »Ehe ich dir etwas über deine Grandma erzähle, möchte ich wissen, was dich hierherführt.« Bei diesen Worten schaute sie Caitlin erwartungsvoll an.

Wo soll ich nur anfangen, dachte sie, blickte Millicent in die Augen und fasste sich ein Herz.

Sie erzählte ihre Geschichte, zuerst zögernd, doch dann immer flüssiger, bis es regelrecht aus ihr heraussprudelte.

»Ich musste einfach hierherkommen«, endete sie und atmete tief durch.

»Der Entschluss zu diesem Neuanfang ist dir nicht leichtgefallen«, sagte Millicent, die sich ihren Bericht schweigend angehört hatte.

Caitlin nickte und nippte an ihrem Kaffee.

»Danke, dass du mir dein Vertrauen geschenkt hast. Und nun werde ich dir etwas über deine Grandma erzählen. Sie war für mich immer ein ganz besonderer Mensch.« Die ältere Frau sah bei diesen Worten aus dem Fenster und lächelte versonnen. »Lucinda Davis kam im Frühling 1969 hochschwanger nach Heaven Oaks. Ihr Mann Georg war Soldat und kämpfte in dieser Zeit im Vietnamkrieg. Er fiel, bevor sie deine Mutter zur Welt brachte.« Millicent seufzte tief auf. »Ich habe es bewundert, wie sie sich, allen Hindernissen zum Trotz, nicht unterkriegen ließ. Sie war eine Kämpfernatur.«

»Dann wuchs meine Mom ohne Vater auf? Das war zur damaligen Zeit nicht leicht.«

»Nein, das war es nicht. Lucinda war daher heilfroh, als sie einen Job an der hiesigen Schule im Sekretariat bekam. Damit konnte sie die geringe Witwenrente, die sie vom Staat erhielt, aufstocken. Große Sprünge konnte sie deshalb trotzdem nicht machen, aber es reichte zum Leben. Zuerst waren wir nur Nachbarinnen. Es hat allerdings nicht lange gedauert und wir wurden Freundinnen. Mit Norma und Prudence hatte ich die Schulbank gedrückt, doch gemeinsam mit Lucinda waren wir dann ein perfektes Gespann.« Sie hielt inne, trank einen Schluck Kaffee und ihr gedankenverlorener Blick schien durch Caitlin hindurchzugehen.

Ein verträumtes Lächeln erhellte ihr Gesicht und ließ es um Jahre jünger erscheinen.

»Wir haben uns so oft wie möglich getroffen. Da nur sie ein Kind hatte, landeten wir meist bei Lucinda. So kam ihr Haus zu seinem Namen, *Coffee Time Cottage*.« Millicent lachte. »Dabei trafen wir uns wahrlich nicht nur zur Kaffeezeit. So manch lustiger und feuchtfröhlicher Abend wurde dort gefeiert.«

»Gab es denn jemals einen neuen Mann in ihrem Leben?«, wollte Caitlin wissen.

»Nein. Obwohl sich so mancher intensiv um sie bemühte, vergab sie nur Körbe. Dazu kam, dass sie Künstlerin war. Die Herren der Schöpfung unserer Kleinstadt konnten mit ihrem Freigeist nicht allzu gut umgehen.«

»Zu emanzipiert?«

»Das, und ihre direkte Art. Sie ließ sich von keinem den Mund verbieten, sagte unverblümt ihre Meinung. Dabei war es ihr relativ egal, ob sie danach gefragt wurde oder nicht. Zur damaligen Zeit interessierte sich niemand für die Ansichten einer Frau.« Kichernd hielt sich Millicent die Hand vor den Mund. »Insbesondere den anständigen Damen der Gesellschaft war sie ein Dorn im Auge.« Sie hob den rechten Zeigefinger. »Aber nur so lange, bis ihre Bilder sich plötzlich verkauften. Das hob sie von einem Tag auf den anderen ins Rampenlicht von Heaven Oaks. Du brauchst aber nicht zu glauben, dass es sie im Geringsten veränderte. Sie war zwar nach wie vor die leicht abgehobene Künstlerin, Starallüren waren ihr jedoch fremd.«

»Ich finde es gut, wenn jemand seiner Linie treu bleibt.«

Millicent nickte zustimmend. »Das hast du schön gesagt. Mich hat es stets gewundert, wie sie es schaffte, alles unter einen Hut zu bringen. Den Job in der Schule, den sie bis zu ihrem Tod ausübte, ihre Malerei und die Erziehung einer nicht immer einfachen Tochter.«

»Meine Mutter war also ein schwieriges Kind?«

»Nein, so kann man das nicht sagen. Ohne Vater aufzuwachsen, war für Amelia nicht leicht. Lucinda ließ ihr meiner Meinung nach zu viel Freiraum. Es ist schwer, Grenzen auszutesten, die nicht vorhanden sind.«

»Wie verstanden sich die beiden miteinander?«

»Hervorragend. Als Amelia älter wurde, konnte man die beiden eher für Freundinnen als für Mutter und Tochter halten.«

»Trotzdem hat sie Heaven Oaks von einem Tag auf den anderen verlassen«, stellte Caitlin nüchtern fest. »Und sie ist nie hierher zurückgekehrt.«

Millicent stützte sich mit den Ellbogen am Tisch ab, verschränkte die Finger und legte das Kinn darauf ab. Ihr Blick schien in weite Ferne gerückt. »Ich werde diesen Abend nie vergessen, an dem Lucinda völlig aufgelöst vor meiner Tür stand. Zuerst habe ich überhaupt nicht verstanden, was sie mir sagen wollte.« Sie seufzte. »Amelia war verschwunden.« Sie lehnte sich zurück, löste die Hände und rieb sie, als ob ihr kalt wäre. »Einen Koffer, eine Sporttasche und dich unter dem Herzen. Mehr hat sie nicht mitgenommen.«

»Warum hat sie das getan?«

»Lucinda hatte zwei Tage zuvor herausgefunden, dass ihre Tochter schwanger war.« Millicent seufzte. »Amelia wollte den werdenden Vater aber partout nicht davon in Kenntnis setzen.«

»Sie war mit zweiundzwanzig Jahren alt genug, um dies selbst zu entscheiden.«

»Das haben wir deiner Grandma auch vorgehalten. Ich weiß nicht, welcher Teufel sie damals geritten hat, doch es hatte sich in den Wochen zuvor abgezeichnet, dass irgendetwas im Argen lag.« Millicent schaute Caitlin an und lächelte bitter. »Deine Mom hatte einen Freund. Peter Carter war Prudence‘ Neffe. Er wollte unbedingt Arzt werden. So mancher nannte ihn einen Streber, denn er tauchte nur selten hinter seinen Büchern auf. Aber er war ein netter und vor allem hilfsbereiter Kerl. Keiner weiß, wann und wie es zwischen den beiden gefunkt hat, doch eines Tages sah man sie Händchen haltend durch Heaven Oaks schlendern.« Sie seufzte und auf ihre Züge schlich sich ein verklärtes Lächeln. »Sie waren ein bildhübsches Paar und jeder rechnete damit, dass sie heiraten würden.« Millicent stand auf und trat ans Fenster, schwieg minutenlang.

Caitlin starrte sie gebannt an. Sie hätte die ältere Frau am liebsten geschüttelt, weil sie nicht auf den Punkt kam. »Was ist passiert?« Sie konnte die drängende Ungeduld in ihrer Stimme kaum unterdrücken.

»Die beiden hatten einen schrecklichen Streit. Peter hat sie gebeten, mit ihm nach Harvard zu ziehen. Er hatte ein Stipendium in der Tasche. Amelia wollte dies nicht und hat die Beziehung beendet.« Millicent verdrehte die Augen. »Drei Wochen später fand Lucinda zufällig den Schwangerschaftstest im Müll. Sie ist regelrecht aus allen Wolken gefallen und hat sofort das Gespräch mit ihrer Tochter gesucht.«

»Das dann so eskaliert ist.«

»Richtig, aber der größte Fehler war, dass sie es selbst in die Hand genommen und Peter reinen Wein eingeschenkt hat. Amelia ist schier ausgeflippt. Als Lucinda am nächsten Tag von der Arbeit nach Hause kam, war ihre Tochter weg. Wir haben herausgefunden, dass sie ein Bahnticket nach Chicago gekauft hat, doch dort verlor sich ihre Spur vorerst.«

Caitlin merkte auf. »Lucinda hat meine Mom also gefunden?«

»Nein, das war Peter. Wie, das hat er keinem verraten.« Millicent stockte, rieb sich mit beiden Händen über das Gesicht. »Er ist ihr nachgefahren, einen Brief von Lucinda in der Tasche. Er hatte ihr versprochen, ihre Tochter zurückzubringen. Seinen Platz in Harvard hatte er abgesagt. Eine Woche später kam er zurück und überreichte deiner Grandma wortlos ein Schreiben von Amelia.« Millicent setzte sich, griff über den Tisch nach Caitlins Händen und schaute ihr in die Augen. »Zwei Tage später ist er tödlich verunglückt. Es ist bis heute nicht geklärt, ob er sich selbst das Leben genommen hat oder ob es ein Unfall war.«

Kapitel 11

Caitlin stand nach einer schlaflosen Nacht, einer wortkargen Joggingrunde mit Matt, einer heißen Dusche und gefühlt einem Liter Kaffee erneut vor dem *Coffee Time Cottage*. Sie drängte die Gedanken zurück, die seit dem Gespräch mit Millicent in ihrem Kopf kreisten. Sie wollte nicht daran denken, dass ihre Mutter aus reiner Sturheit von hier geflohen war. Die Vorstellung, dass ihr Vater deshalb nicht mehr lebte und ihre Grandma sich infolgedessen ihr Leben lang Vorwürfe gemacht hatte, tat fast körperlich weh. Die Erinnerung daran, dass Amelia Thompson ihr all das verschwiegen hatte, rief einen dumpfen Groll in ihr hervor.

Gestern Abend hatte sie kurz darüber nachgedacht, ihre Zelte hier wieder abzubrechen. Was, wenn sie mit ihrer Anwesenheit den Zorn der Familie ihres Vaters auf sich zog?

Es ist auch deine Familie und du kannst nichts für all das, sagte ein kleines Stimmchen in ihrem Hinterkopf. *Ja, aber will ich ihnen allen Ernstes die Trauer wieder in Erinnerung bringen?*

Sie musterte das baufällige Haus. Die verschmutzten Fenster starrten wie blinde Augen in den sonnigen Spätfrühlingstag.

Als ob jemand das Leben darin ausgeknipst hat, philosophierte sie.

»Guten Morgen, Caitlin«, ertönte Jeffs Stimme hinter ihr und als sie zu ihm umdrehte, deutete er auf das Cottage: »Wird Zeit, dass wir wieder Schwung in die Bude bringen.«

»Ja, allerhöchste Zeit«, antwortete sie und atmete durch. Er hatte ja so recht.

Matt, der direkt hinter seinem Kumpel geparkt hatte, kam hinzu. »Ich bin gespannt, was uns hier erwartet.«

Jeff musterte das Haus. »Die Fassade schaut intakt aus, braucht aber einen neuen Anstrich. Das Dach müssen wir komplett erneuern.«

Sie marschierten zur Haustür, Caitlin schloss auf und ließ den Männern den Vortritt.

»Was meinst du zum Boden?«, fragte Matt und beobachtete Jeff, der in die Hocke gegangen war und das Holz befühlte.

»Abschleifen und neu beizen.« Der Schreiner schaute die junge Frau an. »Das ist ein wunderbares Eichenparkett, das sollten wir unbedingt erhalten.«

»Wenn das möglich ist, dann macht das«, stimmte sie ihm zu.

»Es ist ziemlich dunkel hier drin«, meinte Matt und deutete auf die Wand. »Ich schlage vor, größere Fenster einzubauen.«

»Mir fehlt hier der Platz für die Garderobe. Man kann zwar das Haus auch von der Garage aus durch den Schmutzraum betreten, aber das ist mir zu umständlich«, merkte sie an.

»Du meinst so eine Art Windfang mit Stauraum?«, hakte Matt nach. »Das könnte man einplanen.« Er fischte einen kleinen Notizblock mit Stift aus der Hosentasche und notierte eifrig.

Fasziniert beobachtete Caitlin, wie er dabei auf seine Unterlippe biss. *Wie würde er reagieren, wenn ich zu ihm hinginge und ihn küsste?*

Jeff räusperte sich.

Ertappt schaute sie ihn an und errötete, als er sie vielsagend anblickte und sich mit der Hand durch den Bart fuhr. »Könnte man diese Wand entfernen?«, krächzte sie verlegen und eilte zu der Tür hinüber, die zum Esszimmer führte.

Der bärtige Hüne nickte und grinste sie mit einem Zwinkern an. »Sollte sie tragend sein, können wir einen Balken einbauen, der die Stützfunktion übernimmt. Außerdem gehe ich sowieso davon aus, dass Matt ein offenes Raumkonzept entwirft. Das plant er mit Vorliebe.«

»Guter Geschmack eben«, meinte Letzterer lapidar, strich beim Vorbeigehen mit einem Finger über Caitlins Wange und betrat das Esszimmer. »Hier vergrößern wir die Fensterfront und öffnen den Raum auch zur Küche hin.«

Sie folgten ihm und grinsten beide unwillkürlich.

Matt stand mit weit ausgebreiteten Armen da und gestikulierte nach links und rechts. »Stellt euch diesen grandiosen Raum vor. Lichtdurchflutet und gänzlich offen. Wenn man das Haus betritt, überblickt man alles von vorne bis hinten.« Begeistert eilte er in die Küche. »Hier werfen wir die kompletten Schränke und Geräte raus und bauen neue ein. Zur Strukturierung des Raumes kommt hier eine große Kücheninsel hin.«

Caitlin strahlte. »Das hört sich großartig an. Ich hätte gerne ein Fenster über der Spüle. Ist das machbar?«

»Klar«, meinte er mit einem lässigen Achselzucken.

»Der nächste Raum ist etwas Besonderes für mich«, erklärte sie und ging voraus in das Atelier. »Sollte ich selbst einziehen, möchte ich hier arbeiten.«

»Was brauchst du?«, fragte Jeff und fuhr mit dem Finger prüfend über den Fensterrahmen.

»Ein neues Waschbecken und Stauraum für meine Farben. Einen Schreibtisch vor dem Fenster und ein Regal für den ganzen Bürokram.«

»Das kriegen wir hin.« Jeff nickte bedächtig. »Den Boden bereiten wir auf.«

»Hier unten ist noch ein Badezimmer. Ich mache jedes Mal einen großen Bogen darum, denn es stinkt bestialisch.« Caitlin hielt sich demonstrativ die Nase zu.

Matt wagte sich vor, kam aber postwendend zurück. »Wer auch immer dort gestorben ist, er müffelt gewaltig. Es wird komplett entkernt.«

»Nach oben habe ich mich nicht gewagt, aus Angst, die Decke würde nicht tragen.« Sie schaute die beiden Männer fragend an.

»Wir lassen Jeff vorausgehen. Wenn der Boden ihn trägt, dann passiert uns nichts.« Matt feixte und kassierte prompt einen Ellbogenstoß seines Kumpels.

Im ersten Stock fanden sie zwei Schlafzimmer und ein Gästezimmer sowie ein Bad vor. In den Betten hatten sich Mäuse oder Schlimmeres gemütlich eingenistet und durch die Decke war Feuchtigkeit eingedrungen.

Jeff blies die Backen auf. »Hier ist wirklich alles hinüber.«

Matt fuhr sich durch die Haare. »Das wird verdammt viel Arbeit, aber wir sollten es positiv sehen. Mit der Erneuerung des Daches haben wir die Möglichkeit, Gauben einzubauen. Das wertet das Haus sowohl außen von der Optik, als auch innen von der Fläche her auf.«

»Ihr seid also der Meinung, dass es renoviert werden kann?« Sie schaute von einem zum anderen. »Ist es nicht besser, es gleich abreißen zu lassen?« Eine Locke hing ihr in die Augen, doch bevor sie das widerspenstige Haar hinters Ohr klemmen konnte, trat Matt zu ihr hin und strich es zur Seite.

»Douglas muss sich das Fundament, die Leitungen und die Heizung anschauen, ehe wir eine endgültige Aussage treffen können«, antwortete er.

»Ist es möglich, mir einen Kostenvoranschlag zu schreiben? Damit hätte ich eine Entscheidungshilfe an der Hand«, bat sie und versuchte zugleich, die Schmetterlinge in ihrem Bauch zu ignorieren.

»Auch das wird Douglas übernehmen. Er ist unser Mann fürs Grobe«, antwortete Matt und blieb dicht bei ihr stehen.

»Ich denke, das Haus hat eine stabile Substanz«, meinte Jeff und schmunzelte beim Anblick der beiden. »Dazu kommt ein großer Garten.«

»Du meinst die Wildnis dort draußen?« Caitlin lächelte schief und bewegte sich einen Schritt von Matt weg.

»Der Garten braucht bloß ein wenig Liebe. Wir werden ihn neu anlegen«, sagte Matt und ging zum Fenster des Schlafzimmers. »Die Sträucher gehören anständig gestutzt und der Rasen gemäht.«

»Das hört sich vielversprechend an. Ich bin gespannt, was euer Mann fürs Grobe dazu meint.« Sie schaute auf ihre Uhr. »Die bestellten Farben müssten heute ankommen. Ich möchte dann gleich mit der Wandgestaltung im *Kelly Haus* anfangen. Sind wir hier fertig?«

»Ja, sind wir«, antwortete Matt. »Ich muss auch zur Baustelle. Soll ich dich mitnehmen?«

»Nein danke«, sagte sie und erntete seinen bedauernden Blick. »Ich gehe zuerst zum Kreativshop und dann nach Hause, um meine Zeichensachen einzupacken. Ich komme selbst mit dem Auto hin.«

Beschwingt hüpfte Caitlin die beiden Stufen vom Shop hinab auf den Gehweg. Matt hatte ihr vor dem *Coffee Time Cottage* zum Abschied einen Kuss auf die Wange gehaucht. Mit einem Seufzer fuhr sie mit den Fingerspitzen über die Stelle. Schon wieder hatte sie ein kleines Stückchen ihres Herzens an diesen Mann verloren.

»Ach, wenn das mal nicht die Großstadttussi ist, die meint, sich an unsere Kerle ranmachen zu können.«

Lorenas Stimme wirkte wie eine eiskalte Dusche, die einen am frühen Morgen direkt nach dem Aufstehen erwischte.

Langsam drehte sich Caitlin zu ihr um.

Die Bedienung des Diners stand wie eine Raubkatze vor dem Sprung auf der gegenüberliegenden Straßenseite und musterte sie abschätzend.

Gleich wird sie wie eine Superschurkin mit einem Satz herüberspringen und mich ausknocken, dachte Caitlin und in ihrem Kopf spulte sich der passende Film dazu ab. Sie wollte sich gerade abwenden und wortlos verschwinden, als sich ihre Gegenspielerin in Bewegung setzte.

Raubkatzengleich näherte sich Lorena mit einem Hüftschwung, bei dem die gesamte Männerwelt in Heaven Oaks ins Schwitzen geraten würde. Sie warf ihre schwarzen Locken zurück und hob das Kinn. Ihr Blick sagte eindeutig aus, dass sie im Angriffsmodus war.

Jede Faser in Caitlins Körper schrie nach Flucht, doch sie beherrschte sich und blieb eisern stehen. Spontan dachte sie an den Hund einer ehemaligen Freundin. Sein größter Spaß war es, Eichhörnchen zu jagen. Eines Tages hatte er eines in einer Hausecke in die Enge getrieben. Völlig verdattert, dass der Winzling nicht das Weite suchte, hatte der Mops den Schwanz eingekniffen und war zu seinem Frauchen zurückgeschlichen.

Dummerweise hatte Lorena aber weder das Aussehen des Hundes noch einen Schwanz zum Einklemmen und steuerte unbeirrt direkt auf sie zu.

Egal, was man von diesem Weib denkt, sie hatte eindeutig Sex-Appeal, schoss es Caitlin durch den Kopf. Die hochhackigen Schuhe in Kombination mit dem knappen Rock und dem bauchfreien Top konnte nicht jede tragen.

»Ich würde mir mit ziemlicher Sicherheit die Beine brechen.« Mist, hatte sie den Gedanken jetzt allen Ernstes ausgesprochen?

»Hä?« Den Kaugummi in die andere Wangentasche verlagernd, schaute Lorena sie verständnislos an. »Du willst mir die Beine brechen? Das kannst du ja mal probieren.«

Caitlin hob beide Hände abwehrend hoch. »Ich bin ein friedliebender Mensch und habe nichts dergleichen vor.«

Abschätzend musterte ihre Gegnerin sie und formte dabei eine Kaugummiblase, die mit einem leisen *pfft* platzte. »Das will ich dir auch geraten haben.«

»Gut, dann hätten wir das ja geklärt.« Mit einem Lächeln wollte sich Caitlin umdrehen und in Bewegung setzen, wurde jedoch von einer Hand an ihrer Schulter gestoppt.

»Nein, wir beide unterhalten uns jetzt einmal, ohne dass die liebe Charlene oder sonst jemand schützend vor dir steht.«

»Ich habe Wichtigeres zu tun, als mit dir zu reden.« In Caitlins Bauch stieg Wut auf. *Was erlaubt sich diese aufgetakelte Göre?*

»Sagt die Lady, die noch nicht einmal einen Job hat«, brachte ihr Gegenüber spöttisch lachend hervor. »Bist du deshalb hinter Matt her? Weil du einen Versorger suchst?«

Caitlin wich ein wenig zurück. *Was für eine Weltsicht hat diese Frau?* »Ich bin durchaus imstande, mich selbst über Wasser zu halten.«

Lorena verringerte den Abstand zwischen ihnen, indem sie einen Schritt auf sie zutrat. Sie verengte ihre Augen zu schmalen Schlitzen. »Lass deine Finger von ihm«, zischte sie. »Er gehört mir.«

»Ach? Weiß er das?«, spottete Caitlin, der es jetzt zu bunt wurde. »Im Übrigen habe ich zu tun. Meine Arbeit ruft.« Einen klitzekleinen Augenblick dachte sie, dass die eifersüchtige Pute zuschlagen würde, denn sie hob kurz die Hand, ließ sie dann aber erstaunlicherweise wieder sinken.

Mit einem äußerst undamenhaften Schnauben drehte sich Lorena um und stakste davon. Erstaunt blickte ihr Caitlin hinterher. Was bitte war das jetzt gewesen?

Ein Wagen stoppte neben ihr und Douglas streckte seinen Kopf aus dem Fenster. »Hi. Alles okay bei dir?«

Sie nickte und lächelte ihn an. »Klar doch. Ich mach mich später auf den Weg zum *Kelly Haus*, damit ich heute mit der Wand im Spielzimmer anfangen kann.«

»Bestens, dann sehen wir uns am Nachmittag.« Er hob die Hand zu einem kurzen Gruß und brauste davon.

Caitlin war sich ziemlich sicher, dass nur sein Auftauchen eine Handgreiflichkeit von Lorenas Seite verhindert hatte. Sie atmete erleichtert aus und ging zu ihrem Wagen, um nach Hause fahren. Sie hoffte, dass die Farben tatsächlich heute am Vormittag ankamen, damit sie anschließend direkt mit der Wandgestaltung im *Kelly Haus* anfangen konnte. Bis dahin konnte sie ihre Skizzen den Maßen anpassen, die Matt ihr vorhin im *Coffee Time Cottage* überreicht hatte.

»Wow! Das wird großartig!« Begeistert klatschte Charlene in die Hände.

Caitlin trat ein wenig zurück, neigte den Kopf zur Seite und musterte ihr Werk kritisch. »Es schaut nicht schlecht aus.«

»Ich finde es absolut super«, widersprach ihre Freundin. »Jeff würde jetzt dang rufen. Sein Lieblingsausdruck, wenn er von etwas begeistert ist.«

»Ich bin noch nicht fertig«, gab Caitlin zu bedenken und tupfte mit dem Pinsel in die grüne Farbe auf der Mischpalette. Mit fließenden Strichen färbte sie die vorgezeichneten Gräser an der Wand ein.

»Ich liebe die Gänseblümchen.« Charlene seufzte und deutete auf einen bunten Schmetterling, der über einem Vergissmeinnicht schwebte. »Der ist ja zauberhaft.«

»Das höre ich gerne.«

»Es kommt von Herzen.«

»Wie lieb von dir. Danke.« Caitlin drehte sich zu ihrer Freundin um und schenkte ihr ein herzliches Lächeln. »Nach meinem Zusammentreffen mit der liebreizenden Lorena tut mir das gut.«

»Ach herrje!« Charlene riss die Augen auf. »Was ist passiert?«

Sie wandte sich wieder ihrer Arbeit zu und schilderte den Zwischenfall kurz und knapp.

»Ich frage mich echt, welcher Teufel dieses Mädel reitet. Sie ist seit Jahren hinter Matt her und der hat Lorena bis heute nicht mal bemerkt.«

»Autsch.«

Charlene lachte hell auf. »Charmant auf den Punkt gebracht.«

»Ich sollte jetzt sagen, dass es mir sehr leid für sie tut.« Caitlin drehte sich zu ihrer Freundin um und zuckte mit den Schultern. »Das wäre glatt gelogen.«

»Puh, du bist aber heute böse.«

»Nach einer schlaflosen Nacht, die ich Millicent zu verdanken habe, musste ich erfahren, dass am Haus meiner Grandma im Prinzip alles zu renovieren ist.« Caitlin holte tief Luft. »Der Disput mit Lorena war das Tüpfelchen auf dem i.«

Charlene zog erstaunt die Augenbrauen hoch. »Was hat unsere Diner-Lady angestellt?«

»Sie wusste bereits, dass ich die Enkelin von Lucinda Davis bin. Offenbar waren die Damen dicke befreundet.«

»Was kein Grund für eine schlaflose Nacht ist.«

Caitlin drehte sich um und arbeitete weiter an dem Wandbild. Es beruhigte sie, den Gräsern mit verschiedenen Grüntönen Struktur zu geben. Sie sprach so leise, dass Charlene näher treten musste, um sie zu verstehen. »Meine Mom hatte einen Freund, der schätzungsweise mein Vater ist. Er war Medizinstudent und hat sie gebeten, mit ihm nach Harvard zu kommen. Sie wollte nicht und deswegen haben sie sich getrennt. Als Grandma von der Schwangerschaft erfuhr, hat sie sich eingemischt. Daraufhin hat meine Mutter ihre Sachen gepackt und ist verschwunden. Er ist ihr nachgereist, konnte sie aber nicht davon überzeugen, zurückzukommen. Kurz nachdem er wieder in Heaven Oaks war, ist er tödlich verunglückt.«

»So eine gequirlte Scheiße«, entfuhr es Charlene.

Caitlin ließ den Pinsel sinken. »So kann man es auch nennen.«

»Entschuldige, das war echt blöd von mir«, bat ihre Freundin zerknirscht.

»Du hast ja recht. Irgendwo in meinem Hinterstübchen gab es die Hoffnung, dass ich hier noch Angehörige, vielleicht sogar meinen Vater finden würde, auch wenn dies nie der Grund für mein Herkommen war. Millicent hat mir erzählt, dass er ein Neffe von Prudence war.«

»Dann hast du jetzt aber eine große Familie«, warf Charlene ein.

»Die werden kaum Begeisterung für die Tochter der Frau aufbringen, die Mitschuld an seinem Tod trägt.«

»Du bist daran mit Sicherheit nicht schuld.«

»Ich fühle mich deswegen trotzdem mies.«

»Aber du wirst bleiben und das Haus deiner Grandma renovieren lassen.«

Caitlin wandte sich erneut zu ihrer Freundin um. »Ich habe das Gefühl, dass ich ihr damit eine Freude bereite. Es liegt mir am Herzen, wieder Leben in das *Coffee Time Cottage* zu bringen.«

»Sie wäre ganz bestimmt glücklich darüber«, stimmte ihr Charlene zu.

»Das Projekt jagt mir eine Heidenangst ein. Ich glaube, Matt hat das Ergebnis schon bildlich vor Augen, während ich im Dunkeln tappe.«

»Das geht uns oft so mit ihm. Er wirbelt dann begeistert in einer baufälligen Bruchbude herum und erzählt, welche Wand er entfernt und was er für Fenster einbaut. Ich bin da meistens noch völlig erschlagen von dem negativen Eindruck des herrschenden Verfalls.«

»Ich muss mir also keine Sorgen um seinen Geisteszustand machen?« Caitlin kicherte.

»Das habe ich nicht behauptet.«

»Danke, dass du mir zugehört und mich aufgemuntert hast.«

Charlene trat auf sie zu und umarmte sie spontan. »Gern geschehen.«

Sie erwiderte die herzliche Geste und atmete durch. »Ich werde hier mal weitermachen. Morgen werde ich mit der Wand fertig sein.«

»Klasse, dann kann ich mit der Einrichtung anfangen. Jeff hat einen Tisch und Stühle für die Kinder getischlert.« Sie musterte das Wandbild noch einmal. »Darf ich Bilder davon bei Pinterest und Instagram hochladen?«

»Freilich, warum nicht«, meinte Caitlin achselzuckend. »Ist hoffentlich gute Werbung.«

Kapitel 12

Matt kam aus dem Badezimmer und rubbelte sich mit dem Handtuch die Haare trocken. »Ich verstehe die Frauen nicht, Chewie.«

Der Hund, der eben noch alle viere in die Luft gestreckt und friedlich geschlummert hatte, rollte sich auf den Bauch und schaute sein Herrchen aufmerksam an.

»Wir joggen täglich miteinander, aber sie wartet mit ihrer großen Enthüllung, bis wir alle zusammen im Diner sitzen.« Er ging zum Kühlschrank, holte sich ein Bier heraus und öffnete es.

Er prostete dem Labradoodle zu und nahm einen kräftigen Schluck aus der Flasche.

»Das tut gut«, seufzte er und ließ die verspannten Schultern kreisen. Ein langer und harter Arbeitstag lag hinter ihm. Sie hatten die Möbel ins Haus der Kellys getragen und aufgestellt. Charlene hatte sie mit der riesigen Couch gefühlt hundertmal hin und her gescheucht, bis sie mit dem Platz endlich zufrieden war. »Wenn sie es sich bis morgen nicht anders überlegt,« sprach er seine Gedanken laut aus.

Caitlin hatte ihnen am Nachmittag das fertige Wandbild präsentiert. Seiner Meinung nach war dies das schönste Spielzimmer, das sie jemals fertiggestellt hatten, was allein an der Gestaltung dieser Wand lag.

Chewie legte den Kopf auf den Pfoten ab und ließ Matt, der in dem großen Wohnraum auf und ab tigerte, nicht aus den Augen.

»Sie ist schön, intelligent, eine hochbegabte Künstlerin und eine starke Frau«, zählte er auf und blieb stehen. »Sie hat Charlene gestern von ihrem Dad erzählt. Wenn ich das richtig verstanden habe, hat sie von Millicent erfahren, dass er tot ist.«

Der Hund spitzte die Ohren.

Matt hob abwehrend die Hand. »Ja, ich weiß selbst, dass Lauschen nicht die feine englische Art ist.«

Er stapfte zu seinem Schreibtisch hinüber, setzte sich hin und betrachtete den Plan, der dort ausgebreitet lag. Das *Coffee Time Cottage*, wie er es künftig sah. Er war gespannt, ob Caitlin Gefallen an seinen Ideen finden würde. Es war nur ein Erstentwurf, aber nahe an dem, was er sich für das Haus vorstellte. Er erinnerte sich nicht daran, jemals so erpicht darauf gewesen zu sein, auf eine Frau Eindruck zu machen wie bei ihr.

Sein Blick wanderte zum Esstisch hinüber und er stellte sich vor, wie sie zusammen beim Frühstück saßen, sich über dieses und jenes austauschten und unbeschwert lachten. Ihre Fröhlichkeit hatte er in den letzten beiden Tagen bei der gemeinsamen Joggingrunde vermisst. Er hatte sie nachdenklich und entrückt wahrgenommen, als wäre sie mit ihren Gedanken weit weg.

»Verdammt noch mal, warum redet sie mit allen, nur nicht mit mir?«, zischte er erbost durch die Zähne.

Chewie, der die Augen wieder geschlossen hatte, schreckte hoch. Er schaute zu Matt hinüber, der seinen Schreibtischstuhl herumgedreht hatte und in die Luft starrte. Sich genüsslich streckend, stand der Hund auf, ging zu seinem Herrchen und legte seinen Kopf auf dessen Schoß. Sein Mensch brauchte heute offenbar seelischen Beistand.

Matt begann, die Ohren seines Kumpels zu streicheln, und spürte sofort, wie er selbst ruhiger wurde. Hunde waren in allen Belangen einfach die beste Medizin, besonders, wenn sie einen so ansahen, wie Chewie es im Moment tat.

Die schräge Kopfhaltung, dazu eine leicht angehobene Augenbraue und schon war es um ihn geschehen.

Vielleicht sollte er das bei Caitlin auch ausprobieren?

Er sah sich bereits vor ihr am Boden knien, während sie ihm die Ohren kraulte, und lachte bei diesem Gedanken hell auf. So weit käme es noch!

Stell dich nicht so an und lass deinen Charme sprühen. Ist ja nicht so, als ob du keinen hättest. Diese innere Stimme war ausnehmend lästig, hatte aber nicht unrecht, wie er selbst zugeben musste. Laut Charlene hatte er diesen Blick auch drauf. Seinen Dackelblick nannte sie es immer spöttisch.

»Ich bin aus der Übung, das ist alles.« Er fuhr sich mit einer Hand durch das feuchte Haar. »Verdammt, Chewie. Ich bin ein recht ansehnlicher Typ. Sie kann doch nicht immun gegen mich sein.«

Er war ratlos. Seine Eroberungen liefen normalerweise anders ab. Er lächelte die Frauen an, schmeichelte ihnen und schon fielen sie ihm zu Füßen.

Als hätte er Gedankengänge seines Dosenöffners verstanden, hob Chewie den Kopf, schüttelte ihn und gähnte, bevor er sich streckte und auf seinen Platz zurückkehrte.

»Okay, ich habe übertrieben«, murmelte Matt und kassierte einen schrägen Blick von seinem Vierbeiner. »So unkompliziert lief es nie.«

Der Labradoodle drehte sich ein paarmal im Kreis, bevor er sich auf dem Hundebett niederließ. Der Hund hatte einfach die Ruhe weg, wogegen er schon wieder hibbelig aufsprang und zum Küchenschrank lief, um sich Schokolade zu holen. Nervennahrung war jetzt angesagt.

Er fragte sich zum wiederholten Male, warum er so ungeduldig in Bezug auf Caitlin war. *Weil du dich in sie verliebt hast*, zwitscherte ein kleiner, fieser Gedanke in seinem Kopf.

Einen Handtuchturban über das nasse Haar geschlungen, saß Caitlin an der Kücheninsel und betrachte den rot schimmernden Wein, den sie in ihrem Glas kreisen ließ. Sie hob es an die Nase und sog die eleganten Aromen ein. An einer Weinverkostung oder einer Schulung zum Thema hatte sie nie teilgenommen, daher konnte sie keine der paradiesischen Noten des edlen Tropfens unterscheiden. Dies hinderte sie aber nicht daran, dieses Getränk zu lieben.

Heute hatte sie mit der Fertigstellung des Wandbildes etwas zu feiern. Ein Glas Rotwein, oder auch zwei, und dazu köstliche Spaghetti mit Tomatensoße. Schlicht und doch vorzüglich.

Sie erhob sich, rührte die Soße um und fischte mit einer Gabel eine Nudel heraus, um den Bisstest zu machen und die Pasta dann abzuseihen.

Kurz darauf trug sie den gut gefüllten Teller an ihren Sitzplatz und seufzte bei dem aufsteigenden Wohlgeruch. Tomaten, Knoblauch, Kräuter und würziger Parmesan, ein Festessen für die Sinne.

Mit Genuss verspeiste sie ihr Mahl und ließ ihre Gedanken schweifen. Heute hatte sie einen großen Schritt nach vorne gemacht. Die gestrige Besichtigung des *Coffee Time Cottage* war gut gelaufen und bei allem, was sie im *Kelly Haus* gesehen hatte, war der Auftrag in den richtigen Händen.

Douglas war heute mit der positiven Nachricht auf sie zugekommen, dass das Fundament stabil war. Er nannte ihr sogar einen vorläufigen Preis, mit dem sie gut leben konnte, obwohl die Heizung und dazu die kompletten Leitungen erneuert werden mussten.

Über den Vorfall mit Lorena hatte sie heute noch einmal mit Charlene gesprochen und ihn als Erfahrung mit kratzbürstigen Weibern abgehakt. Sie wollte daran keinen weiteren Gedanken verschwenden. Dieses Frauenzimmer war nicht eine Minute ihrer Zeit wert. Ihre Freundin hatte ihr auf der Stelle zugestimmt.

Das Wandbild war ihr heutiges Highlight. Sie hatte ihr Bestes gegeben und die Gesichter des Teams sagten eindeutig, dass ihr das gelungen war. Jetzt hoffte sie nur, dass auch Familie Kelly, insbesondere die Kinder, die allgemeine Begeisterung teilten.

Charlene hatte sofort einige Fotos geschossen. Sie plante, diese nach der für übermorgen geplanten Enthüllung in den sozialen Medien hochzuladen. Offenbar hatte sie mit ihren Kanälen schon eine große Reichweite, die eine gute Werbestrategie zuließ.

Wer weiß, vielleicht verhilft sie mir damit zu ein paar Aufträgen? Immerhin plante sie, sich als regionale Künstlerin zu etablieren und so in die Fußstapfen ihrer Grandma zu treten.

Ich kann nur hoffen, dass die nicht zu groß sind, dachte sie, schob den geleerten Teller zurück und trank ihren Wein aus.

Ein Gedanke folgte auf den anderen und letztendlich schaute sie zum Esstisch hinüber, den sie heute Abend gemieden hatte. Drei Kartons standen dort.

»Ich habe Lucindas persönliche Unterlagen und Fotos aus dem Haus geholt, nachdem ihre Bilder einfach im Internet verscherbelt worden sind«, hatte Millicent gesagt und sie ihr überreicht. »Ich habe mir gedacht, dass du sie vielleicht haben möchtest.«

Es schockierte Caitlin, dass ihre Mom nicht einmal zur Beerdigung der eigenen Mutter nach Heaven Oaks gekommen war. Amelia hatte eine Galerie beauftragt, die

Werke von Lucinda Davis zu verkaufen, und alles andere dem Verfall überlassen. Diese Seite, ihrer sonst immer so lieben und zuverlässigen Mutter, war ihr fremd. Es schmerzte, sie kennenzulernen, und es erinnerte Caitlin daran, dass sie bezüglich ihres Vaters ein Leben lang hinters Licht geführt worden war.

»Es bringt nichts, wenn ich ewig damit warte. Irgendwann muss ich mich dem Unvermeidlichen stellen«, murmelte sie, goss sich zur Stärkung ein weiteres Glas Wein ein und schlenderte hinüber zum Tisch, um einen Blick in die geheimnisvollen Schachteln zu werfen.

Sie schnappte sich die oberste und trug sie zur Couch, um es sich dort damit bequem zu machen. Ehe sie den Deckel lupfte, trank sie sich mit einem Schluck des edlen Roten ein wenig Mut an. Tief durchatmend, öffnete sie den Karton und warf einen Blick hinein.

Ein Kuvert lag obenauf und als sie es anhob, entdeckte sie alte angegilbte Fotos. Sie nahm den Briefumschlag in die Hand, spähte kurz rein, und legte ihn dann zur Seite. Zuerst wollte sie die Bilder anschauen.

Sie hatte immer gewusst, dass sie ihrer Mom zum Verwechseln ähnlich sah, wenn man von der unterschiedlichen Haarfarbe absah. Es jetzt in den verschiedenen Altersstufen bestätigt zu sehen, war ein eigenartiges Gefühl. Tränen stiegen ihr in die Augen. Aufnahmen von Geburtstagen, vom Schulanfang, auf dem Spielplatz, im Garten, auf dem heimischen Sofa und beim Backen in der Küche. Von ihrer Grandma gab es allerdings kaum Bilder.

Caitlin ging davon aus, dass sie diejenige war, die fotografiert hatte.

Auf drei Fotografien wurde sie fündig.

Eines zeigte Lucinda als junge Frau mit einem stattlich anzusehenden Soldaten, der seine Kappe in der Hand hielt. Seine blonden Haare waren militärisch kurz geschoren. Den Arm hatte er besitzergreifend um sie gelegt. Auf dem zweiten sah man sie zusammen mit ihrer Tochter, die auf dem Bild schätzungsweise zehn Jahre alt war, im Garten. Beide trugen ihr Haar offen, Lucinda eine schwarze, fast buschige Mähne und Amelia sanfte blonde Wellen. Offenbar waren ihre kastanienfarbenen, wilden Locken eine Erbmischung dieser Frauen.

Das letzte Foto entlockte Caitlin ein Lächeln. Die drei Ladys vom Diner zusammen mit ihrer Grandma an einem Tisch in ihrem Lokal. Die Aufnahme lag scheinbar nur ein paar Jahre zurück, denn die Damen waren alle schon ergraut. Lucinda wirkte schmal und gebrechlich. Von Millicent wusste sie, dass ihre Oma nach kurzer, schwerer Krankheit innerhalb weniger Monate verstorben war.

Fast andächtig packte sie alle Fotografien wieder in den Karton, dann griff sie nach ihrem Weinglas und lehnte sich zurück in das bequeme Polster. Wie schon zuvor, ließ sie die rot schimmernde Flüssigkeit im Glas kreisen, bevor sie einen Schluck trank.

Sie war sich unschlüssig, ob sie den Brief öffnen sollte. Es stand kein Absender darauf, aber sie vermutete, dass er von ihrer Mom war. Sie hatte unverhohlen Angst davor, dass ihre schönen Erinnerungen an die Mutter durch eine zusätzliche Enthüllung weiter getrübt wurden.

Bring es hinter dich, sonst liegt es dir nur wie ein Stein im Magen. Sie gehorchte ihrer inneren Stimme, nahm das Kuvert und öffnete es.

Hallo Mom,

ich schreibe dir mit der Bitte, endlich deine Suche nach mir zu beenden. Ich werde auf keinen Fall nach Heaven Oaks zurückkehren.

Meiner Tochter und mir geht es gut. Du musst dir keine Sorgen machen, dass ich mich nicht richtig um sie kümmere. Hör bitte damit auf, Detektive auf uns anzusetzen. Es schadet deiner Enkelin, wenn wir deshalb ständig umziehen müssen.

Du musst endlich verstehen, dass ich die Vergangenheit hinter mir lassen möchte. Sei dir dessen bewusst, dass ich dir deine Einmischung nie verzeihen werde. Du hattest nicht das Recht, mit Peter zu reden.

Von seinem Tod zu erfahren, hat mir fast die Füße weggezogen, aber wenn du glaubst, ich übernähme dafür die Verantwortung, bist du im Irrtum. Hättest du ihm nicht von meiner Schwangerschaft erzählt, wäre er nach Harvard gegangen und wahrscheinlich der fähigste Arzt geworden, den es je gab. Er hatte das Zeug dazu.

Unsere Beziehung war die zweier bester Freunde, aber ich habe erkannt, dass es nicht für das ganze Leben reicht. Die Zeiten, in denen man wegen eines Kindes heiratete, sind vorbei. Für unsere Trennung gab es noch andere Gründe, über die ich schweigen werde. Sollte er dir davon erzählt haben, wirst du begreifen, warum ich nie zurückkommen kann.

Meiner Tochter werde ich eine gute Mutter sein. Irgendwann werde ich Caitlin vielleicht von dir und Heaven Oaks erzählen. Wann das sein wird, weiß ich nicht. Jetzt werden wir beide unseren eigenen Weg gehen und so sehr ich dich liebe und immer lieben werde, bitte ich dich eindringlich, uns nicht mehr zu suchen.

Amelia

Die letzten Worte konnte Caitlin nur durch einen Tränenschleier lesen. Mit einem Schluchzer ließ sie den Brief los. Langsam flatterte er hinab auf den Boden. Sie zog die Beine hoch, rollte sich zusammen, kuschelte sich in die Kissen und weinte hemmungslos.

Die Frage, warum ihre Mutter jedes Gespräch rigoros verweigert hatte, würde wohl nie geklärt werden. Caitlin konnte verstehen, dass Amelia ihren Vater nicht heiraten wollte. Eine Ehe ohne richtige Liebe, nur wegen einer Schwangerschaft, war eine einzige Dummheit. Aber weshalb musste man deshalb die Flucht ergreifen?

Sie umschlang sich selbst mit den Armen und fühlte sich mit einem Mal unendlich einsam. Sie dachte an Matt und wie sehr sie ihn jetzt herbeisehnte. Ob er überhaupt kommen und was sich daraus ergeben würde, war die Hauptfrage, die sie daran hinderte, den Gedanken weiter zu verfolgen.

Ist er an einer Beziehung oder eher nur an einem Flirt interessiert? Er war ein charmanter und äußerst beliebter Sonnyboy in der Gemeinde. *Was sollte ihn überhaupt an mir reizen?*

Wenn du dich nicht darauf einlässt, wirst du es nie erfahren, dachte sie und starrte trübe vor sich hin.

»Ich habe eine Scheißangst davor, dass es nur ein Strohfeuer ist«, gestand sie sich flüsternd ein. Sie wünschte sich einen Partner, der für sie da war, und sie fürchtete sich, zuerst glücklich und dann wieder allein zu sein.

Was geschieht, wenn ich die Vorsicht über Bord werfe und mich auf ihn einlasse? Ihr Herz hüpfte bei diesem Gedanken. *Soll ich wirklich darauf hören?*

Es läutete und Chewie schlug zugleich an. Matt hob erstaunt den Kopf und blickte auf die Uhr des Computers. *Wer zum Teufel steht um diese Uhrzeit vor der Tür?* Er bedeutete dem Hund, still zu sein, und erhob sich von seinem Schreibtischstuhl, um nachzusehen.

»Hi, Matt«, wisperte sie und schaute ihn mit einem lasziven Augenaufschlag an, bevor sie ihm die Hand auf die Brust legte.

»Lorena?« Er starrte verblüfft zuerst auf sie und dann auf die grell manikürten Fingernägel hinab.

»Ich habe mich allein zu Hause einsam gefühlt, und mir überlegt, dass es dir bestimmt ähnlich geht.«

Er öffnete den Mund, um etwas zu sagen, wusste aber nicht, wie er sie höflich, aber bestimmt zum Teufel schicken konnte. »Ähm.« Mehr kam nicht heraus.

»Du könntest mich hereinbitten«, hauchte sie und streckte sich, während sie ihn gleichzeitig am Shirt herabzog. »Glaub mir, ich kann dir einen denkwürdigen Abend bereiten.« Sie rückte näher an ihn heran, hob ihr rechtes Bein und rieb es an seinem. Ihr leicht geöffneter Mund bot sich ihm dar und er blickte direkt auf ihren großzügigen Ausschnitt.

Obwohl er bisher nie einen Gedanken an diese Frau verschwendet hatte, schossen ihm äußerst erotische Bilder durch den Kopf.

Henry, ein Schulfreund, hatte ihm erzählt, dass sie unersättlich sei. Noch nie sei er so ausdauernd geritten worden und ihr Mund sei ausschließlich dafür gemacht, einen Mann zu verwöhnen.

Ehe er sich versah, spürte er ihre Hand am Bund seiner Jogginghose. »Lorena, bitte.« Das war ihm definitiv zu viel. Er wich zurück, doch sie verstand dies offenbar als Einladung, hereinzukommen, und folgte ihm sofort. Panisch sah er sich um. *Wo bleibt mein Hund, wenn ich ihn dringend zur Verteidigung benötige?* Er drehte den Kopf und entdeckte Chewie, der sie neugierig beobachtete. Klar, er kannte Lorena aus dem Diner und wartete wahrscheinlich darauf, dass er ein Leckerchen zugeschoben bekam.

Die Lady hatte allerdings anderes im Sinn und schmiegte sich dicht an ihn.

Beherzt ergriff er ihre Schultern, um sie von sich wegzuschieben. In diesem Moment erblickte er Caitlin, die an der obersten Stufe stand und ihn mit riesigen Augen anstarrte.

Nie im Leben hatte er sich hilfloser gefühlt.

Lorena hing an seinem Hals und die Frau seiner Träume drehte sich wortlos um und eilte die Treppen hinab.

Kapitel 13

Matt war müde und stinksauer. Nach dem Desaster am gestrigen Abend war er vollends bedient. Nie zuvor hatte er eine Frau dermaßen pampig weiterbefördert wie Lorena. Einem heftigen Wortgefecht folgte ihr denkwürdiger Abgang. Er war direkt zu Caitlin gefahren, doch sie hatte ihm weder geöffnet, noch hatte sie auf seine Anrufe reagiert.

»Lass deine miese Laune nicht an mir aus, denn der Schuss geht nach hinten los«, wies Douglas seinen Freund zurecht. »Wenn dir die Tür zehn Zentimeter zu weit links ist, kommst du mit dieser Erkenntnis reichlich zu spät. Morgen ist Übergabe.«

Angepisst hob Matt die Hände und wandte sich wortlos ab. Er war müde, unrasiert und diese verdammte Tür befand sich nicht da, wo er sie geplant hatte. *Warum, zum Teufel, fällt mir das erst heute auf?*

»Matt!« Diesen Tonfall ließ Douglas selten vom Stapel. »Du bist der Architekt und ich habe die Bauleitung. Wir können und werden keine Änderungen mehr vornehmen, nur weil du anscheinend deine Tage hast.«

Blitzschnell fuhr Matt herum und hob beide Fäuste. »Wir können das gerne draußen ausdiskutieren.«

»Damit deine Gesichtsrenovierung auf meine Rechnung geht? Vergiss es.«

»Willst du mich provozieren?«

Douglas musterte ihn von oben bis unten. »Dich noch mehr auf hundertachtzig zu bringen, ist kaum möglich. Auf meiner To-do-Liste steht Wichtigeres.« Er schlenderte an ihm vorbei. »Solltest du Streit mit Caitlin haben, denk daran, dass dich Charlene grillt, wenn sie es erfährt.« Mit einem breiten Grinsen stiefelte der Bauleiter weiter und blieb wie vom Blitz getroffen stehen. »Verdammte Scheiße!«

Alarmiert folgte ihm Matt ins Spielzimmer. »Was zum Teufel?«

Beide starrten wutentbrannt auf die Wand, die tags zuvor das Schmuckstück des ganzen Hauses gewesen war.

»Wer hat das übermalt?«, brüllte Douglas in einer Lautstärke, bei der einem schier das Trommelfell klingelte.

»Caitlin?«, murmelte Matt schockiert.

»Du hast doch einen Knall«, fuhr ihn der Freund stocksauer an. »Warum sollte sie ihre mühsame Arbeit zerstören?«

Entkräftet lehnte sich Matt gegen den Türrahmen. »Es gab gestern einen unangenehmen Zwischenfall.«

Douglas starrte ihn an und tippte an sein Ohr. »Ich höre.«

Zögernd fasste Matt die Geschehnisse zusammen, doch sein Freund schüttelte nur den Kopf, als er mit der Schilderung fertig war.

»Du möchtest mir also weismachen, dass Caitlin aus Frust, weil sich Lorena dir an den Hals geworfen hat, hierherkommt und ihre eigene Arbeit mutwillig vernichtet?« Er zeigte ihm einen Vogel. »Du hast doch einen kompletten Knall.«

»Oh mein Gott!«

Matt drehte sich ruckartig um und stand Caitlin gegenüber, die völlig entgeistert ins Spielzimmer starrte.

Kreidebleich zeigte sie auf die Zerstörung und schüttelte den Kopf. In diesem Moment wurde ihr anscheinend klar, was die beiden bei ihrem Eintreten geredet, oder besser gesagt, geschrien hatten. »Du bist ein solches Arschloch!«, flüsterte sie und Tränen schimmerten in ihren Augen. Fassungslos deutete sie auf die Wand. »Glaubst du allen Ernstes, ich hätte das übermalt?« Wutentbrannt stapfte sie auf ihn zu, stach ihm unbarmherzig mit dem Finger gegen die Brust. »Ich habe all mein Können aufgebracht, um dieses Werk zu schaffen, und du elender Frauenheld denkst, du wärst wichtig genug, dass ich deinetwegen alles kaputt mache?«

»Du bist einfach verschwunden und hast mir keine Chance gelassen, es dir zu erklären«, versuchte er sich zu verteidigen.

»Pah!«, stieß sie hervor. »Hätte ich stehen bleiben und zuschauen sollen, wie du die Nutte im Hausgang vögelst?«

»Wofür hältst du mich?«, schrie er zurück.

Sie deutete auf die Wand. »Das sollte ich dich fragen!«

»Hey, Leute, beruhigt euch«, mischte sich Douglas ein.

»Mir ist gerade nicht danach«, keifte Caitlin ihn bitterböse an.

»Du meine Güte, was schreit ihr hier so rum?« Charlene tauchte im Türrahmen auf und sog erschrocken die Luft ein. »Wer war denn das?«

Caitlin deutete wutentbrannt auf Matt. »Er denkt, ich wäre das gewesen. Aus Rache, weil ich ihn mit Lorena erwischt habe.«

»Du und diese Tussi?« Angewidert verzog Charlene das Gesicht und musterte ihn von oben bis unten. »Ich fasse es nicht.«

»Nein!«, schrie er erbost. »Sie stand vor meiner Tür und hat mich angebaggert, als hätte sie seit gefühlt hundert Jahren keinen Lover mehr zwischen den Beinen gehabt.«

»Ihr habt ja nette Themen heute.« Jeff tauchte hinter den Frauen auf. »Verfluchte Kacke! Was ist denn hier passiert?«

»Das wüssten wir alle gern. Im Moment sind die Herrschaften nur damit beschäftigt, sich gegenseitig anzuschreien«, meinte Douglas süffisant.

Caitlin warf Matt einen zornigen Blick zu und stapfte energisch zu der ramponierten Wand hinüber. Mit zitternden Fingern fuhr sie über die Farbe. »Es ist trocken.«

»Wir können von Glück reden, dass der Täter die Wandfarbe verwendet hat.« Charlene rückte ihre Brille gerade und stellte sich neben die Freundin. »Meiner Meinung nach haben wir zwei Möglichkeiten.«

»Und die wären?«, fragte Matt in ätzendem Ton.

Dafür kassierte er von Jeff einen deftigen Ellbogenstoß. »Reiß dich zusammen.«

»Die Farbe hat die Wandzeichnung nicht völlig überdeckt«, fuhr Charlene unbeirrt fort. »Wir können noch einmal mit der Dispersionsfarbe streichen, dann ist nichts mehr zu sehen.« Sie schaute ihre Freundin an. »Oder du legst eine Sonderschicht ein.«

»Die Acrylfarben schimmern gut durch. Ich kann es rekonstruieren.« Caitlin blickte auf die Uhr. »Ich fahre sofort mein Material holen und bin dann den ganzen Tag bis in die Nacht hinein beschäftigt.«

»Schaffst du es?« Douglas warf ihr einen prüfenden Blick zu. »Sei mir nicht böse, aber du siehst nicht so aus, als wärst du heute in Bestform.«

Caitlin presste die Lippen zusammen. »Ich krieg das hin.«

Matt deutete auf den Farbeimer, der in der Ecke stand. »Wie ist der Täter hereingekommen und warum war die Farbe hier im Zimmer?«

»Die Haustür war abgeschlossen«, sagte Douglas.

Jeff fackelte nicht lange, verschwand und tauchte zwei Minuten später wieder auf. »Die Seitentür der Garage stand offen. Dort ist das komplette Material, das wir heute abtransportieren wollten, gelagert.«

»Was für ein Glück, dass die richtige Farbe für den Anschlag verwendet wurde«, spöttelte Matt und schaute bei seinen Worten Caitlin an.

»Ich hatte dich für einen echt netten Kerl gehalten.« Ihre Stimme brach und sie räusperte sich. »Jetzt bin ich einfach nur enttäuscht, weil ich feststellen muss, dass ich mich in dir getäuscht habe. Ich finde es extrem schade, dass du offenbar zu der Gattung Mann gehörst, die mit dem Schwanz denkt.«

»Pass auf, was du sagst«, warnte er sie, die Augen zu schmalen Schlitzen zusammengezogen. »Ich bin der Meinung, wir sollten wegen des Einbruchs die Polizei einschalten.«

»Und die soll mich dann als Täterin überführen?« Caitlin lachte spöttisch und stellte sich direkt vor ihn hin. »Du denkst, dass ich herkomme und mein Kunstwerk zerstöre, weil du mit Lorena zugange bist? Für wie blöd hältst du mich?« Sie machte eine kurze Pause, bevor sie ihm den letzten Hieb verpasste: »Ich gebe zu, dass ich gestern Abend enttäuscht und wütend war. Aber ich bin zu dem Schluss gekommen, dass ein Mann wie du es nicht wert ist, ihm auch nur eine Träne nachzuweinen.« Sie drehte sich um, deutete auf ihr zerstörtes Werk. »Egal, wer das verbrochen hat, ich gönne ihm die Genugtuung nicht, damit Erfolg zu haben.«

»Brauchst du Hilfe?«, fragte Charlene, die dem Disput ebenso staunend gelauscht hatte wie die beiden anderen Männer.

Caitlin schüttelte nur den Kopf. »Nein, ich werde jetzt meine Sachen holen und dann sofort anfangen.«

Mit diesen Worten ließ sie alle stehen und eilte durch die Tür davon.

»Ganz großes Kino, Matt McKenzie«, gratulierte Jeff spöttisch.

Douglas schüttelte ebenfalls den Kopf, äußerte sich aber nicht mehr zu der leidigen Geschichte, sondern dachte pragmatisch. »Heute wird der Garten fertiggestellt. Da bin ich mit meinen Leuten den ganzen Tag hier. Caitlin wird sicher nicht pünktlich zum Feierabend fertig sein. Ich will nicht, dass sie alleine hier im Haus ist.«

»Ich werde da sein und sie ein wenig aufmuntern«, meldete sich Charlene und wehrte sofort ab, als Jeff den Mund öffnete, um seine Bedenken anzubringen. »Vergiss es. Wir beiden Mädels schaffen das und haben keine Angst, allein zu bleiben.«

Matt schwieg und marschierte hinaus in den Garten. Da sich offenbar alle gegen ihn verschworen hatten, war es wohl besser, sich mit körperlicher Arbeit abzureagieren. Seine besten Freunde trauten eher ihr, als seinem Verdacht. *Weil er vielleicht völlig aus der Luft gegriffen ist?* Diesen Gedanken verdrängte er sofort wieder und stutzte den nächsten Strauch zurecht.

Matt war heilfroh, dass Lorena heute keinen Dienst im Heaven Diner hatte. Obwohl er keinen Hunger verspürte, hatte er sich von den Jungs überreden lassen, die Mittagspause hier zu verbringen.

»Dich hat es ja ganz schön erwischt.« Douglas feixte spöttisch und biss von seinem Burger ab.

»Hat sich erledigt«, antwortete er achselzuckend und legte lustlos sein Sandwich zurück auf den Teller.

»Red nicht so einen Unsinn.« Jeff rieb sich beim Anblick seines Burgers die Hände und griff zu.

»Es hätte sowieso nicht funktioniert.« Er lehnte sich zurück und schaute seine Partner an, die ihm gegenübersaßen.

»Ich hatte sehr wohl den Eindruck, als ob Caitlin auf dich steht«, gab Jeff seine Meinung kund. »Bei der Hausbesichtigung haben zwischen euch die Funken gesprüht. Ich kam mir vor wie das fünfte Rad am Wagen.«

»Das mag sein«, antwortete er. »Anziehungskraft allein reicht trotzdem nicht.«

Douglas lachte auf. »Sie hilft aber ungemein. Was hat dir denn gefehlt, dass du jetzt so sang- und klanglos aufgibst?«

»Sie vertraut mir nicht. Wir sind jeden Tag miteinander gelaufen, aber sie hat mir nicht ein einziges Mal von ihrer Vergangenheit erzählt.«

»Ich bin ja nicht der große Beziehungsexperte«, erwiderte Jeff. »Ich denke, Vertrauen muss man sich erarbeiten.«

»Was glaubst du, woran ich seit Wochen arbeite?«, brauste er auf.

»Du baggerst sie an«, meinte Douglas lapidar und aß seelenruhig weiter.

Jeff beugte sich vor und deutete mit dem Zeigefinger ihn. »Dich plagt der Liebeskummer. Das sieht dir ein Blinder an. Aber heute hast du dich gewaltig ins Aus geschossen. Diesen dämlichen Vorwurf hättest du dir sparen können.«

»Ist es denn wirklich so abwegig?«

Jeff blieb bei seiner Meinung. »Es ist das Bescheuertste, was ich je aus deinem Mund gehört habe.«

Douglas schluckte hinunter und spülte mit einem Schluck Cola nach. »Deshalb steht sie heute im *Kelly Haus* und rackert wie eine Irre, um das Bild wiederherzustellen? Das ist Bullshit.«

»Wer weiß. Es könnte eine spontane Überreaktion gewesen sein, die ihr jetzt leidtut.«

»Du bist so ein sturer Esel.« Jeff schüttelte fassungslos den Kopf.

»Warum bist du ihr gestern Abend nicht sofort nachgelaufen?«, wollte Douglas wissen.

Er verdrehte die Augen, schaute sich um, beugte sich vor und senkte die Stimme. »Ich musste erst Lorena loswerden. Dieses Weib war wie ein Krake. Sie ist mir allen Ernstes direkt an die Hose gegangen.«

Seine Kumpels pfiffen durch die Zähne.

»Lacht mich nicht aus, aber das war alles andere als angenehm.« Nachdenklich lehnte er sich zurück. »Ich kann mir jetzt entfernt vorstellen, wie sich eine Frau fühlt, die ungefragt begrapscht wird.«

»Lorena wollte offenbar direkt mit dir in die Kiste.« Douglas wischte sich den Mund mit der Serviette ab. »Sie war nie ein Kind von Traurigkeit und ich habe schon etliche Storys über sie gehört, aber das setzt allem die Krone auf.«

»Das ausgerechnet in dieser Situation Caitlin bei dir auftaucht, ist halt echt Pech«, bedauerte Jeff seinen Freund. »Was wollte sie von dir?«

Er ließ den Kopf hängen. »Sie ist sofort verschwunden, sodass Reden nicht mehr drin war. Ich stand da und Lorena hing an mir wie eine Klette. Ich habe mich noch nie im Leben so geschämt.«

»Was nichts an der Tatsache ändert, dass du mit deiner dämlichen Anschuldigung zu weit gegangen bist«, wies ihn Douglas mitleidslos zurecht.

»So aus der Luft gegriffen ist die Möglichkeit nicht«, verteidigte er sich halbherzig.

»In deinem Liebeswahn hast du vergessen, dass sie unsere Geschäftspartnerin ist«, erinnerte Jeff ihn und hob dabei die Brauen.

»Drehen wir die Geschichte mal um«, schlug Douglas vor. »Du kommst zu Caitlin und triffst sie in eindeutiger Situation mit einem anderen Typen an.«

»Dann trete ich den Rückzug an«, sagte er so würdevoll wie möglich.

»Nachdem du ihm anständig eine aufs Maul gehauen hast.« Jeff lachte und schnappte sich eine Pommes.

Douglas ging nicht darauf ein. »Caitlin hat sich zurückgezogen, nicht mehr und nicht weniger.«

»Ich bin so schnell wie möglich zu ihr gefahren, aber sie hat mir nicht aufgemacht«, verteidigte er sich.

»Wenn eine Frau an einem Tag mit mir flirtet und am nächsten Tag mit einem anderen Mann knutscht, ist sie für mich gestorben«, meinte Jeff.

»Ich habe nicht mit Lorena geknutscht«, zischte er aufgebracht. Langsam, aber sicher gingen ihm die Freunde auf die Nerven.

Douglas schlug genervt mit der Hand auf den Tisch. »Was Caitlin nicht wissen kann. Und als Geschäftspartner wirst du dich für deinen Totalausfall heute bei ihr entschuldigen.«

»Ach? Werde ich das?« Wut stieg in ihm auf.

Seine Freunde lehnten sich zurück, verschränkten die Arme und starrten ihn an.

»Ihr wollt mir echt das Messer auf die Brust setzen?«, knurrte er fassungslos.

Douglas deutete auf Matts unberührten Teller. »Iss auf. Auf uns wartet im *Kelly Haus* jede Menge Arbeit.«

»Ich bestelle inzwischen für die Frauen was zum Mitnehmen.« Jeff erhob sich. »Essen hebt die Laune.«

Caitlin kniete vor der Wand und malte die Gräser und Blumen, die durch die Dispersionsfarbe schimmerten, sorgfältig nach. Ihr war nach Heulen zumute. Bei Matts Anschuldigungen war etwas in ihr zerbrochen und hatte dabei eine nie gekannte Wut freigesetzt.

»Brauchst du Hilfe?« Charlene reichte ihr eine Wasserflasche, die sie gerne annahm.

Sie setzte sich auf die Fersen. »Es ist lieb, dass du fragst, aber ich komme klar. Ich muss mich nur höllisch konzentrieren.« Sie zeigte auf die Gräser, die sie soeben ausgearbeitet hatte. »Es darf hinterher nichts vom alten Bild durchscheinen, das ich versehentlich übersehen habe.«

»Denjenigen, der das verbrochen hat, würde ich gern zur Rede stellen«, murmelte Charlene und deutete auf den

Schmetterling, der ihr am besten gefallen hatte. »Bekommst du ihn wieder hin?«

Sie seufzte. »Ja, ich denke schon.«

»Ich lasse dich in Ruhe weiterarbeiten. Wenn du etwas brauchst, dann sag Bescheid. Ich dekoriere inzwischen die anderen Zimmer fertig und schaue anschließend im Garten nach dem Rechten.« Charlene schlenderte aus dem Raum, steckte aber eine Sekunde später den Kopf noch einmal herein. »Die Jungs sind im Diner und bringen uns was zu essen mit. Jeff hat mir eine WhatsApp-Nachricht geschickt.«

Sie reckte nur einen Daumen in die Höhe und nickte. Es war schwer genug, ihr altes Werk akkurat nachzuzeichnen, doch heute mangelte es ihr zusätzlich an Konzentration. Nach einer schlaflosen Nacht, in der sie sich die Augen ausgeheult hatte, plagten sie Kopfschmerzen.

Ein Königreich für ein Aspirin und meine Couch, dachte sie und arbeitete verbissen weiter.

Nach einer Viertelstunde stand sie auf, streckte die schmerzenden Beine und lockerte ihre Nackenmuskulatur, indem sie den Kopf hin und her drehte. Einen kleinen Teil des Kunstwerkes hatte sie mittlerweile wiederhergestellt. Sie legte den Pinsel zur Seite und massierte sich die Schläfen. Wie gerne würde sie sich in einer Ecke zusammenrollen und alles ringsum schlicht vergessen.

Wenn ich den Idioten finde, der mir das eingebrockt hat, dann Gnade ihm Gott!

»Kopfschmerzen? Ich habe Aspirin im Wagen.«

Sie zuckte erschrocken zusammen. Jeff war unbemerkt eingetreten und hielt ihr ein verpacktes Sandwich hin. Hungrig griff sie danach.

»Sorry, ich wollte dir keine Angst machen.«

»Ist schon okay. Es erstaunt mich immer wieder, wie leise du dich bewegst.«

»Du meinst, weil ich alles andere als zierlich bin?« Jeff lachte und zwinkerte ihr zu. »Ich habe Roastbeef genommen. Millicent meinte, du bist verrückt danach.«

»Danke.« Sie packte das Essen aus und biss herzhaft hinein. Verzückt kaute sie, schloss dabei genussvoll die Augen.

»Lass es dir schmecken. Ich gehe dir ein Aspirin holen.« Sein Blick wurde ernst. »Wegen Matt.«

Sie hob abwehrend die Hand und er verstummte. Nachdem sie den Bissen hinuntergeschluckt hatte, schaute sie Jeff ernst in die Augen. »Ich will von ihm nichts hören und sehen. Das mit Lorena ist seine Privatsache, aber die Anschuldigungen, die er mir heute an den Kopf geworfen hat, verzeihe ich ihm nie.«

Mit einer kurzen Handbewegung deutete er einen Reißverschluss vor dem Mund an, ehe er sie allein ließ.

Sie setzte sich im Schneidersitz auf den Boden und aß. Das Essen weckte ihre Lebensgeister und als sie ihr Mahl beendet hatte, absolvierte sie ein paar lockernde Yogaübungen, um sich auf den Malmarathon vorzubereiten, der ihr bevorstand. Es half, ihre Mitte wiederzufinden.

Wirf ihn aus deinem Kopf, befahl sie sich und ergriff Pinsel und Mischpalette, um frisch ans Werk zu gehen.

Kapitel 14

Caitlin streckte der Sonne ihr Gesicht entgegen und atmete die würzige Luft tief ein. Heute Nacht hatte es heftig geregnet. Die Wassertropfen glitzerten an den Bäumen und Gräsern ringsum. Sie zog ihre Funktionsjacke am Hals enger, denn es war frischer hier draußen als erwartet, und warf einen Blick auf die Uhr.

Die große Hausübergabe lief seit einer Stunde und sie war gespannt wie ein Flitzebogen, wie ihre Kunstwerke bei den Eigentümern ankamen. Heute Nacht gegen ein Uhr war sie fertig geworden, direkt nach Hause gefahren und wie tot ins Bett gefallen.

Jeden Gedanken an Matt McKenzie vermeidend, hatte sie den Tag entspannt mit einer Dusche, reichlich Kaffee und einer Shoppingtour im Internet begonnen. Sie freute sich schon auf die neuen frühlingshaften Kleider und noch mehr auf die Aquarellfarben, die sie erworben hatte.

Ein letzter Blick auf ihre Funktionsuhr und sie setzte sich langsam in Bewegung. Dass sie sich mit Matt überworfen hatte, hieß ja nicht, dass sie deshalb mit dem Laufen aufhören musste. Aus diesem Grund hatte sie sich gleich ein neues Joggingoutfit mitbestellt.

Entspannt lief sie die Wege entlang, grüßte hie und da einen Passanten und spürte, wie der restliche Stress des gestrigen Tages von ihr abfiel. Langsam steigerte sie das Tempo, Schweißtropfen bildeten sich auf ihrer Stirn und rannen ihre Schläfe hinab. Sie konzentrierte sich auf ihre Atmung und setzte automatisch einen Fuß vor den anderen.

Vor dem *Coffee Time Cottage* blieb sie stehen und beugte sich, die Hände in die Seiten gestemmt, außer Atem nach vorne. Ihr Shirt war vom Schweiß patschnass und sie schnappte japsend nach Luft. Das Laufen war eine Wohltat, doch der gestrige Tag steckte ihr noch in den Knochen.

Sie wankte zu der kleinen Bank im Vorgarten hinüber und setzte sich. Mit einem Seufzer schloss sie die Augen und lauschte auf das Vogelgezwitscher in den Bäumen über ihr. Eine leichte Brise spielte mit ihren Locken und das Zittern in ihren Schenkeln ließ nach.

Ein Auto hielt am Fahrbahnrand und sie schaute verstohlen hin.

James Ferguson stieg aus und umrundete den Wagen, um die Heckklappe zu öffnen.

Sie hatte zwei Möglichkeiten. Entweder blieb sie ganz ruhig sitzen und hoffte, dass er sie nicht entdeckte, oder sie begrüßte ihn. Nummer eins war verlockend, doch die Höflichkeit siegte.

Auf ihren Gruß hin, drehte er seinen Kopf ruckartig zu ihr um. Als Antwort nickte er bloß und wandte sich ab.

»Was für ein unfreundlicher Stoffel«, murmelte sie und schnaufte erschrocken, als er sich zu ihr umdrehte.

»Was hast du gesagt?«, fuhr er sie an.

Sie riss unschuldig die Augen auf. »Ich? Nichts.«

Er starrte sie an, drehte ab, zögerte und wechselte erneut die Richtung.

Mit Schrecken sah sie, dass er direkt auf sie zuhielt. Dem Fluchtreflex zu widerstehen und auf der Bank sitzen zu bleiben, bedeutete angesichts seiner Miene eine immense Kraftanstrengung.

Dicht vor ihr blieb er stehen. Mit grimmigem Gesichtsausdruck schaute er auf sie herab. »Was willst du überhaupt in Heaven Oaks?«

Der Zorn in seiner Stimme wirkte wie eine kalte Dusche und im ersten Moment blieb ihr regelrecht die Luft weg. »Hat es dir die Sprache verschlagen?«, hakte er unwirsch nach.

»Warum sind Sie dermaßen feindselig mir gegenüber?«, antwortete sie mit einer Gegenfrage. »Ich habe Ihnen nicht das Geringste getan.«

»Das geht dich nichts an«, blaffte er zurück. »Beantworte meine Frage.«

Jetzt reichte es ihr. Gestern das Theater mit Matt, der Anschlag im *Kelly Haus* und letztens die tote Ratte. *Haben die hier alle einen Vollknall?* Sie stand auf, denn sitzend war sie im Nachteil. Obwohl sie immer noch zu ihm aufschauen musste, fühlte sie sich sofort sicherer. »Was ich in Heaven Oaks suche oder mache, geht Sie einen feuchten Dreck an«, fauchte sie. Einige Menschen in diesem Ort hatten einen katastrophalen Einfluss auf sie, oder, besser gesagt, auf ihr Benehmen.

»Mäßige deinen Ton«, knurrte er.

»Da redet der Richtige«, gab sie schlagfertig zurück. Das war normalerweise nicht ihre Stärke, deshalb klopfte sie sich insgeheim im Geiste selbst auf die Schulter.

»Ich will dich hier nicht haben«, warf er ihr an den Kopf.

»Das ist ein freies Land und mir ist nicht bekannt, dass diese Stadt Ihr Privatbesitz ist.«

»Deine Mutter ist aus guten Gründen von hier abgehauen. Du hast hier ebenso wenig verloren wie sie.« Er stand mit geballten Fäusten vor ihr, funkelte sie zornbebend an.

Sie wäre gerne einen Schritt zurückgewichen, doch direkt hinter ihr befand sich die Bank und drückte in ihre Kniekehlen. »Meine Mutter ist tot«, sagte sie mit zitternder Stimme und holte tief Luft. »Und so, wie Sie sich aufführen, frage ich mich, was Sie mit ihrem Verschwinden vor fast dreißig Jahren zu tun haben.«

Er beugte sich nach vorne, brachte sein Gesicht direkt vor ihres und fauchte: »Sie ist schuld am Tod meines besten Freundes.«

Caitlin wollte zurückweichen und plumpste mit dem Hintern auf die Bank. »Ich bin nicht schuld am Tod meines Vaters«, hauchte sie.

Er sprang regelrecht von ihr weg. Sein zuvor vor Empörung puterrotes Gesicht wurde leichenblass. »Was willst du damit sagen?«

»James Ferguson, lass das Mädel in Ruhe!« Norma Winterapple stand, die Hände in die Hüften gestemmt, am Gehweg und taxierte den aufgebrachten Mann mit kritischem Blick.

Er holte Luft, als wollte er etwas sagen, doch augenscheinlich verwarf er es wieder. Mit einer wegwerfenden Handbewegung in Richtung Caitlin drehte er sich um und stapfte zu seinem Auto. Ehe er einsteigen konnte, stoppte ihn Normas Stimme.

»Wir beide sprechen uns noch, James«, rief sie ihm zu, erntete aber keine Reaktion von ihm. Die Köchin des Diners eilte zu Caitlin und setzte sich zu ihr auf die Bank. »Bist du okay?«

Caitlin nickte. »Er war ein Freund meines Dads?«

»Na ja.« Norma wiegte den Kopf hin und her. »Das behauptet er, seit Peter tot ist. Dabei hat der ihm bloß Nachhilfe gegeben.«

»Seit ich in Heaven Oaks bin, ist dieser Kerl unhöflich, wenn nicht gar hundsgemein zu mir.«

»Ignorier den starrsinnigen Deppen am besten«, riet ihr Norma und stand auf. »Ich muss ins Diner. Sehen wir uns später?«

»Ja, ich treffe mich in einer Stunde mit Charlene dort. Sie will mir erzählen, wie die Hausübergabe gelaufen ist.«

Caitlin setzte sich gerade an den üblichen Tisch der Crew, als Charlene ins Diner wirbelte. Wie der geölte Blitz rutschte ihre Freundin auf die Bank ihr gegenüber und strahlte dabei wie ein Honigkuchenpferd. Sie drückte ihre Brille am Nasenrücken ein wenig hoch und trommelte dann aufgeregt mit den Fingerkuppen auf den Tisch.

»Ich sehe schon, es lief hervorragend.« Caitlin lachte erfreut.

»Oh nein! Viel besser«, juchzte ihre Freundin. »Es war echt bombig.« Aufgekratzt winkte sie Millicent, die sofort herbeieilte. »Der heutige Tag schreit förmlich nach Prosecco.« Charlene lachte übermütig. »Dazu hätte ich gerne einen Burger mit Süßkartoffelpommes.«

»Nette Mischung.« Caitlin feixte. »Ich nehme dasselbe.«

»Ihr habt etwas zu feiern. Dann gehe ich davon aus, dass die Hausübergabe ein voller Erfolg war«, stellte Millicent folgerichtig fest.

»Die Kellys sind begeistert. Dein Wandbild im Spielzimmer hat sie völlig aus den Latschen gehauen.«

Caitlin verschränkte die Hände und warf einen dankbaren Blick in Richtung Himmel. »Puh, mir fällt ein Gebirge vom Herzen.«

»Die passenden Themenbilder in den Kinderzimmern waren das Tüpfelchen auf dem i. Die Familie ist rundum glücklich«, berichtete Charlene. »Dazu kommt, dass die Raumaufteilung praktisch ist. Die Herrin des Hauses ist von ihrer neuen Küche total begeistert.«

»Was wiederum Jeff freuen wird«, ergänzte Millicent. »Ich gebe die Bestellung auf und bringe euer Prickelwasser.« Die Dinerlady eilte davon und Charlene zückte ihr Handy.

»Es kommt noch besser«, frohlockte sie und wischte auf dem Display herum. »Ich habe die Bilder bei Instagram hochgeladen. Die Likes schießen buchstäblich durch die Decke.«

»Im Ernst? Lass sehen.«

»Innerhalb von zwei Stunden satte vierhundert Herzen und jede Menge neue Follower.« Sie hielt Caitlin ihr Mobiltelefon unter die Nase und lachte, als sie ihr verblüfftes Gesicht sah. »Eine Followerin ist die absolute Krönung.« Völlig aufgedreht legte Charlene das Gerät auf den Tisch und hob in einer Siegerpose beide Arme in die Luft. »Beth Baker folgt mir auf Instagram.«

Caitlin schaute sie mit großen fragenden Augen an.

»Du kennst sie nicht?« Charlenes Arme sanken mitsamt der Schultern hinab und das Kopfschütteln hatte etwas Mitleidiges an sich.

Millicent brachte zwei Gläser, schenkte den Prosecco ein und stellte die Flasche auf den Tisch. »Die lasse ich euch gleich da.«

»Hervorragende Idee«, pflichtete ihr Charlene bei und griff sofort nach ihrem Sektglas, um Caitlin zuzuprosten. »Auf uns!«

Mit einem leisen Klirren stießen sie an und genossen dann den fruchtig-prickelnden Geschmack.

»Jetzt könntest du mir etwas über, wie hieß sie gleich, erzählen.« Gespannt schaute Caitlin ihre Freundin an.

»Ihr Name ist Beth Baker«, wiederholte Charlene. »Sie ist eine bekannte Einrichtungsbloggerin oder eher Influencerin. Diese Frau hat fast eine Million Follower.«

»Ich höre heute zum ersten Mal von ihr, was allerdings nichts heißen soll. Meinen Account nutze ich wenig.«

»Was sich schleunigst ändern muss.«

»Warum denn das?«

Charlene hob die Augenbrauen und starrte kurz zur Decke. »Du bist Künstlerin und möchtest deine Werke verkaufen. Das funktioniert nicht ohne Marketing und das macht man heutzutage eben über Social Media.«

»Gut, dass ich das jetzt auch weiß.«

Charlene schaute wieder auf ihr Handy, tippte auf das Nachrichtensymbol und riss die Augen weit auf. »Sie hat mir geschrieben.«

»Was will sie?« Neugierig linste Caitlin auf den Bildschirm.

»Sie möchte mehr über die unbekannte Künstlerin wissen.«

»So, ihr zwei Hübschen. Hier sind eure Burger.« Geschickt servierte Millicent das Essen.

Andächtig wedelte sich Caitlin den Duft zu. »Ich merke jetzt erst, was für einen gigantischen Hunger ich habe.«

»Wie ich gehört habe, hast du die halbe Nacht an deinem Bild gearbeitet.« Millicent tätschelte ihr die Schulter. »Wenn wir herausfinden, wer das war, wird derjenige geteert und gefedert aus der Stadt gejagt.«

»Ihr wisst schon davon?«

Darauf gab ihr Millicent keine Antwort, sondern schaute sie nur vielsagend an, zwinkerte ihr zu und ging zum nächsten Tisch, um eine Bestellung aufzunehmen.

»Betrachte das *Heaven Diner* als Informationsschaltzentrale unserer Stadt«, klärte Charlene sie auf. »Jeder erzählt den Damen sofort den neuesten Tratsch.«

»Vor ihnen gibt es also keinerlei Geheimnisse.« Caitlin lächelte, dachte aber insgeheim an ihre Grandma und ihre heutige Begegnung mit James Ferguson. Gab es noch mehr Informationen, die sie über die drei Ladys in Erfahrung bringen konnte?

»Nicht wirklich.« Charlene zeigte auf ihr Handy. »Was soll ich Beth antworten?«

»Dass ich eine Künstlerin bin, die versucht in die Fußstapfen ihrer Grandma zu treten, ohne die eigene Identität zu verlieren.«

»Wow! Das hast du jetzt aus dem Stegreif formuliert?«

»Nein, darüber habe ich gestern nachgedacht, als ich das Wandbild gerettet habe.«

Charlene griff über den Tisch hinweg nach Caitlins Hand und drückte sie, bevor sie den vorgegebenen Satz ins Handy tippte.

»Wir sollten essen. Unsere Burger werden eiskalt, während wir quatschen und ich für meinen Teil sogar verhungere.«

Gesagt, getan. Sie futterten mit großem Appetit ihre Portionen in Nullkommanichts weg und tranken dazu ihren Prosecco.

Charlene tippte nebenbei eifrig Nachrichten und strahlte dabei bis über beide Ohren.

Im Diner herrschte zwischenzeitlich ein reges Kommen und Gehen. Die Gäste begrüßten sich, tratschten miteinander und lachten fröhlich.

Charlene, die scheinbar Gott und die Welt in Heaven Oaks kannte, winkte dem ein oder anderen freundlich zu.

Caitlin beobachtete alles und ein unerträgliches Gefühl der Einsamkeit überkam sie. Sie bezweifelte, jemals so zu einer Gemeinschaft zu gehören, wie es bei Charlene der Fall war.

Ich werde mein Leben lang die Beobachterin am Rande sein, übermannte sie eine Welle des Selbstmitleids.

»Ich hoffe, dass ihr beide bald miteinander über diese leidige Sache redet und sie aus der Welt schafft. Ich wünsche mir, dass ihr euch wieder vertragt und doch ein Paar werdet.«

Sie schaute ihre Freundin hilflos an. »Entschuldige, ich war in Gedanken und habe nicht zugehört.«

»Ich rede von dir und Matt«, fing Charlene an und verstummte, als Caitlin kopfschüttelnd die Hand hob.

»Lass es bitte. Dieses Thema ist für mich abgehakt. Ich werde darüber nicht mehr sprechen.« Ihr Tonfall ließ keine Diskussion zu.

»Bist du dir absolut sicher?«

»Oh ja. Mir reicht der ständige Ärger, den ich hier habe. Die tote Ratte, persönliche Angriffe der dämlichen Lorena, der Anschlag auf mein Wandbild und die falschen Anschuldigungen von Matt.«

»Verdruss ohne Ende. Dass er etwas mit der dummen Nuss hat, glaube ich allerdings nicht.«

Caitlin zuckte mit den Schultern. »Es ist mir egal. Seine Aussagen zu dieser Farbattacke sind ausschlaggebend.«

»Das war scheiße.« Charlene schenkte ihnen Prosecco nach. »Deshalb lassen wir beide es uns jetzt trotzdem gut gehen.«

Kapitel 15

Matt saß am nächsten Morgen beim Frühstück im Diner und Chewie machte es sich unter seinem Tisch bequem. Sie hatten gestern schon hier gesessen und die Übergabe des Hauses gefeiert. Allerdings ohne Caitlin.

Sie hatte sich bei seinem Eintreffen von den Freunden verabschiedet und ihn dabei geflissentlich übersehen.

Er schaute auf den leeren Platz an seiner Seite. Sie fehlte ihm, wie er sich eingestehen musste. Die morgendliche Joggingrunde hatte er heute nur halbherzig hinter sich gebracht. Sein Hund, der sich vor ihrem Haus hingesetzt hatte, um auf sie zu warten, war ihm auch keine große Hilfe gewesen. Normalerweise würde er jetzt mit ihr über das Hausprojekt, Bilder oder die aktuellen Nachrichten sprechen.

»James Ferguson ist ein Stoffel der ersten Güte«, ertönte Norma Winterapples barsche Stimme. »Wenn ich noch einmal mitbekomme, dass er auf Caitlin losgeht, stampfe ich ihn persönlich ein. Er hat sie richtiggehend bedroht.«

Matt hob den Kopf und schaute zu den drei Ladys hinüber. Da er momentan der einzige Gast war, hatten sie sich an einem Tisch unweit der Küche zusammengesetzt. Ihnen war offenbar nicht klar, dass er hier hinten jedes Wort verstand, was dem dezenten Stimmvolumen der Grazien geschuldet war.

»Ich verstehe nicht, was er damit bezweckt«, wunderte sich Millicent.

»Er hat ihr vorgeworfen, dass ihre Mutter schuld am Tod seines besten Freundes war«, erzählte Norma.

»Amelia war schwanger, als sie Heaven Oaks verlassen hat. Lucinda war immer der Meinung, dass Peter der Vater war«, erinnerte Millicent die Freundinnen. »Als Peter aus Chicago zurückkam, war er zwar fix und fertig, aber deshalb kann man die Schuld an seinem Ableben kaum einer Schwangeren anlasten. Denkt daran, es wurde nie abschließend geklärt, ob es ein Unfall war.«

Prudence lachte höhnisch. »James war nie ein Freund von Peter. Mein Neffe war ein hochintelligenter Medizinstudent und deshalb für ihn einfach nur ein Streber.«

»Soweit ich mich erinnere, hatte James während der Schulzeit sogar Nachhilfe bei ihm.« Norma überlegte kurz. »Außerdem gab es ein paar unangenehme Zwischenfälle, bei denen Peter von dieser Gang gemobbt wurde.«

Millicent rührte Zucker in ihren Kaffee und ließ urplötzlich den Löffel los. »Gab es da nicht ein Gerücht, dass James versucht hätte, ihm Amelia auszuspannen?«

»Er hat damals jedes Mädchen rumgekriegt«, erzählte Prudence. »Ich weiß, dass Peter ihn immer wahnsinnig cool fand, ihn aber plötzlich nicht mal mehr grüßte.«

»Was, wenn Amelia doch auf ihn hereingefallen ist?«, stellte Norma unvermittelt in den Raum.

Millicent schlug die Hände zusammen. »Du denkst, er hat sie verführt und sie hat deshalb die Beziehung zu Peter beendet?«

»Das würde erklären, warum James Caitlin nicht hier in Heaven Oaks haben möchte. Immerhin war er damals schon verheiratet und hatte einen Sohn«, mutmaßte Norma und schaute auf die Uhr. »Ich muss zurück in die Küche.«

Matt saß wie vom Donner gerührt auf seinem Platz. Er widerstand mit Mühe der Versuchung, zu den Ladys hinüberzugehen, um das Thema genauer zu erörtern.

James Ferguson war, seit er denken konnte, ein Eigenbrötler gewesen. Nachdem ihn seine Frau verlassen hatte, musste er sich allein um seinen Sohn kümmern. Der arme Jeff hatte es mit seinem Dad nicht leicht. Matts Mom hatte sich häufig seiner erbarmt und ihn unter ihre Fittiche genommen.

Soll ich Jeff darauf ansprechen oder wecke ich damit womöglich nur schlafende Hunde? Hatte Caitlin Kenntnis davon oder vielleicht sollte er besser fragen, wie viel wusste sie?

Und wenn sie es wusste, warum hat sie mir nichts erzählt, meldete sich seine nervtötende innere Stimme zu Wort.

Geistesabwesend aß er fertig und schlenderte dann hinüber zur Theke, um zu bezahlen.

»Schade, dass du heute allein hier warst«, stichelte Millicent, die wohl schon von seinem Streit mit Caitlin erfahren hatte.

»Die anderen kommen bestimmt auch wieder«, antwortete er und fügte hinzu: »Es war trotzdem ein sehr informatives Frühstück. Danke.«

Er rief Chewie, der schon in Richtung Leckerlidose schlich, zu sich, und winkte der mit offenem Mund dastehenden Millicent. Ihr wurde wohl soeben klar, dass er das vorherige Gespräch gehört haben musste. Mit einem breiten Grinsen verließ er das *Heaven Diner.*

»Mist«, fluchte Caitlin und zog das Handy aus der Jackentasche, schaute auf das Display und meldete sich. »Hi, Charlene.« Mit dem Smartphone am Ohr bückte sie sich nach dem Autoschlüssel, der ihr hinuntergefallen war und lauschte gleichzeitig der aufgeregten Stimme ihrer Freundin.

»Hi Caitlin. Du wirst es nicht glauben«, zwitscherte Charlene. »Beth Baker hat mich angerufen!«

»Das ist ja cool«, antwortete sie und öffnete zugleich die Heckklappe. Ächzend hob sie den schweren Einkaufskorb aus dem Wagen. »Ich komme gerade vom Einkaufen nach Hause und lade aus.« Sie knallte die Hecktür zu. »Sorry, aber ich habe dich nicht verstanden.«

»Beth meinte, du könntest eine komplette Kollektion in diesem Stil herausgeben«, wiederholte Charlene das Gesagte. »Es gibt eine Plattform für Künstler, über die man dann weltweit verkaufen kann.«

Die Haustür stand zu ihrem Glück, wie meist, offen und Caitlin konnte direkt die Treppen zu ihrer Wohnung hochsteigen.

»Das ist eine Klasseidee. Ich frage mich nur, was dann alles zu einer Kollektion gehört und wie ich es ausarbeiten kann. Wenn es die Möglichkeit gibt, aus einer Zeichnung mehr, als nur eine Tapete, drucken zu lassen, wäre das genial.« Sie stellte ihren Korb ab und fischte darin nach dem Schlüssel.

»Ich stöbere gerade auf dieser Internetseite«, erklärte Charlene eifrig. »Da gibt es vom Sofakissen über Decken und Kissen bis zum Duschvorhang alles.«

»Das muss ich mir nachher gleich mal anschauen.« Sie stellte den Korb ab und fischte in ihrer Handtasche nach dem Wohnungsschlüssel.

»Aber das Beste kommt noch«, frohlockte Charlene. »Beth schlägt dir eine Kooperation vor und wünscht sich eine Bettwäsche im Naturdesign.«

Ruckartig richtete sie sich auf. »Wie bitte? Wie genial ist das denn?«

Die Antwort ihrer Freundin bestand aus einem fröhlichen Lachen.

Caitlin sah regelrecht vor sich, wie Charlene aufgeregt hin und her hüpfte. Mit ziemlicher Sicherheit rückte sie dabei permanent ihre Brille gerade und zupfte an ihren Halsketten, wenn sie nicht wie wild mit der freien Hand gestikulierte. Der Ehrlichkeit halber musste sie zugeben, dass die Aufregung direkt auf sie übersprang. Welche unbekannte Künstlerin bekam schon so eine Anfrage von einer erfolgreichen Influencerin?

Sie sperrte auf und stutzte. Jemand hatte ein Kuvert unter der Tür hindurchgeschoben. Sie hob es auf, drehte und wendete es, doch sie konnte weder eine Empfängeranschrift noch einen Absender erkennen. »Seltsam«, murmelte sie.

»Was soll daran seltsam sein?«, erwiderte Charlene mit begeisterter Stimme.

»Nein, nicht das Angebot. Ich habe Post und muss erstmal schauen, von welchem geheimnisvollen Verehrer ich einen Liebesbrief bekommen habe«, antwortete sie, warf den Brief in den Korb und schnappte sich diesen.

Sie trat in ihre Wohnung ein und stapfte direkt in die Küche, nachdem sie die Wohnungstür mit dem Hintern zugedrückt hatte. Mit einem Ächzen hievte sie dort ihren Einkauf auf die Kücheninsel.

»Matt und Douglas kommen gerade«, informierte Charlene sie. »Ich muss ihnen das gleich erzählen.«

Caitlin versuchte, den kleinen Stich in ihrem Herzen tunlichst zu ignorieren. »Dann will ich dich nicht länger aufhalten.« Neugierig riss sie das Kuvert auf, zog den Brief heraus und entfaltete ihn. »Ach du Scheiße!«, krächzte sie, wankte zum nächsten Stuhl und sank darauf nieder.

»Was ist los?«, fragte ihre Freundin. »Schlechte Nachrichten?«

Es dauerte eine gefühlte Ewigkeit, bis sie imstande war, zu antworten: »Charlene, jemand hat mir einen Drohbrief geschickt.« Bei dem lauten Entsetzensschrei, der aus dem Handy tönte, riss sie es automatisch vom Ohr weg. »Woher soll ich wissen, wer das war? Es steht kein Absender drauf.«

Sie schwieg, starrte abwechselnd den Brief und ihre zitternde Hand an, die ihn hielt und lauschte dabei der hysterischen Stimme der Freundin, verstand aber kein Wort davon. Sie blickte unverwandt auf die offenbar aus einer Zeitschrift ausgeschnittenen Buchstaben. »Verschwinde aus unserer Stadt, sonst passiert dir etwas«, las sie laut vor.

»Ich rufe sofort den Sheriff an«, rief Charlene.

Caitlin schüttelte vehement den Kopf. »Nein, ich will auf keinen Fall die Polizei einschalten.«

Es klingelte Sturm und Caitlin hätte fast die Tasse mit dem Tee, den sie frisch aufgebrüht hatte, fallen lassen. Mit ziemlicher Sicherheit stand Charlene vor ihrer Tür, um sie davon zu überzeugen, dass sie die Behörden involvieren sollte.

Allein der Gedanke daran ließ den Tag wiederaufleben, an dem die beiden Uniformierten ihr die Todesnachricht überbracht hatten. Bei der Erinnerung an dieses Trauma lief es ihr eiskalt über den Rücken, während sich zeitgleich kleine Schweißtropfen auf ihrer Stirn bildeten.

Es war ihr völlig egal, ob sie damit ein Risiko einging, doch sie wollte in ihrer Wohnung keine Polizei haben. Es war ja nicht einmal gesagt, dass sie in Gefahr schwebte.

»Es handelt sich bestimmt um einen saublöden Streich. Genau wie die tote Ratte«, redete sie sich selbst Mut zu.

Die Klingel schlug erneut an.

»Ich komme ja schon.« Sie schritt zur Tür und öffnete.

»Bist du von allen guten Geistern verlassen?«, fuhr Matt sie zornig an. »Du kannst doch nicht aufmachen, ohne dich zu vergewissern, wer dort draußen steht.«

»Jetzt weiß ich es und mache wieder zu«, gab sie zurück und machte Anstalten, ihm die Tür vor der Nase zuzuschlagen. Sie war zu langsam, denn er hatte ihre Absicht erkannt und blitzschnell einen Fuß dazwischen gestellt.

Mit erhobenem Arm drückte er gegen die Tür und drängte sich herein.

»Verschwinde, Matt McKenzie. Du hast hier nichts zu suchen.«

Er ging gar nicht darauf ein, sondern fuhr sie barsch an. »Zeig mir den Brief.«

»Der geht dich einen feuchten Kehricht an.«

Matt ignorierte sie und schob sich an ihr vorbei. Mit langen Schritten marschierte er zum Esstisch, auf dem der Brief neben dem Kuvert lag. Mit spitzen Fingern nahm er ihn in die Hand und musterte ihn mit gerunzelter Stirn. »Lass uns bitte die Polizei rufen. Der Sheriff wird wissen, was zu tun ist.«

»Nein!« Lauter als nötig kam ihre Gegenrede.

Fassungslos hielt er ihr das Schreiben hin. »Das hier ist eine Drohung. Das nimmt man nicht auf die leichte Schulter.«

»Ich nehme das sehr ernst.« Sie hob ihr Kinn an und schaute ihm in die Augen. »Und komme zu dem Schluss, dass ich in Heaven Oaks nicht willkommen bin.«

»Unsinn« widersprach er ihr und warf den Brief zurück auf den Tisch.

Sie atmete tief ein, versuchte die Wut, die in ihr aufstieg wie Lava in einem Vulkan, zu unterdrücken. Vergebens. »Mir wird eine tote Ratte vor die Tür gelegt«, zischte sie ihn zornig an. »Mein Wandbild, das ich in stundenlanger Arbeit geschaffen habe, wird mutwillig zerstört.«

Er öffnete den Mund, um etwas zu sagen, doch sie hob abwehrend die Hand, ballte sie zur Faust, die sie wütend vor ihm schüttelte.

»Du selbst beschuldigst mich, dies verbrochen zu haben, deine obergeile Loverin, Lorena, greift mich auf der Straße verbal an.« Sie holte tief Luft und atmete langsam aus, um nicht zu hyperventilieren. »James Ferguson beschimpft mich vor dem Haus meiner Grandma und zu guter Letzt finde ich diesen Wisch, den mir irgendein Arschloch unter der Tür durchgeschoben hat.« Sie stemmte die Hände in die Hüften und funkelte ihn an. »Und dein einziger Kommentar dazu lautet Unsinn.«

Er lachte spöttisch auf. »Millicent, Norma und Prudence sind glücklich, dass du hier bist. Charlene hat dich sofort unter ihre Fittiche genommen und sich mit dir angefreundet. Douglas und Jeff freuen sich, mit dir eine außergewöhnliche Künstlerin in unserem Team zu haben. Und über meine Gefühle will ich noch nicht einmal sprechen.«

Sie kniff die Augen zusammen. Es war unfair von ihm, mit der Erwähnung der Freunde ihren Thesen den Grund zu entziehen. »Kann es sein, dass du derjenige bist, der mich vertreiben will?«, schoss sie mit ihrer nächsten Aussage gründlich übers Ziel hinaus.

»Du hast doch einen Knall«, knurrte er. »Wie kannst du es wagen, mir so etwas zu unterstellen.« Er deutete bei seinen Worten auf den Drohbrief.

»Dann weißt du jetzt, wie es ist, wenn man unschuldig einer Untat bezichtigt wird«, schlug sie erbarmlos zurück.

»Das war ein Fehler. Verzeih mir bitte.«

Mit aufgerissenen Augen starrte sie ihn. »Warum sollte ich, Matt?«

»Weil ich dich liebe?«, sagte er schlicht.

Ihr blieb schier die Luft weg. »Verarsch mich nicht.«

In seinem Blick kämpften Frustration, Lust und Ärger um die Oberhand. Mit einem dumpfen Knurren trat er auf sie zu, umfasste ihr Gesicht mit beiden Händen und presste seine Lippen auf die ihren.

Völlig überrumpelt hielt sie im ersten Moment still, doch die Empfindungen, die auf sie einstürmten, übermannten sie. Um Halt in einer unversehens schwankenden Welt zu finden, griff sie nach seinen Oberarmen.

Er verschlang sie regelrecht. Wilde, teuflische Leidenschaft schien ihn anzutreiben. Sein Mund eroberte sie erbarmungslos und seine Hände gingen auf Wanderschaft, erspürten die Haut unter ihrer Bluse.

Ihr Denken setzte komplett aus, als er sie unvermittelt hochhob und in ihr Schlafzimmer trug.

Er streifte ihr die Kleider vom Leib und sie stand regelrecht in Flammen.

Sie verwehrte sich nicht dagegen, sondern umschlang seinen Nacken, um ihn dichter zu sich heranzuziehen. Überwältigt von ihren Gefühlen, fast wie betäubt, krallten sich ihre Hände in die Laken, als er sie aufs Bett legte. Ihr Liebesspiel fand ihren ureigenen harten Rhythmus, der sie beide regelrecht den Verstand verlieren ließ.

Schließlich sank Matt auf ihr zusammen, presste sie aber unbeirrt weiter an sich.

Während die Vögel draußen in der Eiche zwitscherten, wandte er den Kopf, drückte ihr einen zarten Kuss in die Halsbeuge.

»Ich war grob«, murmelte er, doch sie schmiegte sich nur wortlos an ihn.

Dies sollte ihm Antwort genug sein.

»Warum weigerst du dich, die Polizei zu Hilfe zu holen?«, fragte er leise.

Sie runzelte die Stirn. *Weshalb zerstört er diesen zauberhaften Moment?* »Muss ich einen Grund dafür haben?«

»Jeder normale Mensch, der einen Drohbrief erhält, wendet sich damit an die Behörden.«

Sie rückte von ihm ab, nicht nur körperlich, sondern auch seelisch. »Dann gehöre ich in deinen Augen nicht in diese Kategorie Mensch«, stellte sie mit eisiger Stimme fest. »Das ist gut zu wissen.«

»So war das nicht gemeint.« Er versuchte, sie festzuhalten, doch sie rutschte schneller aus dem Bett, als er nach ihr greifen konnte.

Sie würdigte ihn keines Blickes, als sie sich in ihren Morgenmantel hüllte und das Schlafzimmer verließ.

»Verdammter Mist«, fluchte er leise hinter ihr her.

Ein dumpfer Laut ertönte. Vermutlich schlug er mit der Faust auf das Kopfkissen, ehe er ihr, nackt wie Gott ihn geschaffen hatte, folgte.

»Was soll ich nur mit dir anfangen?«, murmelte er, als er direkt vor ihr stehen blieb.

Sie stand mit dem Rücken zur Kücheninsel und verschränkte die Arme trotzig vor der Brust. »Mach dir darüber keine Gedanken. Ich komme bestens allein klar.«

»Das merke ich.« Er runzelte ärgerlich die Stirn. »Deshalb hast du auch einen Packen Probleme an der Backe.«

»Um meine Schwierigkeiten musst du dich nicht kümmern.«

Er drehte sich um, verschwand im Schlafzimmer und schlüpfte in seine Klamotten. Als er zu ihr zurückkam, war seine Enttäuschung fast greifbar.

»Du springst zwar mit mir ins Bett, aber du vertraust mir nicht«, sagte er nüchtern. »Mit deinen Sorgen wendest du dich eher an Millicent oder Charlene, ehe du auch nur im Entferntesten daran denkst, mich um Rat zu fragen.«

Sie wollte ihren Senf dazugeben, doch er schnitt ihr das Wort ab, bevor sie es ergreifen konnte.

»Warum bist du wirklich nach Heaven Oaks gekommen?«, fragte er sie.

Sie zögerte einen Moment. »Ich war auf der Suche nach meinen Wurzeln.«

Er lachte höhnisch auf. »Nicht einmal jetzt rückst du mit der Wahrheit heraus.«

»Was willst du denn wissen?« Frustriert wandte sie sich ab.

»Du suchst deinen leiblichen Vater.«

Schockiert drehte sie sich zu ihm um. »Wie kommst du darauf?«

»Ich habe meine eigenen Quellen. Du hast ja nicht genug Vertrauen in mich, um mich mit ins Boot zu holen.« Er wandte sich ab. »Ich gehe jetzt besser, bevor ich Dinge sage, die ich mir später selbst vorwerfen würde.«

Die Versuchung, die Hand nach ihm auszustrecken, war da, doch Caitlin widerstand ihr.

Kapitel 16

Matt hielt den digitalen Abstandsmesser an die Wand und notierte das Ergebnis auf dem vorläufigen Planentwurf. »Kommt Douglas später dazu, oder nehmen wir die Maße allein?«

Jeff kniete neben der Küchenspüle und prüfte die Platzierung der Leitungen. »Soweit ich weiß, versucht er, vorbeizuschauen. Er ist aber nicht sicher, ob er es schafft.« Er hockte sich auf die Fersen und schaute zu ihm hinüber. »Wenn wir die Spüle wieder an dieser Stelle einbauen, dann können wir die Zu- und Abwasserrohre hier belassen.«

Matt schlenderte zu ihm hin und nahm die Maße. »Direkt darüber kommt ein neues Fenster hin. Das passt ausgezeichnet zu einer Landhausspüle, wie Charlene sie eingeplant hat.«

Ächzend erhob sich Jeff und wischte sich die Hände an seiner Arbeitshose ab. »Dieses Haus wird zu einem Kleinod unserer Stadt.«

Er ignorierte die letzte Aussage. »Ich werde zwei Tage für den Plan benötigen. Einer von euch muss ihn mit Caitlin anschauen für den Fall, dass sie etwas ändern möchte.«

»Das ist dein Job, mein Freund.« Der Hüne streckte sich und prüfte die Decke. »Die ist abgehängt. Wenn wir das wegnehmen, bekommt der Raum zusätzlich Höhe.«

»Ich notiere es. Klärt es bitte mit ihr ab.«

Jeff wandte sich zu ihm um. »Was soll der Kindergarten?«

Er deutete mit seinen Händen wellenförmige Bewegungen an. »Wir sind momentan nicht so auf einer Wellenlänge.«

»Vereinfacht ausgedrückt: Du hast es verbockt.« Jeff schüttelte den Kopf und zeigte auf die Tür. »Ich will mir die Esszimmermöbel anschauen.«

Sie gingen miteinander in das angrenzende Zimmer, um die dort stehenden Möbel zu begutachten.

Jeff, der ein Faible für Antiquitäten hatte, bestaunte die hochwertigen Stücke. Prüfend fuhr er mit der Hand über die staubige Tischplatte.

»Kannst du sie aufbereiten?« Matts Finger glitt über eine Stuhllehne. »Scheint stabil zu sein.«

Jeff hockte sich kurzerhand hin und grinste. »Den ultimativen Test hat dieser Stuhl soeben bestanden.«

Matt reckte einen Daumen nach oben, sein Gesichtsausdruck verdunkelte sich allerdings. Er setzte sich seinem Freund gegenüber. »Können wir reden?«

»Du erwartest hoffentlich keine Ratschläge in Liebesdingen von mir?«

»Nein, es ist komplizierter.«

»Kann nicht sein.« Jeff lachte zuerst, doch angesichts Matts ernster Miene runzelte er die Stirn. »Was ist los?«

»Es geht um James. Er hat offenbar ein Problem mit Caitlin.«

»Mein Dad?« Jeff schaute ihn ungläubig an. »Sobald er schlechte Laune hat, ist er ziemlich unfreundlich. Und er hat so gut wie immer miese Laune. Das weiß jeder, der ihn kennt.«

»Sie sind sich hier vor dem Haus begegnet. Er hat ihr gesagt, dass sie aus Heaven Oaks verschwinden soll und hat ihr gedroht.«

Jeff blieb regelrecht der Mund offenstehen. »Hat sie dir das erzählt?«

Er schüttelte den Kopf. »Caitlin vertraut mir gar nichts an.« Den bitteren Unterton in seiner Stimme konnte er selbst nicht überhören. »Norma war Zeugin des Vorfalls.«

»Mein Dad hat ja schon mal einen Aussetzer, aber so etwas hat er noch nie gebracht.« Ratlos fuhr sich Jeff mit der Hand durch den Bart. »Er kennt sie nicht mal.«

»Ich habe gestern einem Gespräch unserer Diner-Ladys zugehört.«

»Du hast gelauscht?«

»Sagen wir mal so, sie waren nicht zu überhören.« Matt lehnte sich zurück. Er wusste nicht so recht, wo er anfangen sollte und rieb sich die Hände, ehe er loslegte. »Caitlins Mutter, Amelia, muss schwanger gewesen sein, als sie aus Heaven Oaks verschwand. Der Vater war ein Neffe von Prudence, der Peter geheißen hat. Er ist nach ihrem Verschwinden tödlich verunglückt.« Er machte eine kurze Pause und schaute Jeff prüfend an. »Dein Dad hat Caitlin vorgeworfen, dass ihre Mutter schuld am Tod seines Freundes gewesen sei. Prudence sagte, dass die Männer nie miteinander befreundet waren. Im Gegenteil, angeblich hat James versucht, diesem Peter die Freundin auszuspannen.« Matt holte tief Luft. »Laut den Damen besteht die Möglichkeit, dass er Erfolg hatte und er daher als Vater von Caitlin infrage kommt.«

»Was du da erzählst, ist doch gequirlte Scheiße«, brauste Jeff auf.

»Ich gebe nur weiter, was ich gehört habe. Eben weil ich es für besser halte, wenn du es von mir erfährst.«

Polternd stand Jeff auf. »Mein Dad kann ein richtiges Arschloch sein, aber ich glaube nicht, dass er meine Mom betrogen hat.«

»Ich habe dir einzig und allein erzählt, was ich gehört habe, und ich bitte dich, mit ihm zu reden. Er soll Caitlin in Ruhe lassen.«

Jeff blickte ihn grimmig an und Matt wurde wieder einmal bewusst, dass sein Freund zwar nur wenige Zentimeter größer, als er selbst war, aber dafür doppelt so breit. Mit so einem Mann legte man sich nicht an.

Die Tür ging auf und beide fuhren erschrocken herum.

Angesichts ihrer erzürnten Mienen hob Douglas die Hände. »Bin nur ich. Alles klar bei euch?«

»Wir haben bloß eine kleine Diskussion«, wiegelte Matt ab. »Nichts Dramatisches.«

»Er behauptet, dass mein Vater auch der von Caitlin Thompson ist und für diese Aussage würde ich ihm gerne die Fresse polieren«, widersprach Jeff ungewohnt deutlich. »Ich verschwinde jetzt lieber, bevor ich das in die Tat umsetze.« Er stapfte zornbebend zur Tür und drehte sich dort noch einmal um. »Ladet den Tisch und die Stühle ein und bringt es in meine Schreinerei.«

Krachend fiel die Tür hinter ihm ins Schloss.

Douglas zog die Augenbrauen hoch. »Was war das jetzt bitte?«

Matt stützte die Ellbogen auf den staubigen Tisch und rieb sich mit den Händen über das Gesicht. Sein Freund setzte sich schweigend auf Jeffs verwaisten Platz und wartete auf eine Erklärung. Mit einem Stoßseufzer erzählte ihm Matt die ganze Geschichte, von seinem Streit mit Caitlin bis zu den Enthüllungen der Diner-Ladys.

Caitlin klickte sich durch die Bilder einer Immobilienseite und fand zunehmend Gefallen an einem behaglichen Häuschen am Rande Chicagos. Die Anzeige preiste das frisch renovierte Gebäude als perfektes Zuhause für einen Singlehaushalt an. Ihr gefiel der großzügige offene Wohnraum mit der neuen Einbauküche und dem Erker. Ein Platz zum Entspannen und sich Wohlfühlen.

Sie zögerte, trank einen Schluck Kaffee und klappte den Laptop zu. Zurück in ihre Heimatstadt zu ziehen, hieß gleichzeitig aufgeben. Mit einem Seufzer massierte sie ihre

Nasenwurzel in der Hoffnung, die rasenden Kopfschmerzen loszuwerden, die sie seit gestern plagten.

Vielleicht sollte sie eine Pro-und-Contra-Liste anlegen, um herauszufinden, was die beste Lösung für ihr Dilemma war.

»Blödsinn«, murmelte sie.

All der Ärger, den sie hier hatte, wog keinen Vorteil auf. Ihr Blick richtete sich auf die offene Schlafzimmertür und das zerwühlte Bett. Ihr fehlte jeglicher Antrieb, um auch nur die einfachsten Hausfrauentätigkeiten in Angriff zu nehmen. In ihrem gammeligsten Jogginganzug, die Haare zu einem schlampigen Knoten gedreht, ungeschminkt und barfuß, ließ sie sich heute so richtig gehen.

Mit gerunzelter Stirn griff sie nach dem Laptop und öffnete ihn. Während der Computer wieder startete, holte sie sich ein Glas Wasser. Dann formulierte sie eine Nachricht an den Immobilienmakler.

Anschließend googelte sie nach Douglas Baufirma und notierte sich die E-Mail-Adresse. Bevor sie ihre Zelte hier abbrach, musste sie sich um das Haus ihrer Großmutter kümmern.

Lieber Douglas,

ich habe mich dazu entschlossen, Heaven Oaks den Rücken zu kehren, um nach Chicago zurückzuziehen.

Daher möchte ich dir das Coffee Time Cottage *zum Kauf anbieten und würde mich freuen, wenn du mir ein Preisangebot zukommen lässt.*

Viele Grüße, Caitlin

Tränen trübten ihren Blick, doch sie klickte tapfer auf Senden. Mit dieser Nachricht war ihre Niederlage amtlich.

Sie stand auf und ging hinüber zu ihrer Staffelei. Mit dem Finger fuhr sie die Linien des Hauses nach, das sie hier zu Papier gebracht hatte. Sie hatte sich dort wohnen und arbeiten sehen, doch das Schicksal hatte offenbar anderes mit ihr vor. Indem sie das Gebäude an Douglas verkaufte, gab sie womöglich einer Familie die Chance auf ein gemütliches Zuhause. Aus ihrem geplanten Atelier konnte ein Spielzimmer werden, in dem Kinderlachen erklang.

Zitternd atmete sie aus, wischte sich die Tränen hinfort und straffte die Schultern. Trübsal blasen brachte nichts, soviel war klar. Sie schlurfte ins Schlafzimmer, schüttelte dort das Bett aus und versuchte krampfhaft, nicht daran zu denken, was hier gestern geschehen war.

Sie hatte von Anfang an gewusst, dass es unklug war, Matt an sich heranzulassen, egal, wie schnell er ihr Herz schlagen ließ. Er hatte ihr seine Liebe gestanden und gleichzeitig Vertrauen eingefordert.

Wie kommt er überhaupt auf die Idee, ich würde meinen Vater suchen? Sie war hierhergekommen, um zu erfahren, warum ihre Mutter sie all die Jahre angelogen hatte. »Ich wollte wissen, weshalb der Beruf Künstlerin für Mom ein rotes Tuch gewesen war«, flüsterte sie und atmete tief ein. »Jetzt bin ich diesbezüglich um einiges schlauer.«

Caitlin trat ans Fenster, um es zum Lüften zu öffnen. Sonnenstrahlen, gefiltert durch das Laub der Eiche, trafen ihr Gesicht. Eine Horde Spatzen düste ob der Störung schimpfend davon und sie sah ihnen, mit einem Hauch von Lächeln auf den Lippen, hinterher.

Ein paar Passanten blieben am Gehweg stehen. Sie deuteten auf ein Auto und Caitlin beugte sich vor, um zu schauen, was da los war. Es dauerte einen Moment, bis sie begriff, dass es ihr Wagen war. Sie keuchte entsetzt auf.

Wie der Blitz raste sie zur Haustür, griff im Vorbeisausen nach ihrem auf der Kommode liegenden Schlüssel und eilte die Treppen hinab. Am Gehsteig angekommen, drängte sie sich durch die Schaulustigen und blieb fassungslos stehen. Unendliche Wut stieg in ihr auf.

Jeff durchquerte den großzügigen Wohnraum und stapfte weiter zur separaten Küche. »Dad?«, rief er. »Bist du zu Hause?«

»Was willst du?« In einem alten Unterhemd, eine Colaflasche in der Hand, stand sein Vater vor dem Kühlschrank und schaute grimmig.

Jeff lehnte sich gegen die Tür, verschränkte die Arme vor der Brust und musterte seinen Alten, wie er ihn insgeheim betitelte. Einen Eigenbrötler nannten ihn die Nachbarn und er stimmte ihnen da vollkommen zu. Immerhin hatte er fast seine gesamte Kindheit mit ihm verbracht. »Wir müssen reden«, sagte er lapidar.

James Blick ging hinüber zur Uhr an der Wand. »Hast du um diese Zeit keine Arbeit zu erledigen?«

»Darüber musst du dir keinerlei Gedanken machen. Ich bin mein eigener Chef.« Jeff stieß sich von der Tür ab und stellte sich direkt vor seinen Vater. »Warum hast du Caitlin Thompson bedroht?«

Der Alte lachte hämisch. »Ist sie damit zu dir gekrochen?«

»Nein, mir gegenüber hat sie kein Wort darüber verloren. Ich habe es von jemand anderem gehört.«

»Ich gehe davon aus, dass es Matt war. Der eingebildete Schnösel ist ja offenbar ihr Hengst.«

Übelkeit stieg in Jeff auf. Er hasste es, wenn sein Vater dermaßen ordinär über seine Freunde redete. »Es sollte dich weniger interessieren, von wem ich etwas erfahre.« Er beugte sich vor. »Wichtiger ist, was ich da zu hören bekomme.«

Unsicherheit schlich sich in James Fergusons faltige Züge. Er blieb seinem Sohn eine Antwort schuldig.

»Der Name Peter Carter sagt dir sicher etwas.«

Der Alte erbleichte. Mit einem ärgerlichen Knurren wandte er sich ab und stellte die Flasche in den Kühlschrank zurück. »Er war ein Freund.«

»Dem du die Frau ausgespannt hast?«

James wirbelte herum und hob die Hand, als ob er seinem Sohn eine Ohrfeige verpassen wollte. Der reagierte, stoppte sie in der Luft und hielt sie in seiner Pranke fest. »Die Zeiten, in denen du mich verprügeln konntest, sind vorbei«, knurrte er, drückte kurz zu und ließ die Hand wieder los. »Und jetzt wirst du mir Rede und Antwort stehen.«

James Ferguson massierte seine malträtierte Pfote und wich ein paar Schritte zurück. »Peter war ein elender Streber. Er hatte keine Freunde«, sagte er in gereiztem Ton. »Er wusste doch gar nicht, was er mit einer Braut wie Amelia anfangen sollte.«

Jeff lachte bitter. »Und da musstest du ihr auf die Sprünge helfen?«

James wich seinem Blick zwar aus, plusterte sich dann aber geradezu auf und prahlte: »Ich habe ihr halt gezeigt, wie es geht. Er hatte sie ja noch nicht einmal entjungfert.«

Es juckte Jeff regelrecht in den Fingern, den eigenen Vater zu schütteln, bis ihm Hören und Sehen verging.

»Es gab nur ein einziges Mal. Ich konnte nicht ahnen, dass die dumme Schlampe gleich schwanger wird und ihm den Laufpass gibt.«

»Sie wollte einem anderen Mann nicht dein Kind unterschieben? Wie böse von ihr.« Jeff lachte höhnisch. »Und meine Mutter saß mit mir hier zu Hause. Wusste sie davon? Ist sie deshalb verschwunden?«

»Er hat es ihr unter die Nase gerieben, als er aus Chicago zurückkam.« James ballte eine Faust. »Wegen der Lappalie hat sie einen Riesenaufstand geliefert und wollte mit dir abhauen.«

Jeff starrte auf die Fäuste seines Vaters. Er hatte sie oft genug zu spüren bekommen. »Ich vermute mal, du hast ihr eindrücklich gezeigt, dass du das nicht akzeptierst.«

Der Alte hob starrsinnig das Kinn. »Ich habe sie davon überzeugt, dass es gesünder ist, ohne dich zu verschwinden.«

»Du bist das größte Arschloch, das in Heaven Oaks herumläuft«, knurrte Jeff und widerstand dem Impuls, handgreiflich zu werden. »Peter Carter ist kurz darauf bei einem Unfall ums Leben gekommen. Was weißt du darüber?«

»Der Idiot wollte mich zur Rede stellen und hat seine Abreibung bekommen. Ich habe ihm klargemacht, dass er besser aus Heaven Oaks verschwindet. Dass er zu dämlich zum Auto fahren war, ist ja nicht meine Schuld.«

Jeff starrte den Alten an. Sein Leben lang hatte er unter seiner Fuchtel gelitten, und doch nie geahnt, welches Monster tatsächlich in ihm steckte. Schweigend wandte er sich ab, ging zur Tür und zögerte. Ohne sich umzudrehen, sagte er: »Ich halte es für besser, wenn du die Stadt verlässt.«

»Wer sollte mich dazu zwingen?« Sein Vater lachte höhnisch.

Wie der Blitz wirbelte Jeff herum und baute sich einen Lidschlag später vor dem Alten auf. »Ich werde das machen. Es reicht, wenn ich zur Polizei gehe und darum bitte, die Untersuchung im Todesfall von Peter Carter wiederaufzunehmen. Dazu werde ich Anzeige wegen des Farbanschlags auf unserer Baustelle erstatten, denn ich denke, dass das auch auf dein Konto geht.«

»Das kannst du nicht machen!«, jaulte James auf.

Jeff packte ihn an der Vorderseite seines Unterhemdes und zog ihn hoch, sodass sie Nase an Nase dastanden. »Ich kann und ich werde.« Er ließ ihn los, gab ihm einen Stoß und stapfte zurück zur Tür. »Und jetzt gehe ich zu meiner kleinen Schwester und versuche, ihr zu erklären, dass ihr Vater ein elender Drecksack ist.«

Kapitel 17

Caitlin lenkte ihren Wagen direkt zum Diner. *Ich werde dieses elende Dreckstück erwischen und ihr jedes einzelne Haar ausreißen*, nahm sich sie vor. Sie ignorierte die Blicke der anderen Verkehrsteilnehmer. Es war schwer genug, sich zurückzuhalten und nicht einfach das Gaspedal bis zum Anschlag durchzutreten, um schneller ans Ziel zu kommen. Nie im Leben hatte sie eine solch unbändige Wurt verspürt.

Ich werde ihr die Augen auskratzen und sie an die Fische verfüttern, schwor sie sich und bog in die Straße ein, in der das *Heaven Diner* stand.

Sie machte sich nicht erst die Mühe, den Wagen in eine Parklücke zu lenken, sondern blieb mitten auf der Fahrbahn stehen und sprang aus dem Auto.

Ein entgegenkommender Fahrer schaffte es gerade noch, mit quietschenden Reifen zu stoppen, bevor sie auf seiner Motorhaube landete.

Wie in einem schlechten Krimi hob Caitlin die Hand, um ihn durch bloße Willenskraft aufzuhalten, was ihm nur dank hervorragender Reflexe und gut gewarteter Bremsen, gelang.

Nicht weiter auf ihn achtend, lief sie zielstrebig ins Diner und stieß in der Tür direkt mit Millicent zusammen, die angelockt vom Aufruhr auf der Straße, in diesem Moment öffnen wollte.

»Caitlin!«, rief sie erschrocken aus. »Was ist passiert? Du bist ja ganz rot im Gesicht.«

»Ich zerspringe gleich vor Wut!«, schrie Caitlin erbost. »Wo ist Lorena?«

»Die hat erst später Dienst. Was willst du denn von ihr? Beruhig dich doch erst mal.«

»Ich werde ihr den elenden Kragen umdrehen und sie dann an die Krähen verfüttern! Und danach werde ich mir James Ferguson vornehmen.«

Erschrocken schlug Millicent die Hände zusammen. »Ach du meine Güte! Kindchen, reg dich nicht so auf. Das ist ungesund.«

»Ja, für die beiden.«

Norma erschien in der Küchentür. »Was ist denn hier für ein Aufstand?«

»Caitlin möchte James und Lorena ermorden«, klärte Millicent sie sofort auf.

»Bei Ersterem kam mir der Gedanke auch schon ein paarmal. Gibt es einen besonderen Anlass für solche

Gewaltfantasien?« Norma trocknete sich in aller Ruhe die Hände ab und musterte Caitlin.

Sie deutete nach draußen. »Schaut euch meinen Wagen an. Das kann nur einer von den beiden gewesen sein. Seit ich in Heaven Oaks bin, behandeln sie mich wie Dreck.«

Die Damen eilten zum Fenster und starrten auf das Auto, auf dessen Fahrerseite ein großer Schriftzug prangte: Verschwinde, du Hure!

Norma nötigte Caitlin, sich zu setzen, während Millicent los düste, um ihr ein Glas Wasser zu bringen. Gegen diese geballte großmütterliche Gewalt hatte sie keine Chance.

»Du denkst also, dass Lorena hinter dieser Tat steckt?«, fragte Norma ohne großes Drumherum.

»Sie feindet mich an, seit ich hier in Heaven Oaks bin.« Caitlin betrachtete ihre zitternden Hände. »Sie denkt anscheinend, dass ich ihr bei Matt im Wege stehe.«

»Es wäre mir neu, dass er Interesse an ihr hat«, bemerkte die Köchin in beruhigendem Ton.

»Ich bin ja sowieso bald weg«, jammerte Caitlin und schniefte.

»Warum denn das?« Erstaunt schaute Norma sie an.

»Weil ich es satt habe, angefeindet zu werden. Gestern erst habe ich einen Drohbrief erhalten und heute das da.« Sie zeigte mit dem Finger nach draußen, wo ihr Auto noch immer die Fahrbahn blockierte.

»Hast du Anzeige erstattet?«

Kleinlaut schüttelte sie den Kopf. »Ich will keinen Kontakt mit der Polizei haben.«

»Weil du in Wahrheit eine gesuchte Schwerverbrecherin bist?«

»Nein!« Schockiert hob sie ihr Kinn und stotterte: »Zwei Polizisten haben mir die Todesnachricht meiner Eltern überbracht. Ich will nicht daran erinnert werden.«

»Hier hast du ein Glas Wasser und eine Zimtschnecke.« Millicent stellte die Sachen auf den Tisch und bedeutete Norma mit stummen Lippenbewegungen, dass sie Hilfe gerufen hatte.

Caitlin ergriff dankbar das Getränk und nahm einen Schluck.

Norma schob das Gebäck direkt vor Caitlin hin. »Ein bisschen Nervennahrung. Iss das.«

»Mir ist gerade nicht danach«, wehrte sie ab. »Sag mir lieber, wo Lorena und James wohnen, damit ich mit den beiden abrechnen kann, bevor ich aus Heaven Oaks verschwinde.«

»Da ich keine Lust habe, Gebäckstücke mit Feilen zu backen, um dich aus dem Knast zu befreien, verrate ich dir das nicht«, beliebte Norma, trotz der angespannten Situation, zu scherzen.

»Ich will, dass mir die beiden ins Gesicht sagen, warum sie das gemacht haben.«

»Wir überlassen das der Polizei«, stellte Millicent klar. »Außerdem wird Matt gleich hier sein, und sich um dich kümmern.«

Caitlin richtete sich entsetzt auf. »Ich will ihn nicht sehen.«

»Zu spät«, meinte Norma und deutete zur Tür. »Da ist er schon.«

Sie sprang wütend auf. »Was soll der Mist?« Ohne die beiden Ladys auch nur eines Blickes zu würdigen, stapfte sie zornig zur Tür. Matt packte sie am Arm, als sie versuchte, sich an ihm vorbeizudrängeln.

»Verdammt, Caitlin, was ist passiert?« Er zeigte durch das Fenster auf ihren Wagen.

»Mir wurde erneut verdeutlicht, dass ich in diesem Kaff nichts zu suchen habe«, blaffte sie ihn an und guckte dabei strafend auf seine Hand, die ihren Oberarm fest im Griff hatte.

Sofort ließ er sie los, stellte sich ihr dafür direkt in den Weg. »Komm, setzen wir uns hin«, bat er sie. »Ich möchte mit dir reden.«

Sie schüttelte den Kopf und schaute mit tränenverhangenen Augen zu ihm auf. »Es gibt nichts mehr zu sagen. Ich werde meine Koffer packen und verschwinden. Das Maß ist einfach voll.«

»Douglas hat mich angerufen und mir von deiner Mail erzählt«, informierte er sie und man hörte ihm die Enttäuschung deutlich an.

Sein trauriger Tonfall gab ihr einen Stich ins Herz. »Es tut mir leid, Matt, aber es ist besser so. Ich ertrage die Anfeindungen hier nicht mehr.«

»Wir finden heraus, wer das war und wir ziehen ihn dafür zur Rechenschaft«, versprach er.

Sie schüttelte den Kopf, hob die Hand und schob ihn weg. Normalerweise hätte sie damit keine Chance gehabt, aber er seufzte, tat ihr den Gefallen und trat zur Seite. Hocherhobenen Hauptes schritt sie zur Tür und öffnete sie. Tief in ihrem Herzen wartete sie darauf, dass er sie festhalten würde. Nichts dergleichen geschah. Sie stieg die Stufen hinab, betrachtete ihren verunstalteten Wagen und atmete zitternd aus. Die Schmiererei war sinnbildlich für die Ablehnung und den Ärger der letzten Tage. Ein Schlag in die Magengrube konnte nicht schmerzhafter sein. Diesmal achtete sie auf den Verkehr, als sie zu ihrem Auto ging und einstieg.

Die beiden Diner-Ladys starrten Matt völlig perplex an.

»Willst du sie nicht aufhalten?«, fragte Millicent ihn und wischte sich eine Träne aus dem Augenwinkel.

Er schüttelte den Kopf und ließ ihn hängen. »Es hat keinen Sinn. Ich muss sie ziehen lassen.«

Norma stemmte die Hände in die Seiten und starrte ihn düster an. »Was bist du nur für ein Waschlappen, Matt McKenzie? Da läuft dir endlich die perfekte Frau über den Weg und du bist nur am Heulen.« Wütend deutete sie zur Tür. »Beweg deinen lahmen Arsch und hol dir das Mädel!«

Er schaute sie trübsinnig an, doch Norma Winterapple ließ sich nicht beirren. »Es gibt Dinge auf dieser Welt, die werden einem nicht geschenkt, die muss man sich erkämpfen.«

Caitlin startete den Wagen und rollte langsam los. Er hatte davon gesprochen, die Täter zu finden, die ihr zusetzten. Eine Träne lief über ihre Wange. Sie starrte unbeirrt geradeaus und fuhr bis zur nächsten Kreuzung, um dort zu wenden. Ihr Herz war schwer, denn ihr wurde mit einem Mal klar, dass sie hier die Liebe ihres Lebens hinter sich ließ. Energisch wischte sie die Tränen weg, die sie in der

Sicht behinderten. Sie musste nach vorne schauen und ihr Dasein wieder einmal neu auf die Beine stellen.

Sie näherte sich dem Diner, vermied es aber, hinzusehen, denn sie wollte nicht schwach werden. Die Versuchung, stehen zu bleiben und hineinzugehen, um sich ihm an den Hals zu werfen, war groß, egal wie sehr sie sich damit erniedrigte.

Da sah sie ihn! Er stand mitten auf der Straße und schaute sie unverwandt an. Sie drosselte das Tempo, rollte aber weiter auf ihn zu. *Verdammt, warum geht er nicht zur Seite?*

Im Gegenteil, er kam ihr entgegen und blieb direkt vor ihrem Wagen stehen, zwang sie damit, die Fahrt zu stoppen.

Sie kurbelte das Fenster hinab und rief mit zitternder Stimme: »Geh weg.«

Matt schüttelte den Kopf. »Ich kann dich nicht ziehen lassen.«

Ihr Motor ging aus. »Du wirst mit Lorena glücklich werden«, wimmerte sie verzweifelt.

»Du hast doch einen Knall.«

Das war mit Sicherheit nicht die Antwort, die sie sich erhofft hatte, trotzdem stolperte ihr Herz bei seiner Aussage.

Er kam näher, blieb direkt vor der Motorhaube stehen. »Caitlin, bitte! Ich liebe dich und ich kann mir nichts Schöneres vorstellen, als mein Leben mit dir zu verbringen.« Er zögerte. »Ich habe in den letzten Tagen verdammt viel Scheiße geredet. Es tut mir leid.«

Ihre Hände rutschten vom Lenkrad und sie schlug sie schluchzend vors Gesicht.

Matt trat neben den Wagen und öffnete die Fahrertür, wartete, bis sie ihn anblickte, und breitete die Arme aus.

Sie hatte zwei Möglichkeiten. Entweder wahrte sie ihren Stolz und fuhr davon, oder sie gab seinem Drängen nach.

»Jetzt komm schon, stell dich nicht so an«, ertönte da Norma Winterapples Stimme und sie gehorchte.

Noch ehe sie das zweite Bein aus dem Auto gehoben hatte, riss Matt sie in seine Arme und küsste sie, dass ihr Hören und Sehen verging.

Applaus brandete auf, doch die beiden bekamen es erst mit, als sie sich voneinander lösten.

Peinlich berührt schaute Caitlin zu Boden. »Ich stehe eigentlich nicht auf blonde Typen«, entfuhr es ihr.

»Hört, hört.« Norma lachte schallend und sagte dann: »Ich glaube, heute gibt es was zu feiern.«

»Ich werde mir die Haare auf keinen Fall färben«, stellte Matt klar und hauchte ihr einen Kuss auf die Wange.

»Iss deine Zimtschnecke auf«, befahl Millicent, als sie den Rotwein servierte. »Oder heb sie dir zum Dessert auf, denn es wird Zeit für eine anständige Mahlzeit.«

»Die Nachspeise sitzt doch schon neben ihr«, witzelte Prudence, die inzwischen ihren Dienst begonnen hatte. »Ich bin übrigens beleidigt, weil ihr mit eurem großen Auftritt nicht auf mich gewartet habt.«

»Ich bin untröstlich, meine Liebe«, antwortete Matt charmant und schickte ihr einen Handkuss, den sie begeistert auffing und sich an die Wange klebte.

Douglas und Charlene betraten das Diner und setzen sich zu ihnen.

»Ich werde das Haus nicht kaufen«, stellte Ersterer fest und schaute Caitlin streng an.

Sie nickte nur und erwiderte die Umarmung ihrer Freundin.

»Millicent hat mir am Telefon alles haarklein erzählt«, berichtete Charlene. »Du hast mir mit deiner Aktion echt einen Schrecken eingejagt.«

»Au, au, au!«, ertönte plötzlich eine hysterische Stimme und alle Blicke richteten sich auf die Tür zur Küche.

»Du elendes kleines Miststück wirst dich jetzt bei Caitlin entschuldigen!«, forderte Norma lautstark und erschien im Türrahmen. Sie hatte die jammernde Lorena an einem Ohr gepackt und schleifte sie regelrecht zum Tisch der Freunde. »Zeig ihnen deine Hände«, befahl sie und zog die junge Frau erneut am Lauschlappen.

Lorena gehorchte und so konnte jeder die schwarze Farbe erkennen, die wundersamer Weise genau zu der passte, die Caitlins Auto verunzierte.

»Ich warte auf die Entschuldigung«, erinnerte Norma die Übeltäterin und gab ihr zugleich einen Klaps auf den Hinterkopf.

»Es tut mir leid«, folgte die Missetäterin der Aufforderung.

»Das war ein teurer Spaß für dich, mein Schätzchen«, meinte Douglas. »Und wenn ich jetzt an die wirklich üble Geschichte mit dem Wandbild denke, dann sollte ich besser gleich die Rechnung schreiben.«

»Das war ich nicht!«, verteidigte sich Lorena.

»Nein, das war mein Vater.« Jeff war neben dem Tisch aufgetaucht. Über der lautstarken Überführung der Täterin hatte keiner sein Eintreten bemerkt.

Er starrte Caitlin an, setzte sich zu ihr und zog sie in seine Arme.

Sie erwiderte die Umarmung, schaute ihn aber verblüfft an, als er sie wieder losließ.

»Ich habe heute erfahren, dass ich eine kleine Schwester habe«, erklärte er ihr und wandte sich dann an die übrigen Anwesenden. »Und ich habe euch dazu eine Geschichte zu erzählen.« Er winkte Millicent. »Aber zuerst brauche ich ein Bier.«

Caitlin saß wie vom Donner gerührt da und brach urplötzlich in Tränen aus, die sie verärgert wegwischte. »Verdammt, ich bin jetzt doch eigentlich glücklich.« Sie drückte Jeff. »Ich habe einen Bruder und einen Partner.« Bei diesen Worten schaute sie Matt an, der ihr dazu sanft über die Wange strich.

»Unserem Vater habe ich nahegelegt, die Stadt zu verlassen«, erklärte Jeff und begann, zu erzählen.

Es stellte sich heraus, dass die tote Ratte und das besprayte Auto auf Lorenas Konto gingen, während James Ferguson das Wandbild überstrichen und ihr den Drohbrief geschickt hatte. Ob er der Anweisung seines Sohnes folgen würde, blieb abzuwarten, doch Caitlin war es egal.

Sie saß hier zwischen ihren Freunden und fühlte sich glücklich und zufrieden.

Douglas und Charlene hatten Chewie mitgebracht, der jetzt unter dem Tisch saß und bei jedem seine Streicheleinheiten einforderte.

Matt legte einen Finger unter ihr Kinn und drehte ihren Kopf sanft zu sich herum.

Sie schaute ihm tief in die Augen und schloss die Lider, als sein Mund ihre Lippen fand. In seinem Kuss schwang ein Versprechen auf eine wundervolle gemeinsame Zukunft mit.

Dankeschön!

Ich wüsste nicht, wie weit meine Karriere als Autorin gekommen wäre, gäbe es da nicht meinen Mann, der mich immer unterstützt, sich all meine Klagen anhört und mir mit Rat und Tat zu Seite steht! Danke, mein Schatz.

Sandra Maier, meine geniale Grafik-Designerin von Einzigartig-Buchdesign hat all meine Ideen und Wünsche für das Cover perfekt umgesetzt. Herzlichen Dank, liebe Sandra. Ich liebe dieses Cover!

Ich bin mit vielen Autorinnen befreundet, doch so manche Freundschaft ist etwas Besonderes. Katharina Münz, die New Adult- und Winkinger-Fantasy schreibt, ist die beste Testleserin, die man sich nur wünschen kann. Vielen Dank, Katharina, dass du all meine Perspektivwechsel gefunden und ausgemerzt hast.

Danke für das Lektorat und das Aufstöbern der verirrten Kommas, Sabine Wagner von KoLibri Lektorat.

Und nicht zuletzt möchte ich euch danken, meine lieben Leserinnen und Leser! Ich danke euch, dass ihr meine Bücher kauft, sie lest und bewertet. Ich freue mich über jede Rückmeldung und viele persönliche Kontakte zu euch.

Herzlichen Dank eure Elisa Shaw

Über die Autorin

Autorin mit einem Herz für Tiere & Romantik

Elisa Shaw ist das Pseudonym, unter dem die Krimiautorin Tina Sprenzel moderne Liebesromane schreibt.

Mit dem Romantikkrimi *Tante Lotti ist tot* fing die Erfolgsgeschichte der Autorin im Jahr 2015 an. Die Idee dazu bekam sie, als sie sich gemütlich in der Badewanne entspannte. Sie begann noch am selben Tag, das Buch zu schreiben, und veröffentlichte den Roman mit großem Erfolg.

Seitdem war sie bienenfleißig und brachte sieben Romantikkrimis einen Liebesroman heraus, die sie alle neben ihrem Hauptberuf schrieb. Eine schwere Erkrankung zwang sie dazu, eine Pause von über einem halben Jahr einzulegen. Es folgte eine Zeit, in der viele Ideen entstanden und das Pseudonym Elisa Shaw geboren wurde.

Tina Sprenzel lebt mit ihrem Mann in Brunnthal, einer kleinen Gemeinde südlich von München. Ihre drei Kinder sind bereits erwachsen und ausgeflogen. In ihrer Freizeit arbeitet sie mit Vorliebe in ihrem Garten. Sie liebt es, in der Erde zu wühlen und ihr persönliches Fleckchen zum Leben zu erwecken und alles ringsum erblühen zu lassen.

Ihr Motto:
Pack es einfach an, wer soll denn deine Träume leben,
wenn nicht du selbst!?

Mehr über sie auf ihrer Homepage www.elisa-shaw.de

Kennst du schon die Autorenseite bei Facebook?

Leseprobe

aus

The Love and the Wild Life

Verliebt in Südafrika

Kapitel 1

Die bunte Farbenpracht des Herbstes verblasste mit jedem Tag ein bisschen mehr. An vereinzelt noch an den Bäumen hängenden Blättern zerrte unbarmherzig der kalte Wind und dicke Regentropfen prasselten auf den Asphalt.

Die nächste Bö schob die Kapuze der knallgelben Regenjacke von den schulterlangen rotblonden Locken und Anna Roberts ließ sie mit einem Seufzer hängen. Sie zog die rechte Schulter ein klein wenig hoch, verhinderte damit, dass ihre schwere Tasche herunterrutschte. Eitelkeit hin oder her. Es wäre sinnvoller gewesen, ihren Rucksack mitzunehmen. Klack, klack, klack! Das Poltern des Koffers auf dem Kopfsteinpflaster verursachte ihr Kopfschmerzen und die Tüte in der anderen Hand ließ ihren Arm gefühlt immer länger werden.

Vor ihrem Lieblingslokal verschnaufte sie kurz, stellte den Trolley ab und wischte sich das Wasser aus den blauen Augen, die heute verdammt müde in Welt schauten. Anna verabscheute den November. In diesem Monat erschien ihr die gesamte Umgebung in tristem Grau. Die einst leuchtend rot und grün gefärbten Blätter waren längst verdorrt und fleißige Straßenkehrer hatten das Laub von den Wegen gefegt.

Die junge Frau hob das Gesicht, betrachtete den trüben Himmel, während dicke Regentropfen über ihre zierliche, mit Sommersprossen verzierte Nase rannen. Das Lachen war ihr bei dem Sauwetter längst vergangen. Kreisend versuchte sie, ihre schmerzenden Schultern zu lockern, ohne die lästige Tasche hinunterrutschen zu lassen. Auf der während der Rushhour für gewöhnlich stark befahrenen Straße fuhren um diese Uhrzeit nur vereinzelte Fahrzeuge vorbei. Mit einem Radfahrer, der mit dem Gegenwind kämpfte, verspürte sie automatisch Mitleid. In den Rinnsteinen sammelte sich das Wasser zu tiefen Pfützen, da die Abflüsse es nicht mehr aufnehmen konnten.

Anna seufzte auf und marschierte weiter. Blinzend dachte sie an die vergangenen Tage zurück und die Erinnerung an die elend langweilige Schulung, in der sie noch vor knapp zwei Stunden gesessen hatte, ließ sie erschauern. Ihr Bedarf an Verkaufsstatistiken war für die nächste Zeit mehr als abgedeckt. Da lief sie wesentlich lieber hier durch den Regen und freute sich auf ein leckeres Abendessen. Die Zutaten hierfür hatte sie bereits in der Tüte.

Des einen Leid, des anderen Freud, philosophierte sie im Geiste. Die Erinnerung an die Szene des Tages ließ augenblicklich Schadenfreude in ihr aufbranden und entlockte ihr das für sie typisch schelmische Grinsen.

»Mit meinen Vorgaben erreichen Sie Ihre gesteckten Ziele innerhalb eines Monats. Da können Sie ganz sicher sein.« Die quälende Fistelstimme des Seminarleiters, der mit Hingabe auf eine bildhübsche Teilnehmerin einredete, klang Anna immer noch im Ohr.

Der schmierige Kerl hatte bei seinen Worten, den ohnehin langen, dürren Hals fast schon unnatürlich gestreckt, um einen besseren Blick in den Ausschnitt des sexy Bienchens zu erhaschen. Mit gierig leuchtenden

Augen hatte er dabei von einem Ohr zum anderen gegrinst. Konzentriert auf sein reizvolles Zielobjekt hatte er die oberste Stufe übersehen und war unversehens mit seinem Fuß ins Leere getreten. Mit wild rudernden Armen hatte er vergeblich versucht, das Gleichgewicht zurückzugewinnen, doch – holterdiepolter – war es steil mit ihm bergab gegangen.

So endete die Schulungswoche für den einen im Krankenhaus, für die restliche Truppe mit der verfrühten Heimreise. Keiner der Teilnehmer bedauerte dies auch nur ansatzweise. Sofort packte jeder in Windeseile seinen Koffer und hastete entweder zum Bahnhof, um den nächstmöglichen Zug für die Rückreise zu erwischen, oder zu seinem Auto, um ja nicht in den abendlichen Berufsverkehr zu geraten.

Für den heutigen Nachmittag waren Rollenspiele geplant gewesen und Anna war heilfroh, dass es dazu nicht mehr gekommen war. Es war eine Sache, einem Kunden die Vorteile eines Produkts nahe zu bringen und eine ganz andere Geschichte, dies vor einer Gruppe von Kollegen zu absolvieren. Schon in ihrer Schulzeit hatte sie wochenlang vor einem Referat gebibbert wie Espenlaub.

Anna dachte an ihren Job in der Bank und seufzte. Im Prinzip machte er ihr ja Spaß, zumindest was den Kontakt mit Menschen anging, doch der ständige Verkaufsdruck zehrte seit geraumer Zeit gewaltig an ihren Nerven.

Monatlich schraubten die Vorgesetzten die Anforderungen an die Mitarbeiter hoch. Es zählten Zahlen und nicht der Kunde. Termine vereinbarten Hotlinemitarbeiter und ihr blieb die glorreiche Aufgabe, der Kundschaft die gesamte Palette der Produkte unterzujubeln. Eine Beratung konnte man dies wahrlich nicht mehr nennen.

Platsch! Mit offenem Mund und klitschnass stand sie für einen Augenblick wie zur Salzsäule erstarrt am Gehweg. Fassungslos starrte sie dem Autorowdy hinterher, der bereits die nächste Pfütze mit Karacho durchfuhr.

»Verdammter, Volltrottel!«, fauchte sie erbost und das war noch der freundlichste Ausdruck, den sie für den Übeltäter fand. Am liebsten hätte sie drohend die Faust geschüttelt, doch mit zwei Händen voller Gepäck gestaltete sich das schwierig.

Angeekelt starrte sie an sich herab und schimpfte dabei wie ein Rohrspatz vor sich hin. Ihre Hose klebte saukalt und völlig verdreckt an ihren Beinen. Ein Ahornblatt, von dem rücksichtlosen Fahrer aufgewirbelt, rutschte ihren Regenmantel herunter und landete auf ihrem Schuh.

»Du verfluchtes Arschloch! Ich wünsche dir tausende von Frostbeulen an den Hals«, schickte sie dem rücksichtslosen Halunken noch hinterher.

Anna holte tief Luft, bibberte vor Kälte und biss die Zähne zusammen. Nur noch eine Hausecke weiter und sie wäre endlich zu Hause.

Völlig durchgefroren suchte sie kurz darauf in der scheinbaren Unendlichkeit ihrer Handtasche den Schlüssel. Der lag, wie üblich, ganz unten. Sie schloss die Haustüre des alten Backsteingebäudes auf und schnaubte entnervt. *War doch so was von klar, dass der Lift wieder streikt,* schimpfte sie in Gedanken.

Resigniert straffte sie die Schultern und stapfte die Treppen hinauf. Ab der zweiten Etage wog ihr Gepäck gefühlt um das Zehnfache mehr und im vierten Stock angekommen, schnaufte Anna wie eine alte Dampflok. Japsend stellte sie dort alles ab und widerstand der Versuchung, sich auf die oberste Stufe zu setzen, um wieder zu Atem zu kommen.

James würde Augen machen, wenn sie ihn heute überraschte, immerhin rechnete er frühestens ab morgen Abend mit ihr. Mittlerweile waren sie ungefähr seit einem Jahr zusammen und vor drei Monaten war er endgültig mit Sack und Pack bei ihr eingezogen. Bis dahin hatte er in der Villa seiner Eltern gewohnt.

Mit einem tiefen Seufzer betrat Anna den schmalen Flur, stellte dort ihr Gepäck ab und streifte die tropfende Jacke ab, um sie sogleich im Badezimmer aufzuhängen. Sie rümpfte die Nase, als sie die feuchten Handtücher in der Ecke entdeckte. Sie bezweifelte langsam, dass ihr Freund je lernen würde, dass ihm hier kein Personal zur Verfügung stand außer ihr. Die junge Frau schüttelte diesen bösen Gedanken mit einem Schulterzucken ab und warf ihre nasse Hose einfach mit auf den Haufen.

Meine Couch, ein Buch und ich, kam es Anna kurz in den Sinn. Doch es nutzte alles nichts. Die Arbeit kam vor dem Vergnügen und sie hatte sich fest vorgenommen, ihre Sachen sofort auszupacken und zu verräumen.

Die Dreckwäsche warf sie mitsamt den feuchten Handtüchern in die Waschmaschine und die ungetragenen Klamotten räumte sie sorgsam in den Kleiderschrank. Das Bett im überschaubar großen Schlafzimmer war wie üblich, wenn James alleine zu Hause war, nicht gemacht, doch Anna übersah dies heute großzügig. Um den Mief aus dem Raum vertreiben, öffnete sie zumindest das Fenster.

Nach getaner Arbeit war es Zeit für einen Kaffee, beschloss sie und hoffte insgeheim, dass ihr Holder die Kekse im Schrank noch nicht entdeckt hatte. Sie öffnete die Küchentür und ihre Kinnlade fiel regelrecht herab.

Du meine Güte! Wie sah es denn hier aus? Die Teller stapelten sich in der Spüle und die Milchpackung hatte offenbar nicht alleine in den Kühlschrank gefunden. Anna hob den Deckel eines auf dem Herd stehenden Topfes und zuckte angeekelt zurück. Was immer James da hatte zubereiten wollen, es hatte, gelinde gesagt, zu viel an Röstaromen angesetzt. Überhaupt! Seit wann kochte er seine Mahlzeiten selbst?

Wenn es nach einer Kochaktion so ausschaut, kann er das zukünftig besser bleiben lassen, dachte sie.

Zähneknirschend beseitigte sie das Chaos und räumte dann ihren Einkauf in den Kühlschrank. Mit einer angebrochenen Flasche Sekt hier die nächste Überraschung auf sie. Partytime, wenn sie nicht zu Hause war? Ihre Laune, zuerst voller Vorfreude auf das verfrühte Wiedersehen, sank rapide und sie beschloss, zuallererst etwas für ihr eigenes Wohlbefinden zu tun.

»Mehr als genug Zeit für ein Bad«, murmelte sie nach einem Blick auf die Uhr und spazierte ins Wohnzimmer, um sich dort ein Buch für ausgiebige Entspannung im warmen Nass auszusuchen.

Entspannt lehnte sich Craig Dentwater auf dem Sessel zurück und verschränkte dabei die Hände lässig hinter dem Kopf. »Morgen um diese Zeit sitze ich im Flieger nach Südafrika.«

Jack Turner, sein bester Freund seit Kindertagen, lümmelte auf der Couch und warf sich gerade ein paar Nüsse ein. »Okay, ich weiß, dass du dich darauf freust, aber, ehrlich gesagt, verstehe ich den Sinn dieser Reise noch immer nicht«, nuschelte er mit vollem Mund. »Du planst allen Ernstes, für ein halbes Jahr umsonst zu arbeiten?«

Craig trank direkt aus der Wasserflasche. Sein Schädel brummte von dem Rausch, den ihm sein Kumpel angehängt hatte. »Kruger«, ließ er sich das Wort regelrecht auf der Zunge zergehen. »Es gibt jede Menge Bewerber für diese Volontärstellen und ich bin verdammt happy, dass ich ausgewählt wurde.«

Jack schüttelte den Kopf. »Lauter Verrückte, die für einen feuchten Händedruck durch die Savanne irren.«

»Ach was, das sind einfach Leute, die neugierig sind auf Neues«, widersprach ihm Craig, wie so oft in den letzten Monaten. »Du weißt, dass es immer ein Traum von mir war, als Ranger in Afrika zu arbeiten.«

»Du bist Ranger!«, maulte Jack und richtete sich auf. »Du bist sogar Ranger in einem der schönsten Nationalparks der Welt!«

Craig strich sich mit der Hand über das kurz geschorene, schwarze Haar. »Das steht außer Frage und ich werde hierher zurückkehren. Immerhin habe ich mich nur beurlauben lassen.«

Der Freund blitzte ihn aus grünen Augen an. »Wenn du wieder zurückkommst, würde ich sagen.«

»Es ist definitiv nicht mein Plan, dortzubleiben.« Bei diesen Worten stand Craig auf und streckte sich ausgiebig.

»Tja, wissen das die Löwen und Leoparden?«, murrte Jack. »Angeblich haben die ab und an Appetit auf Menschenfleisch.«

»Wir haben hier im Park Bären und Wölfe, die haben mich bisher auch nicht gefressen«, konterte der Ranger mit einem breiten Grinsen und schaute zu, wie sich sein Freund weiter die Nüsse einverleibte. »Pass du lieber auf, dass du nicht platzt.«

Jack grinste und fuhr sich mit der Hand über sein Bäuchlein, dass er schon immer mit sich herumtrug. Er liebte nun mal gutes und vor allem reichliches Essen. »Du weißt genau, dass ich lediglich zu klein für mein Gewicht bin. Du hast leicht reden, auf eins achtzig Größe verteilen sich die Pfunde halt ansprechender, als es bei mir der Fall ist.«

Auf diese alte Leier ging Craig gar nicht erst ein, denn sonst verloren sie sich wieder in der üblichen Diskussion. Seine stahlblauen Augen fixierten das Bücherregal, das die gesamte gegenüberliegende Wand einnahm. Langsam schlenderte er hinüber und strich mit der Hand über die Buchrücken. Es handelte sich fast ausschließlich um wissenschaftliche Werke und Reiseberichte aus aller Welt.

»Verdammt, Jack! Ich habe es geschafft und nach der Army mein Biologie-Studium abgeschlossen. Jetzt möchte ich mich mit diesem Aufenthalt belohnen.«

»Afrika ist halt elend weit weg!«, brummelte der Freund und zuckte mit den Schultern. »Ich wünsche dir trotzdem eine geile Zeit dort.«

Craig nickte ihm zu und spazierte hinüber in die Küche. Er brauchte jetzt einen Kaffee, der so stark war, dass der Löffel drin stehen blieb. »Danke! Und wer weiß, vielleicht finde ich dann auch endlich ein Thema für meine Doktorarbeit.«

»Du willst allen Ernstes einen Doktor machen?«, staunte Jack, der als gelernter Schreiner eher der Typ fürs Praktische war.

In der Küche hantierend, blieb ihm Craig eine Antwort schuldig.

Sorgfältig zerrieb Anna die Zutaten des Pestos mit dem Mörser. Der intensive Knoblauchduft und das frische Aroma des Basilikums stiegen ihr aromatisch in die Nase und sie schnupperte verzückt. Es gab Gerichte, die taugten einfach als richtige Wohlfühlessen. Fix zubereitet und dann der reine Balsam für die Seele.

In ihrem schlabbrigen Jogginganzug, der vortrefflich ihre schlanke Figur verbarg, ein Glas trockenen Rotwein neben sich und einer romantischen Liebesgeschichte im Kopf fühlte sie sich entspannt und locker. Es gab für Anna nichts Schöneres, als in einem guten Roman zu schmökern und in ihrer Fantasie eine Reise durch die Welt zu machen. Chillen in der Badewanne war das beste Rezept, um neue Kraft zu schöpfen.

Der Klang eines Schlüssels, der in ein Schloss geschoben wurde, unterbrach ihre Gedanken, und ein

Lächeln huschte über ihr Gesicht, dessen blasser Teint nach dem Bad rosig glänzte. Da war er ja endlich! Sie ergriff ihr Weinglas und trat strahlend aus der Küche.

»Überraschung!«, zwitscherte sie froh gelaunt und erstarrte!

Ja, da stand James vor ihr, in einer Hand den tropfenden Regenschirm, im anderen Arm eine sexy Blondine, deren knapper Regenmantel ebenso wie der extrem kurze Rock sehr viel Bein sehen ließ. Und was für Beine!

»Anna?«, stotterte der schlaksige Versicherungsmakler verblüfft. »Du kommst doch erst morgen zurück«, entfuhr es ihm.

Der Vorwurf in der Aussage und in seiner Stimmlage ließ Anna fast, aber auch nur fast, schuldbewusst zusammenzucken. Augen und Mund weit aufgerissen, stand sie jedoch, unfähig zu einer Antwort, wie zur Salzsäule erstarrt in der Küchentür.

»James«, hauchte die blonde Tussi mit einem unglaublichen Timbre in der Stimme, »wer, oder besser«, es folgte ein langer, abwertender Blick in Annas Richtung, »was ist denn das?«

Anna schluckte schwer, räusperte sich krächzend. »Ich bin seine Lebensgefährtin«, versuchte sie, empört zu klingen, doch heraus kam eher ein heiseres Quaken.

Die Widersacherin zog eine ihrer Augenbrauen mit unglaublicher Arroganz nach oben, als sie sich an James wandte. »Ach, das ist das langweilige Püppchen, dem du schon vor Wochen schonend beigebracht hast, dass es zu Ende ist? Ich war der Meinung, sie wäre längst aus deiner Wohnung ausgezogen.«

Ihre Worte, die trotz der sanften Aussprache einen stählernen Unterton beinhalteten, trieben dem Missetäter die Schamesröte in die Wangen. Unwillkürlich und für die Situation völlig unpassend, stellte Anna fest, dass dies absolut nicht zu seinen strohblonden Haaren passte. Doch dann erreichte sie der Sinn des soeben gehörten Satzes. Seine Wohnung? Vor Wochen beigebracht?

»Ähm, Anna, wie du siehst«, meldete sich nun James in sanftem Tonfall zu Wort, doch sie ließ ihn nicht aussprechen.

»Habe ich irgendetwas falsch verstanden oder habe ich gerade tatsächlich etwas von deiner Wohnung gehört?«, fragte sie mit gefährlich leiser Stimme. »Kann es sein, dass hier ein dummes Missverständnis herrscht, dem diese», sie stockte kurz. »Dame aufgesessen ist?«

»Missverständnis! Jawohl, ein Irrtum! Ein Erklärungsfehler von meiner Seite«, stotterte James sofort und stellte den Schirm in die Ecke, um sodann Annas Schulter zu berühren.

»Das kleine Trampeltier ohne Stil, das du nicht so einfach auf die Straße setzen könntest, war bestimmt kein Hörfehler«, unterbrach ihn die Blondine mit hochgezogenen Augenbrauen. »Und jetzt stammle hier nicht rum, sondern bring die Sache endlich hinter dich.«

James, dessen Teint mittlerweile einem Feuermelder glich, schaute Anna bedauernd an und suchte offenbar nach den richtigen Worten. Doch ehe er den Mund öffnen konnte, explodierte sie regelrecht.

»Deine Wohnung? Du hast sie doch nicht alle! Raus!«, schrie sie empört und wollte wütend auf die Tür zeigen.

Das Glas, das sie noch immer in der Hand hielt, hatte sie vollkommen vergessen. In hohem Bogen flog es direkt auf den Betrüger zu, landete auf seinem Mantel und zerbarst dann klirrend auf den Fliesen. Anna beachtete weder das Klirren des zu Boden stürzenden Gefäßes noch die empörten Schreie der beiden Neuankömmlinge und schrie mit überkippender Stimme: »Verschwindet sofort aus meiner Wohnung!«

Die Blondine hüpfte auf ihren Stelzenbeinen ungelenk zur Seite und der untreue Schürzenjäger wich entgeistert vor der tobenden Anna zurück. Fassungslos schaute er auf seinen mit Wein versauten Mantel hinunter. Das blonde Flittchen wischte mit der Hand hektisch ein paar Weinspritzer von ihrem Regenmantel und warf Anna einen mitleidvollen Blick zu, ehe sie sich zur Treppe umwandte. Kurz bevor sie diese erreichte, drehte sie sich noch einmal um.

»Ich gehe jetzt zum Auto, James. Es wäre angebracht, dass du die Affäre mit diesem unreifen Kind beendest und dann alles bezüglich der Wohnung klärst. Gib ihr eine angemessene Frist, doch übertreibe es nicht«, wies sie ihren verdattert dastehenden Lover an.

»Haben Sie etwas an den Ohren oder wollen Sie es nicht kapieren? Das hier ist meine Bleibe! Und dieser ekelhafte Lügner und Betrüger kann auf der Stelle seine Siebensachen packen und auf Nimmerwiedersehen verschwinden!«, fauchte Anna zornbebend.

Die Blondine schüttelte den Kopf und verschwand ohne ein weiteres Wort im Treppenhaus. Das gleichmäßige

Klopfen der Stöckelschuhe auf den Holzstufen war das letzte, was man von ihr hörte.

»Anna, bitte lass uns in Ruhe miteinander reden. Das ist alles ein furchtbares Missverständnis«, stammelte James mit weinerlicher Stimme.

»Du hast mich betrogen«, erwiderte sie und fühlte sich urplötzlich müde wie eine alte Frau. »Pack deinen Krempel und zieh Leine!«

Die Arme seitlich schlaff herabhängend, stand er da wie ein gescholtener Schulbub und öffnete den Mund, um ihn bei Annas Blick sofort wieder zu schließen. Ohne ein weiteres Wort verschwand er im Schlafzimmer und fing an, seine Habseligkeiten einzupacken.

»Den Rest stelle ich dir morgen vor die Haustür«, sagte Anna abschließend zu ihm, als er mit seinen vollgestopften Reisetaschen vor ihr stand.

»Das mit uns wäre sowieso nicht lange gut gegangen«, lautete sein letzter Satz zu ihr. »Du bist einfach zu langweilig und naiv.«

Weitere Bücher der Autorin

A.C. Bumblebee- Reihe

totrelaxed!

In ihrer romantischen Krimi-Komödie entführt uns Tina Sprenzel diesmal an den traumhaft schönen Spitzingsee!

Auf der Suche nach Inspiration für ihren neuen Liebesroman reist die Autorin A.C. Bumblebee mit ihrer Freundin Burgi und den Hunden Blümchen und Brutus an den Spitzingsee. Dort treffen sie auf Empfangsdame Sarah, die perfekte Besetzung für die Rolle der Hauptprotagonistin, Kommissar Meier, der wider Willen mit seiner Frau Claudia im selben Hotel Urlaub macht und eine Leiche, die sie unverhofft in einen abenteuerlichen Kriminalfall stolpern lässt. Der junge Polizist Lukas Leitner übernimmt die Ermittlungen und wird von Meier nach Kräften unterstützt. Ehe sich alle versehen, sind sie in ein Verwirrspiel um Liebe, Geld und Leidenschaft verwickelt.

Summ, summ, summ …

Wer mordet hier herum?

Eine Geschichte mit Spannung, Romantik und Humor von Tina Sprenzel! Begleiten Sie A.C. Bumblebee mit ihren Freunden durch ihr neues Abenteuer!

Lediglich die Bienen sind Zeugen des heimtückischen Mordes an Stadtimker Willi Kirsch, einem liebenswerten Original. Ralf Meier und Florian Schäfer nehmen die Ermittlungen auf, doch die Spurensuche gestaltet sich schwierig, insbesondere, da ihnen die Autorin A.C. Bumblebee mit ihrer besten Freundin Burgi dabei ständig in die Quere kommt. Indes sind Teresa, die Enkelin des Mordopfers, und die Cafébetreiberin Marie ungleiche Rivalinnen um die Gunst des attraktiven Landschaftsarchitekten Johannes. Doch in dessen Vergangenheit gibt es einen dunklen Punkt. Und was hat Teresas Bruder Julian mit einem undurchsichtigen Immobilienhai zu schaffen?

3 Ziegen und ein Todesfall

Spannung, Romantik und Humor! Die kauzige Krimiautorin A.C. Bumblebee und ihre Freundinnen ermitteln wieder!

Meck, meck, meck! Ausgerechnet im Ziegengehege des Tierparks findet A.C. Bumblebee die unausstehliche Edeltraut Eberl tot auf. Der geplante Liebesroman muss wieder einmal hintenanstehen, denn die schrullige Autorin kann nicht anders und forscht gemeinsam mit ihren beiden besten Freundinnen nach – sehr zum Leidwesen von Kommissar Meier und seinem Ermittlerteam. Wer wird dem Täter wohl schneller auf die Spur kommen? Das Damentrio oder die Profis der Polizei? Die tatverdächtige Tierpflegerin Luisa verdreht inzwischen einem der Beamten gehörig den Kopf. Gibt es womöglich doch noch Inspiration für eine Lovestory?

Brunnthaler G'schichten

Tante Lotti ist tot!

Ein bayerischer Romantik-Krimi, erfrischend locker präsentiert von Tina Sprenzel!

Tante Lotti wurde ermordet! Ihre Erbin Julia verschlägt es daher ins beschauliche Brunnthal. Dort muss sie nicht nur den Mord aufklären, sondern sich auch noch zwischen zwei attraktiven Männern entscheiden! Und da wäre da noch die Blaustirnamazone Theo! Der Bursche hat es faustdick hinter den Ohren ... pardon ... Flügeln und erobert Julias Herz im Sturm!

Bronson, auf gute Nachbarschaft

Spannend, witzig und auch die Romantik kommt nicht zu kurz! Der neue Romantik-Krimi von Tina Sprenzel führt wieder ins beschauliche Brunnthal!

Charlie Brenditt ist auf den Hund gekommen. Zusammen mit der Continental Bulldogge Bronson zieht er aufs Land ins friedliche Brunnthal. Doch mit der Idylle ist es vorbei, als Bronson im Garten eine Leiche ausgräbt. Wer wurde hier verscharrt und in welchem Zusammenhang steht die attraktive Nachbarin Angela zu dem Toten? Die quirlige Künstlerin begegnet Hunden mit einem Heidenrespekt, doch wie könnte sie dem dickköpfigen, charmanten und witzigen Bronson widerstehen?

Löschzwergerl voraus!

Romantik, Spannung und Witz machen auch die Fortsetzung von »Tante Lotti ist tot« und »Bronson, auf gute Nachbarschaft« zu einem besonderen Leseschmankerl! Der kleine Maxi erlebt mit seinen tierischen Freunden Bronson und Theo eine spannende Geschichte!

Die kleine Ortschaft Brunnthal bekommt Zuwachs. Emma Meier findet mit ihrem Sohn Maxi nach einer Wohnungskündigung hier ein neues Zuhause.

Während Maxi sich mit den tierischen Nachbarn, Theo und Bronson, anfreundet, lernt Emma den tatkräftigen Feuerwehrmann Sebastian kennen. Doch das Letzte, was die alleinerziehende Mutter braucht, ist eine aufregende Romanze, die ihren sorgsam geplanten beruflichen Neustart durcheinander bringt!

Doch auch Sebastian ist gefordert. Ein Mörder hat es auf die Mitglieder des Gemeinderats abgesehen und während die Polizei ermittelt, muss auch die Feuerwehr immer öfter in das Geschehen eingreifen.

Printed in Poland
by Amazon Fulfillment
Poland Sp. z o.o., Wrocław

74558454R00155